科尔姆·托宾 作品 7

Colm Tóibín

She knew that wishing friends were with her or allowing herself to shiver in the car like this were ways of postponing the moment when she would have to open the door and walk into the empty house.

NORA WEBSTER

诺拉·韦伯斯特

〔爱尔兰〕科尔姆·托宾 —— 著

柏栎 —— 译

上海译文出版社

纪念布里德·托宾（1921—2000）

尼尔·托宾（1959—2004）

一

"你一定受够他们了。他们还来个没完?"她的邻居汤姆·奥康纳站在自家门口看着她,等她答话。

"我知道。"她说。

"别开门就是了。要我就这么做。"

诺拉关上院子门。

"他们也是好意。大家都是一番好心。"她说。

"每晚都这样,"他说,"我不知道你怎么受得了。"

她只想回到屋里,不用再答他的话。他对她说话的口气,以前可从未有过,那架势像是能对她指手画脚。

"大家是好意。"她又说了一遍,但这次说出口却心里难过,咬了咬唇才忍住眼泪。她看到汤姆·奥康纳的眼神,就知道自己一定是一副垂头丧气的样子。她走进屋去。

那晚快八点时,响起敲门声。后厅里生着火,两个男孩正在桌边做功课。

"你去开门。"多纳尔对康诺说。

"不,你去开。"

"你们总要有人去开。"她说。

年纪较小的康诺朝门厅走去。他开门时,她听到了一个声音,是女人的声音，但没听出是谁。康诺把客人请进前厅。

"是住在法院街的小个子女人。"他回到后厅对她小声说道。

"哪个小个子女人？"她问。

"我不认识。"

诺拉走进前厅时，梅·莱西悲伤地摇摇头。

"诺拉，我这会儿才来。我没法告诉你我为莫里斯伤透心了。"

她伸手拉住诺拉的手。

"而且他那么年轻。他小时候我就认识他。在弗莱瑞街上我们都认识他们。"

"脱了大衣到后厅来吧。"诺拉说，"孩子们在做功课，不过他们可以搬到这边来开个电子壁炉。反正他们很快就要睡了。"

梅·莱西帽子底下露出几绺细细的灰发，围巾还裹在颈上，她在后厅落座，在诺拉对面，开始说话。过了片刻，孩子们上楼去了。诺拉唤了康诺，康诺害羞，没下来道晚安，但多纳尔很快来到屋里，和她们坐在一起，仔细打量梅·莱西，一句话也不说。

此刻应该不会再有客人。诺拉松了口气，那就不用接待彼此不相识或不喜欢的人了。

"总之，"梅·莱西继续说，"托尼在布鲁克林住过院，要不是那个人住进他隔壁的床位，他们聊了起来，托尼才不会知道他是爱尔兰人，他告诉那人，他的妻子是韦克斯福德郡人。"

她停下来抿起嘴，好似要想起什么事。突然，她模仿一个男子的声音："啊，我就是那里人，那人说，接着托尼说她是恩尼斯科西镇人，啊我也是那里人，那人说。接着他问托尼她是恩尼斯科西哪儿的,托尼说她以前住在弗莱瑞街。"

梅·莱西盯着诺拉的脸,非要她露出感兴趣和惊讶的神色来。

"那人说我以前也住那儿。这是不是太神奇了!"

她停下来,等着接话。

"还有,他告诉托尼,他离开镇子之前打过一个铁器。这怎么说来着?盖瑞·克莱恩家窗台上的铁窗格还是防护栏。我去看过,还真在那儿。盖瑞不知道那东西是怎么来的,也不知道什么时候来的。但布鲁克林睡在托尼隔壁床上的那人说是他做的,他是焊工。这是不是太巧了?都在布鲁克林凑上了。"

等多纳尔去睡觉了,诺拉做了茶点。她用托盘装了茶水、饼干和蛋糕,端到后厅。她们对茶具一番品评后,梅·莱西喝了口茶,又开始说话。

"当然,我一直念着莫里斯。他们经常在来信里问起他。杰克离开前,他和杰克是好朋友。当然莫里斯也是个好老师。孩子们都很仰慕他。我经常听人这么说。"

诺拉盯着火光回忆起来,寻思梅·莱西以前有没有来过家里。她觉得是没来过。与镇上很多人一样,她认识她一辈子了,彼此打招呼,开玩笑,停下来聊聊新闻。她对她的事一清二楚,从她的闺名到她将来会被埋在墓地的哪个位置。诺拉曾有一次在音乐会上听过她唱歌,记得她尖细的女高音,是《家,甜蜜的家》还是《常在寂静之夜》,总之是这类的歌。

她觉得梅·莱西不常出门,除了去商店,就是周日去做弥撒。

她们沉默下来,诺拉想梅大概就要走了。

"谢谢你过来看我。"她说。

"哦,诺拉,我很为你难过,但我觉得应该等等再来,不想跟一群人一起围在你身边。"

她不再喝茶了,诺拉把托盘端回厨房时,觉得梅也许会起身穿上大衣,但梅坐在椅子上没动。诺拉上楼查看孩子们是不是睡了。她想着自己也去睡觉,把梅·莱西留在楼下,让她盯着壁炉徒劳地等她,为这个想法她暗笑了一下。

"姑娘们呢?"诺拉一坐下,梅就问,"最近我没见到她们,以前总是来来去去的。"

"艾妮在保克劳迪的中学上学,已经在那儿安顿下来了。"诺拉说,"费奥娜在都柏林上师范学校。"

"她们走了你就想她们了,"梅·莱西说,"我也想那些孩子,但好笑的是,他们当中我最想的是艾丽,虽然我也想杰克。有些事我说不清,但就是不想失去艾丽。罗丝死后我以为,诺拉你知道的,我以为她会回国定居,在这里找一份工作。然后她刚回来后一两个星期吧,有一天我注意到她闷闷不乐,这不像她,接着她就在桌边哭了,那时我们才知道她在纽约的男朋友不让她回国,除非她跟他先结婚。于是她谁都没告诉,就跟他在那儿结婚了。'唉,艾丽,既然事已至此,'我说,'你得回到他那儿去。'我没法面对她,也没法和她说话,后来她把他们在纽约的合影寄给了我,但我没法看。这世上我最不想看的就是他俩。但我总是可惜她没留下来。"

"是的,听说她要回去我也可惜,但或许她在那儿挺幸福的。"

诺拉说着突然想到是不是说错了话,因为梅·莱西忧伤地垂下眼,脸上闪过痛苦的表情。

梅·莱西开始在手提包里翻找,戴上一副老花镜。

"我以为自己带了杰克的信过来,但一定是忘带了。"她说。

她瞅着一张纸,又去看另一张。

"没,我没带来,本想给你看的,他有事要问你。"

诺拉没说话。她已经二十多年没见过杰克·莱西了。

"等我找到那封信可能会寄给你。"梅说。

她站了起来。

"我想他最近不会回国,"她边说边穿大衣,"他在这边能干吗呢?他们在伯明翰有自己的生活,他们叫我过去什么的,但我对杰克说,我不想死前看到的是英国。不过我想他应该会乐意在这儿留点东西,一个他能来看望的地方,也许艾丽的孩子或其他人也会回来。"

"嗯,他来还有你在啊。"诺拉说。

"他以为你要把古虚卖了。"梅戴上围巾。她像是不经意地说出这话,但当她看向诺拉时,眼神严峻而认真,下颌颤抖起来。

"他问我你是不是准备卖了它。"她说完就抿紧了嘴。

"我还没计划。"诺拉说。

梅又抿了抿嘴,没有动。

"我真该把信带来,"她说,"杰克一直很喜欢古虚和巴里肯尼加。他以前和莫里斯还有其他人一起去的,一直记得那地方。那地方也没怎么变,人人都认得他。上次他回家,镇上一半人不认识了。"

诺拉没说话。她希望梅快走。

"我会告诉他，我反正已经跟你说过了。我只能做这些了。"

诺拉没回答，梅看了看她，显然对她的沉默感到不悦。她们走出去站在门厅里。

"时间是最好的良药，诺拉。我只能对你这么说了。这是我的亲身体会。"

她叹了口气，诺拉打开大门。

"梅，谢谢你来看我。"诺拉说。

"那么晚安，诺拉，照顾好自己。"

诺拉望着她缓缓地沿着步行道回家。

十月的一个周六，她开着老奥斯丁A40驶向古虚。她让孩子们和朋友玩，没告诉别人自己去了哪儿。从秋到冬，那几个月中她的任务就是忍住眼泪，为了孩子，也许也是为了自己。孩子们渐渐习惯了父亲不在的日子，但她那像是毫无来由的哭泣吓到了他们，让他们不安。她现在意识到，他们已经一切如常，仿佛没有失去什么。他们已学会掩饰自己的感受。她则学会了发现危险信号，一些想法会导向另一些想法。她以能够控制自己情绪的程度来衡量与孩子们相处得是否成功。

她在巴拉夫村外驶下山坡，一眼看到了海，想到自己还是头一次独自走这条路。那些年里，年纪尚小的儿女，总有一个会在这里喊起来："我看到海了！"她得叫他们坐下，安静。

在黑水村，她想过要停下来买包烟、巧克力或别的什么，好迟些到古虚。但她知道会有熟人看到她并想对她表示同情。动辄就是这种话，"我很遗憾"，要么就是"我对你的事感到难过"。他们异口同声，但回应却没有固定程式，说"我知道"或"谢谢你"，听着怪冷淡的，还空洞。他们还会站着朝她看，直到她恨不得立刻离开。他们拉着她的手，注视她眼睛的样子，有种饥渴在里头。她不知道自己是否对别人这样做过，觉得应该没有。她右转朝巴里肯尼加驶去时，意识到如果大家开始避着她走，她就感觉更糟了。她突然想到他们可能已经这么做了，只是她没注意到。

天空阴沉下来，雨滴砸在前挡风玻璃上。这里似乎更荒凉，风比通往黑水村的乡村路上的更大。她在球场路右转前往古虚，让自己暂时沉浸在想象中：此刻是不久前一个阴沉的夏日，快要下雨的天，她去黑水村买猪肉、面包和报纸。她将这些东西轻轻扔在后座，一家人都在石灰池旁边的房子里，莫里斯和孩子们，也许还有一两个朋友和他们在一块。孩子们睡得晚，没了阳光他们感到失望，但这不会阻止他们打球、在房子前胡闹、去海滩。要是整天下雨，当然只能待在家里打牌，然后两个孩子会焦躁起来，找她诉苦。

她任凭自己流连在想象中。但一看到大海和科里根家屋顶后面的地平线，这些想象对她都无用了，她又回到了坚硬的世界。

她开上车道，打开电镀大门的锁，把车停在房前，又关上大门，这样没人能看到她的车。要是老朋友在，她会很高兴，卡梅尔·雷德蒙、莉莉·德弗罗，她们会和她平心静气地聊天，不提她的丧亲之痛,也不说她们多么难过,只说小孩、钱、兼职、现在生活如何。她们会听她说。但卡梅尔住在都柏林,夏天才来这边,莉莉只是不时前来探望母亲。

诺拉靠在车座上,海风在旁呼啸。房子里会很冷。她应该带上更厚的外套。她知道,希望朋友们在这里,或是像这般留在车里发抖,都只是为了拖延打开房门走进空荡荡房子的那一刻罢了。

一阵更为猛烈的风啸声,仿佛要把车子卷走。之前她不允许自己去想,然而这些天都明白的事,钻进她的心里,她答应自己,再也不来这地方了。这是她最后一次来这栋房子。她现在进去,走进这几间屋子,带走私人物品和不能扔掉的东西,然后关上门,开车回镇上,从此往后,再也不会在黑水村和巴里肯尼加之间的球场路拐弯了。

她吃惊的是自己的坚决,这么轻易就抛下了旧日所爱,把这栋位于通往山崖路边的房子留给他人去了解,让他人在夏天过来,在房子里装满不同的声音。她坐在那儿眺望海上阴云密布的天空,叹了口气,终于让自己感觉到,究竟失去了多少,将会怀念多少。她下了车,在风中站稳身子。

大门对着一个小厅。两侧各有两个房间,左侧的房间里有上下铺,右侧是起居室,后面有小厨房和浴室。起居室一边是他们的卧室,离孩子们的卧室远远的,安安静静。

每年六月初,周六和周天,哪怕天气不好,他们一家子都会来这儿。他们带来刷子、拖把、洗涤剂和抹布,清洁窗子。他们带来晒好的床垫。这是一个转折点,日历上的这个标记意味着夏天开始了,即使这个夏天阴暗迷蒙。在她如今想要回忆的那些岁月里,孩子们总是吵吵嚷嚷,起初兴奋雀跃,像是《唐娜·里德秀》①里的美国家庭孩子。他们模仿美国口音,彼此提意见,但很快就厌倦了,于是她让他们自己玩,或者去海滩,或者去村里。这才开始他们的艰巨工作。孩子们不碍事了,莫里斯就能干些油漆活,在水泥墙上刷水粉,盖上地板上亚麻地毡的洞,她则修补有霉点和不少脏污的墙纸,干这些活得全神贯注,四周安静。她喜欢测量到每一寸每一分,用适当的手法不停地搅拌糨糊,把修补墙纸的亮色新纸片剪成花朵状。

  费奥娜讨厌蜘蛛。这事诺拉现在还记得。打扫房子最主要的是扫除蜘蛛、甲虫和各种爬虫。男孩们喜欢听费奥娜尖叫,费奥娜自己也喜欢尖叫,尤其是当她父亲用复杂的动作作势保护她的时候。"在哪里?"他装作《杰克与豌豆》中的巨人,大喝一声,费奥娜就奔过去一把抱住他。

  她走进起居室时想,已经过去了,已经无法挽回。房间狭小冰冷的样子给她一种莫名的满足感。屋子的镀锌锡顶一定漏水了,天花板上有新的水印。狂风挟着雨幕打在窗玻璃上,房子发出嘎嘎声。窗子很快也得修理,木头已开始朽坏。而谁又知何时悬崖会被侵蚀至此,然后地方议会下令拆掉房子?现在轮到别人来担心了。别人会修理这些漏水的地方,解决墙壁受潮的问题。别人会重排电线,粉刷老房,或者适时让它复归尘土。

---

① 《唐娜·里德秀》:美国 ABC 电视台在 1958—1966 年间播出的一档情景剧。

她会把房子卖给杰克·莱西。当地居民不会买它,他们知道与本特利村、克拉克劳村和莫瑞斯堡的房子相比,这是多不划算的一笔投资。而从都柏林来的人,看过这房子的状况,都不会买它。她环顾房间,颤抖起来。

她走进孩子们的房间,然后是他们自己的房间,她知道对于伯明翰的杰克·莱西,拥有这房子是一个梦想,那是在烈日炎炎的星期天,少男少女们骑着车的那一部分回忆,是明亮而敞阔的种种可能。另一方面,她想到一两年后,当他回爱尔兰待上两星期时,他走进这栋房子,天花板掉了一半,蜘蛛网到处是,墙纸卷了皮,窗子破了,电也断了。夏日整天细雨霏霏,天色阴沉。

她翻了所有的抽屉,没有东西是她想要的。只有黄色的报纸和几捆绳子。就连盘碟和厨房用具都不值得带回家。卧室里,从衣物柜中找到一些照片、几本书,她把这些收好带走。其他没有了。家具不值钱,百叶窗又脏又破。她记得这些都是几年前从韦克斯福德的沃尔沃思超市买的。这房子里所有东西都朽坏、褪色了。

雨势变大。她从卧室墙壁取走一面镜子,发现与周围掉色的肮脏的墙纸相比,镜子后面那一块非常干净。

起初她以为听到的敲门声是大风让什么东西撞击门窗的声音。但响声持续不断,她听到了人声,意识到有客人。她吃了一惊,以为没人看到她来,没人看到那车。她第一反应是躲起来,但知道已经被看见了。

她拉开门闩,大门被风直刮进来。外头的人穿着宽大的连帽外套,大帽子遮住半张脸。

"诺拉,我听到车的声音了。你还好吗?"

帽子拉下,她认出是达西太太,自从葬礼过后就没见过她。她关上门,达西太太跟她进屋。

"你怎么不先打个电话?"她问。

"我才刚到几分钟。"诺拉说。

"上车,去我家,你不能待在这儿。"

她又听到这种凶巴巴的声音,好像她是小孩,自己拿不定主意。自从葬礼之后,她就尽量不去在意这种口气,或者忍着,尽量把那理解为善意的简单表达。

就在刚才,她还准备从房子里拿走她的少数几件东西,放进车子,离开古虚。但现在不行了,她得接受达西太太的好意。

达西太太不和她一块儿上车,说自己浑身湿嗒嗒的,她会走着回家,诺拉开车过去。

"我还要几分钟,一会儿我跟过去。"诺拉说。

达西太太不解地看着她。诺拉想要把话说得平常,却带上了神秘兮兮的口吻。

"我就想带几件东西回家。"她说。

客人的目光落在书籍、照片和靠墙的镜子上,然后迅速扫了一圈房间里的其他东西。诺拉觉得达西太太立刻明白了她正在干什么。

"别待太久,"她说,"我会给你备好茶点。"

等达西太太走后,诺拉关了门,回到屋里。

结束了。达西太太环顾房间、一览无余的目光，使之有了真实性。诺拉将会离开这房子，再不回来。她再也不会走上这些小路，不会让自己后悔。结束了。她拿起收拾好的几件东西，放进汽车后备厢里。

达西太太的厨房暖意融融。她用碟子装了刚出炉的烤饼，涂了融化的黄油，又倒了茶。

"我们在想你会怎么样。比尔·帕勒告诉我们，他去你家那晚，房子里都是人。可能我们都应该去的，可是我们想，等到圣诞节过后吧，到那时你会喜欢人多点儿。"

"来的人很多，"诺拉说，"不过你知道，任何时候都欢迎你来。"

"嗯，很多人喜欢你。"达西太太说。

她解下围裙，坐了下来。

"我们都在替你担心，以为你不会再来这儿了。这事发生时，卡梅尔·雷德蒙不在这儿，她大吃一惊。"

"我知道，她写信给我了。"诺拉说，"还打电话来。"

"她告诉我们了，"达西太太说，"那天莉莉在这儿，她说我们应该盼着你来。以前我一直期待你们过来收拾房子的那一天。对我来说，那就是好天气的开头，看到你们过来，心情就好了。"

"我记得有一年，"诺拉说，"雨下得很大，你可怜我们，让我们都来这儿喝茶。"

"你知道，"达西太太说，"你的孩子都教养极好，培养得当啊。艾妮以前常来看我们。他们都来的,但她是我们最熟悉的。还有莫里斯星期天会来,如果广播里有比赛的话。"

诺拉看了看外面的雨。说到这儿像是要误导达西太太,告诉她他们以后还会来这里,但她不能那么做。她觉得达西太太明白她的沉默,正在探寻端倪,用某些说过的或没说过的话来证明她的感觉:诺拉要卖掉这房子。

"我们已经决定,"达西太太说,"明年我们为你装修那房子。刚才我看了,只要修补一下镀锌锡顶就好,我们这边的谷仓正要修补,然后他们能去忙你家的。我们轮流把剩下的地方修好。我有钥匙,我们能给你一个惊喜,但莉莉说,我得先问问你。我准备圣诞节之后做。她说那是你的房子,我们不能闯进去。"

诺拉知道现在得告诉她了,但达西太太的话里满满的热情令她开不了口。

"但我想,"达西太太接着说,"你来的时候一切都已竣工,你一定会喜欢。所以现在什么都不用说,只要让我知道你是不是想要我们修房子。我会留着钥匙,除非你想要回去。"

"是的,当然没问题,达西太太,钥匙你留着吧。"

朝黑水村开去时,她心想,也许达西太太一直觉得她要卖掉房子,认为把房子打理一番,就会增加它的价值。也许达西太太什么都没多想,也许是诺拉自己太过在意每个人,猜测他们是怎么想她的……但她知道,自己把车停在屋前又关了大门,在达西太太拜访时一副鬼鬼祟祟的样子,以及没有立刻接受或拒绝她提出的帮忙打理房子的计划,这一切都显得奇怪。

她叹了口气。这事一直尴尬又麻烦,如今总算结束了。她会写信给达西太太、莉莉·德弗罗、卡梅尔·雷德蒙。以往当她做出这样的决定时,常常次日早晨就改变主意,但这次不是,她不会改变决定。

在回恩尼斯科西的路上,她开始计算。她不知道房子价值多少,得想好一个数字,然后用信封装了寄给杰克·莱西。她不想和梅·莱西讨价还价。如果他提出的价格比她要的少,只要合理,她便也接受。她不打算在报纸上刊登房子出售的消息。

车子的税和保险到圣诞节过期。她一度打算卖掉车子,但如果卖了房子,她想,就会留着车,或买辆新款。卖房的钱还能让她给莫里斯买下那块她看中的黑色大理石墓碑,明年夏天能在克拉克劳村租一两周的房车。剩下的钱,可以留作家用,给自己和女儿们买几件新衣,再留一笔紧急用款。

她心中一笑,这房子将会变成几年前夏天有人送给康诺的两先令六便士。不记得是哪年夏天,不过是在他父亲患病之前,当时他还不懂这笔钱的价值。康诺把这两先令六便士给了莫里斯,整个夏天都在提醒他,每次他们去黑水村,他就提起这笔钱,理直气壮地问父亲要分期付款。他们告诉他这笔钱已经没了,他还不信。

她给梅·莱西写信,里面封了给杰克的信。过了没多久,收到回信,他同意她提出的价格。她又写信过去,留了镇上律师的姓名,此人会起草买卖合同。

她等到合适的时机，把卖掉古虚房子的事告诉儿子们。她一开口就惊愕地发现他们非常在意，听得非常专注，好像认真地听就能听到什么对他们未来有严重影响的事了。她对他们解释这笔钱的用途，就明白他们已经知道她计划过卖车，尽管她未曾说起此事。她说他们会继续拥有这辆车时，他们并没有露出笑容，甚至都没显出松口气的样子。

"我们还能上大学吗？"康诺问。

"当然能，"她说，"你怎会这么想？"

"谁付学费？"

"我另外存了笔钱。"

她不想说也许他们的吉姆伯伯和玛格丽特姑妈会付学费。他俩是莫里斯的哥哥和妹妹，未曾结婚，还同住在镇上老家的房子里。两个男孩仍然一动不动，目不转睛盯着她。她去厨房煮水，等回到屋里，他们还是没动。

"我们可以去其他地方度假，"她说，"可以在克拉克劳村或罗斯莱尔村弄一辆房车。我们还没住过房车呢。"

"我们能和米切尔一家一起在克拉克劳村住吗？"康诺问。

"如果我们高兴的话。可以弄清楚他们什么时候去，然后也在那段时间过去。"

"是去住一两个星期吗？"康诺问。

"如果我们高兴的话，再长些也无妨。"她说。

"我们要买、买一辆房、房车吗？"多纳尔问。

"不是,我们会租一辆。买一辆就事太多了。"

"谁来买、买房子呢?"多纳尔问。

"这事现在得严格保密。我告诉了你们,你们不能说给别人听,我觉得梅·莱西的儿子会买下来的,你知道,在英国的那个。"

"她来这儿是为了这个?"

"我想是的。"

她沏了茶,男孩们装模作样地看电视。她明白,她让他们心绪不宁了。康诺的脸涨得红红的,多纳尔盯着地板,像是在等处罚。她拿了张报纸来看。她知道,待在屋里,不离开他们,这很重要,虽然她很想上楼去,随便做点什么,清理橱柜,洗脸,擦窗。终于她觉得应该说些什么。

"下星期我们去都柏林。"

他们抬起眼。

"为什么?"多纳尔问。

"去一天散散心,你们可以从学校请一天假。"她说。

"周三我有两、两节科学课,"多纳尔说,"我讨厌这课,但不、不能缺课,星期一我还有杜、杜菲老师的法、法语课。"

"我们可以周四去。"

"开车去?"

"不,我们坐火车去。我们还能见到费奥娜,她那天放半天假。"

"我们非去不可吗?"康诺问。

"不是的,我们想去才去。"她说。

"那我们跟学校怎么说呢?"

"我会写个请假条,说你们得去看医生。"

"我不、不需要请假条,如果只、只走一天的话。"多纳尔说。

"那我们就去吧。好好玩一天。我会给费奥娜写信。"

她说这些是为了打破沉寂,也是让他们知道以后会常出去玩,好有些盼头。但他们对此无动于衷。她要卖掉古虚房子的事,似乎带来了一些他们不愿去想的事。后来几天他们又高兴起来,仿佛什么都没说过。

为了这趟去都柏林,她提前一晚把他们的好衣服都拿出来,让他们把自己的鞋擦了,放在楼梯平台上。她想让他们早点睡觉,他们却说有电视节目想看,于是她允许他们晚睡了。即使这时候,他们还不想上床,在她的坚持下,他们在浴室进进出出,把他们房间的灯开了又关。

最后她上楼看到他们已经熟睡,卧室门敞开着,床上乱糟糟的。她想让他们睡得舒服些,但康诺差点醒了,她只好放弃,悄悄关上了门。

早晨,他们赶在她之前起床穿好衣服。他们给她端来茶和面包,但茶泡得太浓。她起床后,趁他们不注意,把茶水倒进了浴室的水池。

天很冷。她告诉他们,要开车去火车站,把车停在车站广场。她说,这样回家时方便。他们都庄重地点了点头,已经穿好了大衣。

开往车站时,镇子差不多阒无人迹。天色微明,有些房子还有灯光。

"我们要坐在火车的哪一边?"他们上车时,康诺问。

他们提前二十分钟到。她买了票,但康诺不愿和她还有多纳尔一起坐在有暖气的候车室里,他想穿过铁桥,到另一头向他们挥手。他还想走到信号塔那里去。他一次次回来问火车何时到,终于有人告诉他,观察月台和隧道之间的信号杆,那杆子放下来时,就表示火车正在开来。

"但我们知道火车正在开来啊。"康诺不耐烦地说。

"火车进隧道,杆子才落下。"那人说。

"如果火车来的时候你在隧道里,你就要变成肉饼了。"康诺说。

"小家伙,你会粉身碎骨的,还有,你知道吧,火车从下面经过时,房子里的杯子碟子都会当啷啷响。"那人说。

"我们家的就不响。"

"那是因为火车不从你家下面经过。"

"你怎么知道?"康诺说。

"噢,我跟你妈可熟了。"

诺拉认出了这个人,正如她认得镇上其他很多人。她觉得此人是在多诺休的修车厂里工作,但她不很确定。他那样子令她不悦,希望他不打算和他们同路去都柏林。

就在火车进站之前,孩子们又去了信号塔,这人朝她转过身。

"我说他们像他们的爸爸呢。"他说。

他带着好奇的神色眯起眼,从她脸上搜寻回应。她觉得要赶紧说几句厉害话,阻止他说下去,更重要的是,阻止他和他们坐在一起上路。

"这会儿他们最不想听的就是这话,谢谢你。"她说。

"啊,我的意思不是……"

火车来了,她从他身边走开,孩子们兴奋地冲下站台朝她跑来。她觉得自己脸涨红了,但他们毫无所觉,正在争辩火车上哪几个座位最好。

火车一启动,他们就花样百出:要看厕所,要站在两节车厢之间的危险区域——火车加速行驶时能从那里看到地面,要去餐厅买柠檬水。火车停在弗恩斯时,他们都玩过一遍了,等停在卡莫林时,他们已经睡着了。

诺拉没睡。她浏览了一下从车站买的报纸就放下了,然后看着两个孩子蜷在座位上睡觉,很想知道他们在做什么梦。她意识到,在过去的几个月里,她与他们之间那清晰又轻松的关系有所改变,也许他们彼此之间的关系也变了。她对他们再也没有确定感了。

康诺醒来,看了她一眼又睡过去,胳膊叠在桌上,头枕着胳膊。她伸手抚摸他的头发,手指插入发丛,卷了卷,又放开。多纳尔看着她,平静的目光似在说,发生的事情他都明白,没有什么是他理解不了的。

"康诺睡熟了。"她说着笑了笑。

"我们到哪了?"他问。

"快到威克洛了。"

到了威克洛,康诺醒了,又去厕所。

"在靠站的时候冲厕所会怎么样?"他问。

"会冲到轨道上。"她说。

"火车开的时候又冲到哪里?"

"我们问问检票员吧。"她说。

"我打、打赌你不会问。"多纳尔说。

"那对车站的轨道有什么不好吗?"康诺问。

"会臭、臭气熏天的。"多纳尔说。

这是一个无风的上午,地平线上压着灰蒙蒙的云,威克洛镇外的海一色的铅灰。

"哪里有隧道啊?"康诺问。

"还要过一会儿。"她说。

"过了下一站吗?"

"是的,在格雷斯通之后。"

"会很久吗?"

"看你的漫画书。"她建议说。

"火车太颠了。"

第一个隧道,孩子们捂住耳朵抵抗呼啸的噪声,装出受惊的样子,还比谁装得像。第二个隧道长得多。康诺要诺拉也捂住耳朵,诺拉顺着他照做了,她知道他睡得少就性子暴躁,动辄不高兴。多纳尔已经懒得捂耳朵,火车钻出隧道时,他靠近窗口,峭壁下面就是起伏的波涛。康诺已经坐到她身边,让她往那边靠靠,这样他也能坐到窗口。

"我们会翻下去的。"他说。

"不会,不会,火车只能开在轨道上,和汽车不一样。"她说。

他把鼻子贴着窗子,痴痴地看着险峻的景色。多纳尔也没离开窗边,即使列车已经开进邓莱里车站。

"到了吗?"康诺问。

"快了。"她说。

"我们先去哪儿?先去看费奥娜吗?"

"我们去亨利大街。"

"哇!"康诺大呼小叫,差点站到座位上,她让他坐下。

"然后去沃尔沃思超市吃午饭。"她说。

"是自助的吗?"

"是的,那就不用等餐了。"

"午饭我要橙汁,不要牛奶,行吗?"康诺问。

"行,"她说,"你想吃什么就吃什么。"

他们在亚眠街①这里下车,走出潮湿破旧的车站。沿着塔尔伯特街慢慢行走,不时停下来看看橱窗。她迫使自己放松心情,没什么要做的,他们可以随意消磨时间。她给了他们每人十先令当零花钱,但刚给就觉得错了,钱给得太多。他们瞅着钱,怀疑地看着她。

---

① 都柏林康诺利车站原名亚眠街车站,是都柏林主要火车站之一。一九六〇年为纪念爱尔兰革命者和社会主义运动领导人詹姆斯·康诺利而由亚眠街车站改名为都柏林康诺利车站。

"我们得买、买什么东西吗?"多纳尔问。

"也许要买几本书。"她说。

"能买漫画书或者年度合订本吗?"康诺问。

"买年度合订本还太早。"多纳尔说。

到了奥康奈尔大街,他们想找纳尔逊纪念柱①。

"我记得有这个。"康诺说。

"你不、不记得。你太小了。"多纳尔对他说。

"我记得。柱子高高的,纳尔逊站在柱子顶上,他们把他炸成碎片。"

他们穿过奥康奈尔大街,谨慎地等红绿灯变色,对几条车道的路况略感紧张。诺拉明白,当他们走进亨利大街时,看起来就像乡下人。孩子们什么都要看,又对什么都保持距离。他们用眼角余光打量着这个满是陌生人和陌生建筑的世界。

康诺开始对走进任何一家店去买东西感到不耐烦。

"你来看看鞋子吧?"她问,料想他如果说不,他会因为发现自己成为决定他们行程的那个人而高兴。

"鞋子?"他厌恶地皱眉,"我们来都柏林就为了买鞋子?"

"那么你想去哪儿?"她问。

"我想去坐电动扶梯。"

"你也要去吗?"她问多纳尔。

---

① 纳尔逊纪念柱:都柏林市奥康奈尔大街中央的一根高达四十米的柱子,为纪念英国海军将领霍雷肖·纳尔逊(1758—1805)而建,一九六六年被爱尔兰共和军炸毁。

"我想、想是、是的。"他闷闷不乐地说。

在亨利大街的阿诺特百货商店,康诺想要诺拉和多纳尔看着他乘上电动扶梯,再等着看他乘下来,不准他们和他一起过去,也不能走开。他一定要他们答应。多纳尔厌烦了。

第一次,康诺不停回头看他们,他们等在那里,他消失在电梯顶部,然后又出现了,随着电梯下来,眉开眼笑的。第二次,他胆子大了,拉着扶手,有些台阶两步并一步地走。下一次,他要多纳尔和他一起去,但要诺拉继续等在下面。她对他说清楚,这可是最后一次了,下午他们可能还会回来这里,不过三次上下电动扶梯已经足够。

他们下来时,她看到多纳尔也提起精神了。他们说在远一点的地方找到了一部升降电梯,要去那里乘坐。

"那就是最后一次了。"她说。

她走开去看雨伞,发现有折叠伞,小小的可以放进手提包,这种款式她从未见过。她想如果下雨,就可以买一把。等待出纳员时,她举目寻找孩子们,但他们没出现。付了钱后,她回到他们会合的地方,然后又到侧门附近升降电梯下来的地方。

他们不在那里。她等在两处地点之间,东张西望寻找他们。她想过自己坐电梯上去,但觉得只会让情形更复杂。她想如果待在这里,一定会看到他们。

他们找到她时,装作没事,只是升降电梯每层都停而已。她告诉他们,以为他们走丢了,他们交换眼色,仿佛在电梯中发生了什么,但不想让她知道。

三点钟,他们已经逛遍了想在都柏林逛的地方。去了摩尔大街,买了一袋梨,在沃尔沃思超市的餐厅用了自助餐,还去了伊森书店,买到了漫画册和书。孩子们此刻坐在比利咖啡馆等费奥娜,已经累了。诺拉觉得能让康诺保持清醒的唯一办法就是让他想着可以从双层碟盘上无限量地取圆面包。

"你得付钱的。"诺拉说。

"他们怎么知道你拿了几个?"

"大多数人是诚实的。"她说。

费奥娜来了,孩子们又兴奋起来,都争着说话。对诺拉来说,坐在对面的费奥娜消瘦苍白。

"你想听都、都柏林口音吗?"多纳尔问她。

"我们在摩尔大街。"诺拉说。

"拿熟的梨子。"多纳尔用唱歌的腔调说着,一点不结巴。

"看我的'电灯泡'。"康纳也说。

"真有趣,"费奥娜说,"抱歉我迟到了,公交车平时都是两辆三辆地来,但你要坐车了,却得等半天。"

"我要去坐双层巴士的上层。"康诺说。

"康诺,让费奥娜说一会儿,然后你再说。"诺拉说。

"你们玩得开心吗?"费奥娜问。

费奥娜的笑容带着羞涩,但说话是大人的自信口气。这几个月来她变了。

"开心的,不过现在都累了,坐在这里就不错。"

他们都不知道接下来说什么好。诺拉意识到她对最后一个问题的回答显得太过正式,像是在和陌生人谈话。费奥娜点了咖啡。

"你们买了什么吗?"她问。

"我几乎没时间买东西,"诺拉说,"只买了本平装书。"

诺拉注意到费奥娜点咖啡的动作迅速伶俐,打量咖啡厅时,眼神锐利,流露挑剔。但一开始和弟弟们说话,她又变成小姑娘了。

"你有艾妮的消息吗?"她问费奥娜。

"她给我写过一封短信。我想她是担心修女们会看信,她没错,她们是这样做的。所以她没多说。只说她喜欢爱尔兰老师,法语课的作文得了好分数。"

"我们一周后可以去看她。"

"她提到这事了。"

"我们正要把房子卖掉。"康诺突然提高声音对费奥娜说。

"你们准备住在路边吗?"她笑问。

"不是,我们准备在克拉克劳村租一辆房车。"他说。

费奥娜看着诺拉。

"我一直在考虑卖掉古虚的房子。"诺拉说。

"然后怎么样呢?"费奥娜回应。

"直到最近我才定下来。"

"于是你要卖掉它?"

"是的。"

诺拉愕然看到费奥娜强笑着,眼中含泪。她在莫里斯的葬礼上没哭,站在妹妹和姑姑身边一直沉默,但诺拉知道,正因为她没有刻意表露,其实感受更多。诺拉不知此刻应该对费奥娜说什么。

她抿了一口咖啡。男孩们没动也没说话。

"艾妮知道吗?"费奥娜问。

"我不忍心在信里告诉她这个。我们见到她时我会说的。"

"你已经做出最终决定了吗?"

诺拉没回答。

"我曾经希望能在夏天去那儿。"费奥娜说。

"我以为夏天你会去英国。"

"六月底我是要去英国,但五月底课程就结束了。我想六月份去古虚过。"

"对不起。"诺拉说。

"他很爱那房子,不是吗?"

"你父亲?"

费奥娜低下头。

诺拉带康诺去找洗手间。回来后又点了一份咖啡。

"你要把房子卖给谁?"费奥娜问。

"杰克·莱西、梅·莱西的儿子,他在英国。"

"梅·莱西来过家里。"康诺插嘴说。

多纳尔碰了碰他,手指在唇上一竖。

"得留点钱以备不时之需。"诺拉说。

"再过两年,我就能赚薪水了。"费奥娜说。

"我们现在就要用钱。"诺拉说。

"你不是就要拿抚恤金了吗?"费奥娜问,"那个没有通过?"

诺拉觉得也许不该说出自己需要钱。

"那样我们就不需要卖车了。"诺拉说,想暗示费奥娜,她们不该再说钱的事,让男孩们担心。

"我们以前在那里度过了美好的夏天。"费奥娜说。

"我知道。"

"想到要失去它就很难过。"

"我们会去其他地方度假。"

"我以为我们会一直拥有那房子。"费奥娜说。

他们有一阵子没说话。诺拉想走了,带男孩们回亨利大街。

"你打算何时卖掉?"费奥娜又说。

"合同备好就卖。"

"艾妮会伤心的。"

诺拉忍住了没说她受不了再去那里。她没法在三个孩子面前说这话。这包含太多情绪,显露太多心思。

她起身要走。

"你在这里怎么付钱的?我不记得了。"

"得让服务员来填消费单。"费奥娜说。

"还得告诉她吃了多少只圆、圆面包。"多纳尔说。

他们走到威斯特摩兰街,诺拉想对费奥娜说些别的,但不知说什么好。费奥娜站在街上,神情沮丧。这会儿诺拉对她感到不耐烦了。她正在开始自己的生活,爱在哪里住都行,爱做什么就做什么,没必要坐火车回到人人都认识她、未来岁月都替她规划好的小镇。

"我们从半分桥①过去,兜一圈回到亨利大街。"诺拉说。

"别误了火车。"费奥娜说。

"你怎么回学校?"诺拉问。

"我先去格拉夫顿街。"

"你不和我们去车站吗?"诺拉问。

"不,我要走了,"费奥娜说,"我回去前得买点东西,最近我不会再来市中心了。"

她们彼此看了一眼,诺拉觉得费奥娜态度不善,便强迫自己去想,她心情该是多么不好,或许多么孤单。她笑着说他们要走了,费奥娜也对她和男孩们笑了笑。诺拉一走开,无助感就袭上心头,她后悔没在离开前对费奥娜说几句好话,安慰她一番,也许只是简单问问她下次何时过来,或者强调他们盼望能早点再见到她。她希望家里有部电话,这样就能更多与费奥娜联系。她想可能明天早晨给费奥娜写封短信,感谢她来会面。

在塔尔伯特街,朝火车站走去时,康诺把他剩下的钱都买了积木,但不知该挑哪个颜色。诺拉已经累了,但还是听着,看着,提出建议,而多纳尔站得远远的。康诺在收银台改变主意,回去换了另一盒积木,她朝收银员笑了笑。

天黑了,有点冷。他们坐在火车站小咖啡馆的破塑料椅上。诺拉在购物袋里找钱包,却发现买来时新鲜的硬邦邦的梨子,只

---

① 半分桥是都柏林的著名地标,横跨分隔都柏林南北的拉菲河,正式名称为拉菲桥,俗称半分桥是因为过去过桥需缴费半分。

隔了几小时,就潮乎乎了。纸袋破了,她把梨子扔进垃圾箱,知道没必要继续拎着,火车上只会烂得更多。

孩子们没意识到回家路上天会黑,火车往南开时,窗子蒙了雾。他们打开积木,康诺玩积木,多纳尔看书。过了一会儿,康诺挪到诺拉那头的桌旁,靠着她睡着了。她看了看对面的多纳尔,他正翻过一页书,那样子特别像大人。

"我们明、明天去上学,是吗?"他问。

"哦是的,我想你该去上学。"她说。

他点点头,继续看书。

"费、费奥娜什么时候再、再来?"他问。

她知道,她与费奥娜在咖啡厅说的话,默默地在他心中活动。她寻思着说些什么才能不让他担这份心思。

"你知道,费奥娜会喜欢房车的。"她说。

"她听、听起来,不、不像是那么回事。"他说。

"多纳尔,我们得开始新生活。"她说。

他考虑了一会儿她的话,仿佛摆在面前的是复杂的家庭作业。然后他耸了耸肩,又去看书了。

车厢暖气太足,诺拉轻轻地把康诺放到一旁,脱了外套。他醒了一下,连眼睛都不睁。她记了一笔,要去问问克拉克劳村的房车。

她又想着自己站在古虚的房子里,设想在一个夏日,孩子们从晾衣绳上拿了衣服毛巾去沙滩,或者她和莫里斯黄昏时分从小路回家，边走边赶开蚊蚋，一进屋就听到孩子们打牌的声音。这都结束了，再不会回来。房子里空荡荡的。她勾勒着黑黢黢的小房间，会是多么悲惨凄凉的景况。她想到镀锌屋顶的落雨声，门窗在风里的嘎嘎声，光秃秃的床架，躲在黑暗缝隙里的虫子，还有永不安宁的大海。

火车朝恩尼斯科西驶去时，她愈发觉得古虚的房子凄凄惨惨。

康诺醒来，环顾四下，朝她露出睡眼惺忪的笑容，伸着懒腰又靠在她身上。

"我们快到家了吗？"他问。

"不远了。"她说。

"我们在克拉克劳村时，"他问，"把房车停在胜利柱公园那边，还是停在山上的房车营地？"

"噢，在胜利柱公园那边。"她说。

她知道自己回答得太快。多纳尔和康诺积极思考她的话。接着康诺瞟了一眼多纳尔，等他反应。

"已经决、决定了吗？"多纳尔问。火车放慢了速度，这天她第一次笑出来。

"决定了？当然是决定了的。"

火车在震动中停下，他们迅速收拾行李。走到车门口，遇到了检票员。

"现在问他厕、厕所的事。"多纳尔小声说，捅了捅她。

"我会告诉他想知道这件事的人是你。"她说。

"这小傻瓜要和我们一起去罗斯莱尔吗？"检票员喊道。

"哦不,他明天要上学。"诺拉说。

"我不是小傻瓜。"康诺说。

检票员笑了。

她开车离开车站广场时,想起了一件事,不知怎么就把想到的说给孩子们听了。

"我们刚结婚的时候,应该是在暑假,有天早晨我们开车去车站,发现正好错过一趟火车。火车已经开走了,天哪,我们非常沮丧。不过那天上午的负责人不是以往的车站主管,是个年轻人,是你爸爸以前的学生,他叫我们回汽车上,开到弗恩斯,他会叫火车停在那里等我们。那只有六七英里,于是那天早晨我们赶上了火车,到了都柏林。"

"是你开、开车,还、还是他开、开车?"多纳尔问。

"爸爸开车。"

"他一定开得飞快。"康诺说。

"他比你开、开得好吗?"多纳尔问。

她笑着回答他。

"他开得很好。你还记得吗?"

"我记得有一次他撞、撞到了一只老鼠。"多纳尔说。

镇上的街道空荡荡,没有其他车了。两个孩子似乎思维活跃起来了,话多问题也多了。她想,回到家就点上壁炉,一整天下来他们很快就疲倦了。

"但是你们为什么那、那天不直接开、开车去都柏林,而要坐火、火车呢?"多纳尔问。

"我不知道，多纳尔，"她说，"我得想想这事。"

"我们以后能开车去都柏林吗?"康诺问，"然后想停哪儿就停哪儿。"

"当然可以。"她说着在房子前面停好了车。

"我喜欢那样。"他说。

她很快点上火，孩子们换了睡衣准备睡觉。他们安静了，她知道房间灯一关他们就会睡着。她心想傍晚是否有人来过，想到有人在黑暗中走到房前，敲了敲大门没有回音，又站在那儿等了片刻才离开。

她给自己泡了杯茶，坐在壁炉前的扶手椅上。她打开收音机，播放的是体育比赛结果，又把它关了。上楼看到孩子们已经睡着，她看了看他们，关了门，把他们留在睡梦中。她下了楼，不知是否有好看的电视节目，就走过去开了电视，等画面出来。这几个小时如何打发？真想回到火车上，回到都柏林的街上。屏幕上出现的是美国喜剧，她看了一会儿，录制的笑声令她不快，又关了电视。房子沉寂下来。

她想到在都柏林买的书，已经不记得出于何种缘由而买。她去厨房，在袋子里找这本书。一打开书，又放下了。她闭上眼，希望以后上门的人少些。以后等孩子们睡觉，可以更多地把房子留给自己。她会学会如何打发时间。在宁静的冬夜里，她会找到生活方式。

二

一月下旬的一个星期六,她的姨妈乔希当了一回不速之客。当时诺拉已在后厅生了火,孩子们在那儿津津有味地看电视,她自己在厨房洗碗。她听到敲门声,想到应该脱下围裙,照一照镜子再去应门,但她只是随意在围裙上擦了擦手,穿过小门厅快步走到前门。透过结霜的玻璃,她就差不多认出这是乔希。姨妈等在最上面那级台阶上,那风风火火、急不可待的架势,透过玻璃木门都能感觉到。

"我来镇上了,诺拉。"一开门,乔希就说,"约翰捎我来的。他这会儿有事要办,过会儿来接我。我来看看你。"

诺拉看到乔希的儿子约翰正在倒车离开。她拉住门,姑妈走进客厅。

"孩子们在吗?"

"他们在看电视,乔希。"

"他们好吗?"

诺拉明白,不能把姨妈带到前厅再打开那里的电子壁炉,房间太冷了。但也知道如果乔希进了后厅,就会滔滔不绝,没有片刻安静,孩子们就不得不关掉电视机,或围坐在沙发旁努力听她说话。她忘了他们在看什么节目,也不知节目何时播完。孩子们很少像这样坐在一起,她后悔在乔希敲门之前,没能好好享受家里宁静祥和的气氛。

"哎呀,要我说,你这房间弄得挺气派的,又暖和。"乔希说。

她与孩子们打了招呼,他们拘谨地站了起来。"每次我见到他们就又长个头了,哎呀看看他们现在的样子,小大人了。多纳尔都和我一般高了。"

诺拉看到多纳尔和康诺朝自己瞟了一眼,她差点要让乔希别说太多,先让他们看完节目。

"姑娘们呢?"乔希问,"她们怎样了?"

"哦,很好呢。"诺拉淡淡地说。

"费奥娜不回家过周末吗?"

"不回家,她想留在都柏林。"

"艾妮呢?"

"她适应得挺好的,乔希。"

"保克劳迪是极好的学校,我真高兴她在那上学。"

诺拉往火里添了几块木柴。

"我给你带了几本书。"乔希说着把一直提着的拎包放在地上,"我不知道你对这些书有什么想法,有几本是小说,其余的在你看来大约是神学,其实并不像表面看来这么枯燥。最上头的这本是托马斯·默顿写的,我以前跟你提过此人,就在那次葬礼过后。然后是泰亚尔·德·夏尔丹,我在医院里跟莫里斯说过他。但不管怎样,看看你有什么想法。"

诺拉望了一眼多纳尔和康诺。他们正盯着电视机。她差点要让他们把音量提高。

"大家都好,真不错,"乔希说,"艾妮学习一定很用功,现在可不容易,竞争激烈呢。"

诺拉礼貌地点点头。

"节目快结束了,"她说,"孩子们很少看电视,但他们喜欢这个节目。"

多纳尔和康诺的目光没有从电视机上挪开。

"哎呀,他们和我住在一起时,可爱看书了,两个都是。我们开电视只看新闻,这些乱七八糟的美国节目是不看的。"乔希说,"你都不知道那些美国节目里会说出什么话来。"

多纳尔转过头来要说话,诺拉发觉,他的结巴更严重了,头一个字就说不出来。她从未见他如此吃力地说不出话,尚未开口就已经结巴。她看到弟弟朝多纳尔伸过胳膊,似乎要帮他。她心里猜想他要说什么,想要不要帮他说出来,让他不要再拧着眉毛发出磕磕巴巴的声音。但她只是移开视线,希望他放松,随便说什么都好。但最终他还是不行,放弃了努力,眼泪汪汪地转回身看电视。

诺拉不禁想她能去哪里,如果在一个小镇或都柏林的某处有这样一栋房子,林荫道旁普通的半独立住宅,没有人上门拜访,只有他们仨在那里。接着她不由得有了另一个念头,假如有这么一个地方,这样一栋房子,就意味着曾经发生的事能被抹去,如今压在她肩上的重担能被卸下,过去能恢复如初,她就能轻轻松松地进入没有痛苦的现在。

"你同意我的看法吗,诺拉?"乔希热切地盯着她说。

"上帝啊,我不知道,乔希。"她说,不知话题改变了没有,然后站起身,觉得现在最好给姨妈端上茶水、三明治或蛋糕。

"别麻烦了,一杯茶就好。"乔希说。

诺拉站在厨房里,如释重负,险些笑出来。她知道孩子们的目光不会离开电视机,除非乔希直接、刻意地对他们说话。从房间的沉默气氛她知道乔希还在思考该如何提问才能让他们回过神来。她一边煮水,准备一托盘的杯子碟子,一边侧耳倾听,但只有电视机里模糊的对话声。她想,目前为止孩子们赢了。

节目结束后,孩子们起身离开房间,她从没见他们这么古怪,不只是害羞,还有些尴尬,没礼貌。多纳尔还是红着脸,不与她目光对视。

这时乔希开始说她的花园计划,要在柴房后面弄一片菜地,然后又说她的邻居。孩子们一离开房间,关了电视机,乔希就问她圣诞节的事。

"哦,圣诞节已经过去了,这太好了,"乔希说,"整个一月我都这么说,能感觉到白天越来越长。"

"我们过了一个安静的圣诞节,"诺拉说,"还好已经结束了。"

"女儿们回家一定不错吧?"

"是的,很好,但我们都各怀心事,有时候不知道从何说起。我们大家都尽力了。"

乔希称赞了诺拉穿的毛衣后,就开始聊服装和潮流了,诺拉想,她平时对这个话题并不感兴趣。

"喏,韦克斯福德有一家叫菲兹杰拉德的店,"她说,"我经过的时候注意到了这家,当时我有两个小时需要打发,等约翰干完他那不知道是什么的活。于是我进去了,里面的店员非常友好,服务热情。我开始试穿时装,她就把配饰都拿出来了。你应该看看那价格!哦,她让我试了十几次,又去找来更多可能更适合我的东西。我只是打发时间而已。我在店里愉快地待了一小时。她有各种颜色、深浅、剪裁的新款,有适合我的,有不适合我的。最后我穿回自己的衣服,准备离开,她都没有出个大声说我浪费她时间。然后她跟着我走到门口,说我别再想进她店门了。"

诺拉肚子都笑痛了。乔希还是一本正经,只是两眼发光。

"所以我不会去菲兹杰拉德买我的春季服饰了。"她伤心地说道,摇了摇头,"那女人太无礼!太放肆了。"

乔希在她的手提包里摸索一番,找出一个大信封。

"好了,我把老房子收拾了一下,诺拉,我以前可不干这事,要么才动手就完事了,所以那地方乱糟糟的,我觉得我跟前夫离婚就是因为房子不整洁。一个离婚的寡妇。不管怎么说,我找到了这些东西。它们应该一直在我手上,我觉得该给你看看。"

信封里是一张褐色的对折的卡,里面一侧插着数张黑白照片,另一侧插着底片,中间的折痕已经快磨坏了。诺拉抽出照片就立刻发现是她父亲,坐在他腿上的孩子正是她自己。第二张照片上,她的父亲母亲并肩而站,英姿勃发,想来一定是他们二十多岁的时候。他们穿着体面的衣服。剩下的照片不是父母的合影就是单人照,有几张她也在里头,还是个小孩。

"我从来不知道还有这些照片,"她说,"以前没见过。"

"我想是我拍的,"乔希说,"但不太确定。我知道我有过一台相机,当时只有我有相机,我一定是把照片印了出来,然后就忘了。"

"他很帅气,对吧?"

"你父亲?"

"是的。"

"嗯,他是的。我记得我们都跟她说,如果她不嫁给他,那么很快会有别人嫁的。"

"你觉得我父母也从没见过这些照片?"她说。

"除非有重印的,"乔希说,"我不清楚了。奇怪我都不记得这些了。也可能是别人拍的,但我不明白怎么会到我手上。"

"他们那时什么都不明白,这真有趣,"诺拉说,"我们也都不明白。什么都不知道。他去世时,我在他身边。"

"你们一直在他身边。"

"不,我们不都在。只有我在。当时我十四岁。"

"你母亲总是说他过世时你们一直守在床边。诺拉,她一直这么说的。"

"我知道她说过,但那是她编造的。不是真的。她还当着我的面说过。但只有我独自一人在他身边,我等了一两分钟才跑下楼去。我等了一两分钟,不想让他们过来,或是不让自己过去。他去后我静静地陪着他。后来当我告诉母亲,她跑到大街上大哭起来,我不明白她为何要这么做,随后几乎所有镇上的人都来了,那时他身体还没冷。"

"他们一定是来念《玫瑰经》或别的经文。"

"啊,是《玫瑰经》。我希望再也不要听到《玫瑰经》了。"

"诺拉!"

"是这样的。上帝知道是这样的。我还是得这么说。"

"有时候老一辈人诵经是很有安慰作用的。"

"好吧,他们安慰不了我,乔希。或者是《玫瑰经》安慰不了我。"

乔希又拿出照片,端详起来。

"你总是你父亲最喜欢的一个,即便后来有了其他孩子。"

她把那张诺拉坐在母亲腿上的照片递给她。诺拉发现母亲僵硬地做出拍照的姿势,好像腿上的小孩不是她的。

"我觉得她不知道该怎么对你,"乔希说,"你从第一天开始就明白自己要什么。"

"另外两个就容易多了。"诺拉说。

乔希笑了起来。

"你还记得她怎么说你的吗?是我的错,是我问她,她的两个女婿里头,她更喜欢哪个,她说,越想越觉得更喜欢两个女婿和另外两个女儿,不喜欢诺拉。我都没问起你。我不知道你当时对她做了什么。"

"我也不知道。但我肯定干了什么。也许没有,也许我什么都没干。"

乔希又笑。

"我告诉你时,你对我没好气的。"

"我想当时也是觉得有趣。但或许只有事后回想才会这么感觉。"

"不管怎样,我找到了这些照片,我肯定帕特·克莱恩会将这些底片印成照片来给她们,如果她们要的话。"

"她们不在照片里头,会介意这点的。"

"我想她们会高兴拿到你母亲年轻时的新照片。我觉得当年她不会有很多照片的。她们会乐意看到她年轻时的模样。"

诺拉明白了这句话的潜台词,这是在说她不乐意。她看了眼乔希,笑了。

"是的,没错。"

乔希离开之前,孩子们进房间说了晚安。后来诺拉上楼查看,他们已经睡着。她锁了大门,关了楼下的灯,进自己卧室准备睡觉。她躺在床上打开姨妈带来的托马斯·默顿的书,读了个开头。她发现自己没在专心看书,便熄了灯,在黑暗中躺了一会才渐渐入睡。

醒来时,她不知是几点,但觉得应是半夜。有个孩子大叫了一声,声音惊天动地,她以为有人闯进房子,想是不是要打开卧室窗子,喊醒邻居,让他们叫保安队来。

尖叫声又传来,她知道是多纳尔。康诺没叫,这让她更慌张,想是否应该先叫人来帮忙,而不是直接进他们卧室。她拉开房门,走到楼梯平台,听到多纳尔喊出几个字,又叫起来。他做噩梦了。

她打开孩子们的卧室门,开灯。多纳尔一看到她,就在床上坐直,叫得更响,好像他怕的是母亲。她走过去,他就缩起来,伸开双手像要推开她。

"多纳尔,你做梦了,只是个梦。"她说。

他不叫了,却哭了起来,指甲嵌入自己的胳膊,一脸痛苦。

"亲爱的,只是个梦,每个人都做噩梦的。"

她转头瞧了瞧康诺,他正平静地看着她。

"你没事吧?"她问他。

他点头。

"要不我们下楼给他倒杯牛奶,多纳尔,你要喝牛奶吗?"

他前后摇晃身子,抽噎着,没说话。

"你没事的,"她说,"真的,你没事的。"

"他有事。"康诺静静地说。

"他怎么了?"她问。

康诺没说话。

"康诺,你知道他是怎么回事?"

"他每天晚上睡着了都呜噜呜噜的。"

"但和今晚不一样吧。"

康诺耸肩。

"多纳尔,你做了什么梦?"

多纳尔还在摇晃,但安静下来了。

"我拿杯牛奶来,你会告诉我吗?你要吃饼干吗?"

他摇头。

她下楼倒了两杯牛奶。在厨房里看到此时是三点三刻。外面一团漆黑。她回到楼上，走进卧室，两个孩子正面面相觑，但她一进去，他们就移开眼神。

"怎么回事？"她问，"只是做噩梦了吗？"

多纳尔点头。

"还记得是什么梦吗？"

他又开始哭。

"要不要我把灯亮着？我还可以把门也开着。这样好吗？"

他点头。

"他喊叫的时候说了什么？"她问康诺。

她看得出康诺正在思忖该怎么回答。

"我不知道。"他说。

"是因为乔希来了？"她问多纳尔，"所以你不高兴了？你不喜欢乔希？"

她看看这个，又看看那个。

"是这样吗？"她又问。

他俩都没回答。康诺似乎要蜷缩到被子底下。他没碰牛奶。多纳尔慢慢喝着，避开她的注视。

"我们明早再谈这个问题好吗？"

多纳尔点头。

"我们可能要去参加十一点钟的弥撒，所以早上能睡个好觉。"她说。

她再次注意到他俩交换了一下眼神。

"出了什么问题？"她问。

多纳尔的目光越过她，仿佛楼梯平台那里有什么东西吸引了他的注意。她朝身后看了看，什么都没有。

"我一定也会把我的房门开着。这样好些吗？"

多纳尔又点头。

"你们觉得还能睡着吗？"她问。

多纳尔喝完了牛奶，杯子放在地上。

"如果再做噩梦，就叫我。"

他勉强笑了笑，表示同意。

"我关掉房间灯，开着门，留着楼梯灯如何？"

"好。"他小声说。

"噩梦醒了就不会回来了。"她边说边慢慢走出房间，"我想你现在没事了。"

她上午做早餐时，多纳尔显然即便记得梦境也不愿告诉她，她决定不再提起，除非他或康诺先提，她不想追究昨夜的事，以免多纳尔更焦虑。她要去看古迪甘医生，问问口吃这毛病能否医好，但不会带多纳尔同去。她明白，太在意此事只会让情况更糟。也许会自愈的。她并没有从学校听说什么，心想这毛病是不是在家才有。一想到口吃将会伴随他一辈子，或持续整个少年时代，她就不寒而栗，不敢想下去了。

她与孩子们坐在一起用早餐，然后带他们从后街去教堂。整场弥撒中，她眼前不时闪现昨晚乔希进房间时他们抬起头的样子。

他们的眼神透着不安，近乎恐惧，尤其是康诺的眼神，但多纳尔也是。当时她以为是他们的电视节目要被打断了的缘故。但当多纳尔从噩梦中惊醒，一提到乔希，他俩就沉默了。她想，以后若有机会，再提提乔希，看他们怎样。但这会儿也觉得，最好别理会这事，希望多纳尔不再做噩梦，也希望孩子们在家里安定下来，逐渐习惯父亲去世后还将继续的生活，万事都会改变，有些事也许会变得更好。

在那一周里，虽然他们都没再提起乔希，但他们的反应还是挥之不去，直到她想到，乔希那个星期六来是否为了试探，看看孩子们对她如何反应，是否对诺拉说了什么。她反复思索乔希的那次来访，她一到就喋喋不休，仿佛心存顾虑。她越想越觉得有道理。莫里斯过世后，孩子们和乔希住了两个月，但自从葬礼过后就没见过她。她进门，他们应该更友好才对，那次聊天中应该更多提及他们与她相处的时光才对，哪怕说说趣事，谈到他们做过的事？乔希与他们彼此保持距离，仿佛她是陌生人，甚至比陌生人还陌生，诺拉想。

周五，费奥娜来过周末。次日，诺拉告诉费奥娜和儿子们，她要去韦克斯福德买东西，下午茶时间回来。正在看书的费奥娜抬起头，没问什么。诺拉想，儿子们还太小，想象不到母亲还能编造自己的去向。

她开车朝保克劳迪而去，然后驶离河边，来到乔希的房子。她想到自己或许不走运，乔希很可能外出或家中有客，但还是觉得这般突然造访更好，于是今日就这么做了，免得过多琢磨儿子们在莫里斯过世后那两个月中与乔希相处时究竟发生了什么。

她故意没去想要说什么，如何开口。只是往乔希家开去，相信见到姨妈就知道该怎么做了。约翰结婚时，乔希也从教师岗位退休，在老农舍隔壁建了自己的房子。她对房子的设计很是自得，那看起来与老房融为一体，窗子是一样的形状，屋顶上的石板也差不多。她建了夏季寓所，楼上一间山景起居室，一间小卧室连着浴室。楼下还有一间带浴室的卧室，一间有开放式壁炉的温馨客厅，隔壁是厨房。她喜欢告诉客人，门廊和浴室都是为轮椅设计的，但她还没决定行动不便时将住哪一层。说到行动不便她就笑起来。平时她打理花园，看书，听广播，聊电话。

诺拉回想孩子们为何与乔希同住了两个月，是自己还是乔希先提出来的。她回溯那段时间，但那些画面填满细节，那些时刻装满无法忘却的瞬间，剩下的时间则像是透过雨水纵横的玻璃窗望出去一般。陪莫里斯走进医院的大厅时，心知他很可能不会活着出来了。他说想再出去看一眼天空，于是她在大厅等他，让他自己去看，看着他走到门口开始哭泣。这些事情与其他事情的关系——比如她为孩子们去乔希家而做的安排——太过牵强，她此刻还看不明白。

她知道自己应该记得发生过的事，并非她好像不在那里，漫不经心地做出这些安排。但无论当时情况如何，她确信这些安排是自然而然的，是显而易见的解决方案。她感谢乔希接纳两个孩子，孩子们平安无虞，莫里斯最终回家并开始衰弱时他们不在那儿，他们不该看到他那样子，她为此感到心安。

　　他当然没有死在家里。最后疼痛剧烈，器官衰竭，而她也无法再护理他时，不得不将他送到布朗斯伍德。这是镇外一家以前的结核病医院，现在收治普通病人。虽然他闭眼躺在担架上，几天来没说过一句清楚话，但她知道他明白自己是最后一次离开这个家了。她握着他的手，但每次他抓住她的手时，他的手总是不受控制地像把锯子一样抽搐。至少孩子们没在那里目睹这些。

　　她沿着长长的车辙印去乔希家，半路打开两扇铁门，开过去后又关上，尽量不踩在泥团和粪肥上。她注意到两侧空空的排水沟里长着一些叫不出名的红花。天色暗下来，阴云压在黑梯山上，她站在铺石路上，不由自主地颤抖。她发现约翰的车不在那里。她不知道应该先敲老农舍的门，还是兜一圈去敲乔希家的厨房门，那门是进她那部分居室的唯一通道。农舍看来没人，她走了一圈，鞋子陷进了草地。她想，最近镇上一定雨水很多，比往年都多。她透过窗子朝里张望，看到一把扶手椅，旁边有一张小桌子，上面摊着一份报纸，报纸上压着两只杯子，另一张桌上有个花瓶，插着鲜亮的百合以及她刚刚在排水沟里看到的红花。从另一扇窗子，她看到被子没叠的双人床，地板上散乱着几本书，像是从床上掉下来的。乔希一定是在享受她的退休生活，她想着笑了笑。

　　她叩响厨房门，没有回应。此刻她感到一片寂静，唯有远处传来的鸦啼，还有微弱的拖拉机声，起初像正在开来，但接着又离去了。她看了看周围几乎遮蔽了柴房镀锌棚的松树和杉树。穿过草坪还有一条路，她知道以前那儿是果园。记得多年前有一次梨子苹果的意外丰收，因为无人照料这些果树，无人剪枝修叶——至少乔希是这么说的——所以收成特别好。这场丰收后，果树死了，或者死了一部分，剩下的只能出产没人要的酸苹果。乔希告诉她，去超市买苹果方便多了，不像这里长出的硬梨，即便放软了也没人爱。

乔希已经决定无论如何都要把精力放在她在果园后面柴房一侧新开辟出来的园子上。约翰帮她耕的地，她买了指导种花种蔬菜的书和手册。她喜欢跟人说，她到老了才逐渐找到住在农场的理由，头一次明白关键不仅在肥料，还在土壤本身和时令季节。诺拉低头躲开树枝，避开带刺的荆棘，想看看姑妈是不是在园子里时，几乎就听到她嚷嚷着这些话的声音了。

她跨过篱笆走向菜园。乔希种了一些需要铁丝网和竹竿的作物，诺拉不确定是不是覆盆子。一侧是整齐的田垄，已经种了土豆。后面有块花圃，此时没有花。看起来这里有繁重的活要干，她心想乔希怎会不腰酸背痛呢。正在此时，她转身看到了姨妈，就明白乔希已经默默观察她一阵了。

"诺拉，你的鞋子完了。"乔希说。她拿着一把小园艺耙，几枝茎叶，戴着貌似过大的园艺手套。

"我没看到你在那里。"

"我想先让你待一会儿，看看我的辛勤劳动成果。"

乔希的语气里有种挑衅，仿佛她的领地被入侵了。诺拉想，她一定奇怪为何自己前来造访，但开口却像是已经聊了一阵子了。

"我觉得今天干的活够多了。"乔希说，"我经常很早开工，一切都准备好,一等天气好转就把球茎种下去。然后看会儿报纸,吃早饭,再过来看看我干的活。到现在这个时候,我干完了。过来就是欣赏自己的劳作,整理一下这块地方。"

她朝诺拉走去,似乎心有所思,步子缓慢沉重,嘴紧抿着。

"诺拉,等到你上了年纪,"她说,"就会知道。一方面一丁点事都会心满意足,一方面对一切事都非常不满。我不知道这是怎么回事。干很久活我都不累,但一站起来就筋疲力尽。"

她扶着乔希跨过篱笆,穿过果园,乔希脱下手套。

"好了,我们上楼吧。"她们走到房前,她说,"比以前整洁了,我有套新的冲茶器,楼梯平台上有小冰箱,什么都有。我洗完手和脸就过去。"

诺拉已经忘了楼上房间的天花板有多高。沉重的淡灰色光线充满房间,扎在灰色地毯上,四壁涂白,深蓝色的灯罩、沙发上的蓝色靠垫、蓝色窗帘、花色地毯和满满当当的长书橱,赋予屋子一种豪华感,这是开上那条车道、从外面张望这栋房子、穿过死气沉沉的果园的人所意料不到的。

她站在窗口展望这一天,第一次意识到她的两个儿子曾经扰乱了这些屋子里精心布置的生活。即使最不整洁的地方,也是乔希生活的一部分,而这份生活似乎不愿被打扰。她想,把他们交给姨妈而不是她的妹妹们,曾经是有充分理由的。她没有让他们和基尔肯尼的凯瑟琳一起住,尽管凯瑟琳主动提出过,但她还有自己的孩子要照料。还有她的小妹尤娜,周末过来就住在房子里照顾艾妮和费奥娜。尤娜没法照顾两个男孩,莫里斯的妹妹玛格丽特也不行，虽然玛格丽特很喜欢他俩。诺拉也不能把他们交给邻居或表亲。乔希却有地方和时间，住处距离镇子又近。孩子们熟悉她和约翰夫妇，也熟悉农舍甚至乔希扩建的屋舍。当时看来很有道理。但当诺拉望向窗外，又回身审视乔希为自己退休生活而创建的这片空间时，她把儿子们长期留在这里的想法，就不那么有道理了。

乔希梳了头发，披了件羊毛衫。她推来一架小餐车，上面有一只茶壶、两组杯碟，还有一碗糖和一罐牛奶。

"让茶叶泡开。"她边说边走到窗边。

"天气好的时候，这里很舒服，还能用取暖系统，所以冬天也暖和。我曾经担心取暖系统会把头发风干，不过用着挺好……"

"乔希，我是来问两个儿子的事。"诺拉打断了她。

"他们好吗？"乔希问道，朝推车走去。

"我从没问过你他们在这里的情况。"

"问我觉得情况如何？"她问。

诺拉没回答。

"这事是我提出来的，诺拉，我是诚心的。"

"他们觉得如何？"诺拉静静地说。

"诺拉，你是在责怪我什么吗？"乔希问。

"不是，我就是问问，没别的意思。"

"好吧，那么坐下来，别这样看着我。"

诺拉坐到沙发上，乔希坐到她旁边的扶手椅上。

"多纳尔回家后口吃得很厉害。"

"是的,他是在这儿开始这个毛病的,诺拉,是在这儿开始的。"

"还有康诺,我不知道他是怎么回事,星期六晚上,多纳尔做噩梦,情况很糟糕。"

乔希把餐车拉过来,开始倒茶。

"你自己加牛奶和糖,我从来不知道分量。"

"他们在这里出了什么事?"诺拉问。

乔希往自己的茶里放了一块糖,接着又倒了些牛奶,她喝了一口,把杯子放回餐车。

"我想他们注意到了这种寂静。"乔希说。

"这种寂静?就是这样?"

"是的,他们是镇上来的。也许我应该安排他们去和几个当地孩子玩,但他们不要。所以就待在这里。到处静悄悄的。他们以为你会来,但你没有。有时候即使有辆车开过来或者停在马路上,他们也会停下正在干的事,坐起来。时间慢慢过去。我不知道你把他们留在这里一次都不来探望,到底是怎么想的。"

"当时莫里斯快不行了。"

"康诺夜里老是尿床,我不知道你一直把他们留在这里是怎么想的。"乔希又说了一遍。

"我别无选择。"

"那么我们也没得选。你觉得他们回家的时候应该毫无变化?"

"我不知道我怎么觉得的,我想过来问问你。"

"嗯,你正在问我,诺拉。"

她俩都沉默了片刻。诺拉好几次想开口又打住了。

"我当时在照顾莫里斯。"她终于说。

"不管你怎么做,我都没意见。康诺开始心情沮丧时,我试着和他说话,安慰他,但我不知道你何时才能来。我从来不知道多纳尔心里在想什么。你得看着这孩子,或者两个孩子你都得注意。我给你住的那家旅馆打过电话,但你从来不回电。"

"事情每天都发生变化。"

"我打电话,你从不回。"

"大家都在问。"

"我和大家一样?"

"我当时不知道会多久……"

"孩子们也不知道。所以我们都尽自己的力。最后他们好起来了。最后康诺只是偶尔尿床了。"

"我之前不知道尿床的事,谢谢你,辛苦你了。"

"现在回家,回他们身边去吧。"

"我会的,乔希。"

她没喝完茶就站起来。她等了等,看乔希是否会起身,但乔希没有。她姨妈坐在扶手椅上,身体前倾,盯着地板,佝偻着双肩。

"也许我们很快会和你见面。"诺拉说。

"我去镇上的话会上你家的。"

诺拉走下楼梯,绕过房子走到车前。时间还是下午。她看了手表才发现自己做客没超过半小时。如果她高兴,还有时间去韦克斯福德买些东西再回家。

三

她的大伯子吉姆，坐在壁炉一侧的安乐椅上。他等到孩子们进了前厅，才从衣服里袋掏出几张纸，递给她。

"你还是想用这些祈祷文？"他问。

"是的。"诺拉说。

"我们还希望你改变主意了呢。"

她的小姑子玛格丽特笑了。

"吉姆不喜欢这些。"她对诺拉说得理直气壮，好像吉姆不在屋里，"上帝知道，你母亲的，还有我们母亲的，我们都只在纪念卡上放简单的祈祷文。"

"钱也会花得更多。"吉姆说。

"对莫里斯来说这是桩小事，"诺拉说，"我喜欢这样。"

"我们都看不懂这些祈祷文。"玛格丽特说。

诺拉看了看吉姆递过来的纸，开始念："'人说，英年早逝。早逝？不，英年得天佑，转眼而不朽。他逃脱了岁月战栗之手。'这些话的意思是，他很快成为不朽。"

"你为何不自己去印呢？"玛格丽特建议说，"我们去印其他通俗的祈祷文。我们在外地有老亲戚，基尔蒂利的那一帮人，还有科克的瑞安一家，他们都会觉得这很古怪，诺拉。他们喜欢用简单的纪念卡来悼念莫里斯。"

"如果我们分开用纪念卡,他们会不会觉得我们闹分裂?"诺拉问。

"他们知道我们关系很好,诺拉,特别是现在。"

"这大概是最好的解决方式。"吉姆说。

诺拉明白过来,他与玛格丽特来此之前就已经商量好了。她对这个折衷方案感到满意,庆幸自己没在他们要求印随大流的简单老式祈祷文时让步。

沉默很快被敲门声打破。一个男孩过去开门。三个大人竖起耳朵,听到门廊里女人的声音。诺拉不知道那是谁,悄悄地把祈祷文收好,走到房间那头开了门。

"噢,文兰太太,请进,"她说,"真高兴见到你。"

莫里斯已过世六个月,来客逐渐减少,有些晚上没人来,她为此感到轻松。她与文兰太太不熟,觉得莫里斯没在学校里教过她任何一个儿子。她想他们大概上的是职业中学,也不知道还在不在镇上。

"我就不坐了。"文兰太太说。与玛格丽特、吉姆打过招呼后,她终于同意坐了下来,但没脱外套和摘围巾。

"我就是给你捎个口信,所以不耽搁了,不喝茶也不用别的了,只捎个口信。目前我在吉布尼那里工作,不晓得你知道吗?总之,佩吉·吉布尼托我告诉你,她想见你,还有威廉也是,随便哪天午后都行。她通常在家,但如果你敲定一天,那么她一定在。"

三 053

诺拉发现玛格丽特和吉姆在仔细打量文兰太太,他们能咂出这邀请不同寻常。虽然她与佩吉·吉布尼是中学同学,但她们已多年未见。诺拉婚前与威廉一起在家族的磨坊公司上班,公司是他父亲开的。现在威廉当家做主,不仅是磨坊主,还是镇上最大的批发商。她知道,他与佩吉不会无缘无故发出邀请。他搬进父亲的老房子,继承了一切后,就不那么平易近人了,至少她听说如此。

"看他们哪天方便,文兰太太,"她说,"我都行。"

"那么我们就说定周三?三点如何?要不三点半?"

"周三没问题。"

文兰太太再次拒绝喝茶,一再说不会久留。当她和诺拉单独在门厅时,她压低声音说:

"他们想要你回公司。但见到他们可别提到这点。让他们自己告诉你。"

"有职位空出来了吗?"诺拉问。

"让他们告诉你。"文兰太太小声说。

诺拉回到后厅,就知道玛格丽特和吉姆在她脸上搜寻是否在门厅说过什么话的迹象。诺拉坐下来后,有一阵他们没开口,等着诺拉先说。她朝壁炉里添了些煤,缓和一下气氛。

"我觉得吉布尼公司干得不错,"玛格丽特说,"除了磨坊,他们别的也干。所有农民都去那边的农场零售店,你经常能看到现金出货那头排着货车长队。批发销售额也很高。儿子们都很有进取心。"

"他们当然要算作生力军。"吉姆说。

不久多纳尔和康诺进屋来道晚安,吉姆和玛格丽特起身说该回家了。诺拉送他们到门厅。

"那么我们就分开做纪念卡,"吉姆说,"可以用一样的照片。"

诺拉点点头,没说话。

她打开前门。吉姆走过她身边时,偷偷摸摸地塞给她一个信封。

"帮你渡过难关的,"他说,"什么都别说了。"

"我不能拿你们的钱,本来这一切都是你们付的钱。"

"只是帮你这段时间而已。"他说,她从他语气中明白,她在辞职二十一年后回到吉布尼公司这事,不仅得到他的赞同,还似乎满足了他的期待。走下阶梯前,他用心照不宣的眼神看了看她。她寻思着,既然他熟识镇上每一个人,那么会不会在这次文兰太太的造访中起到作用了呢。

他们走后,她坐回椅子,琢磨起吉布尼公司来。她记得在父亲死后,修女们,特别是凯瑟琳修女来家里问她母亲是否还有其他办法,任何办法都行,只要能筹集到诺拉中学三年的学费,之后她可以拿大学奖学金,当然也可以在公务员行业得到一份薪酬丰厚的工作。她知道母亲已经尽力,还跟双方家里都吵了架。她知道母亲没有钱,而大家都知道诺拉聪明,能在吉布尼公司找到工作,而不是待在学校里。她十四岁半开始工作,一到十五岁,就报了速记和打字夜校,以便得到升职机会。起初几年,她拿到的薪水全部交给母亲。母亲开的小店物资缺乏,香烟一根根地卖,她去教堂婚礼上唱歌增加收入，人们结婚时总有足够的钱付给她。那些年里，母亲，她自己还有两个妹妹日子都过得捉襟见肘，直到凯瑟琳和尤娜也在镇上找到白领工作。

于是有十一年，诺拉每周在吉布尼公司上五天班，在家她几乎忍受不了母亲，在公司她勤恳高效，大家至今还记得她。婚后生子那些年，她从未想过还会再去工作，那里像是遥远的过去。当时她只结交了一个朋友，而朋友也已成家，与丈夫一起搬走了。诺拉和她朋友将吉布尼公司视为一个她们没有得到与其才智相当的机会而只能在那屈就的地方，作为已婚女子，她们认真地培养着这份才智。

她想到嫁给莫里斯后得到的自由。趁孩子们去上学或一个幼子睡觉时，白天她随时走进房间，取下一本书来读，随时走进前厅，闲着心思，眺望窗外的大街，山谷那头的醋山，天空的云，然后回到厨房，或是等孩子们放学回家时照顾他们。那是一种负有责任的闲适生活。白天属于她自己，即便有人登门造访，占去她的时间，分散她的精力。在她当家庭主妇的二十一年中，她从未有过一刻的厌倦和灰心。现在她的好日子就要被夺走了。她唯一的希望就是吉布尼公司见到她时不会给她工作。回到那个办公室上班属于一段被关在笼子里的回忆。她知道如果吉布尼录用她，她是不会拒绝的。她多年的自由走到了头，就是这样。

她又瞧了瞧为莫里斯的纪念卡而选的祈祷词。这几句让她暂时忘记该如何过日子，忘记失去了多少，当祈祷词再次映入眼帘，她泪水盈眶，还好吉姆、玛格丽特不在这儿，孩子们已上床睡觉，这时她念起第一句:"我们将他们还给您,哦,上帝,是您曾把他们给了我们。"

她想,这与实际情况差不多。她把莫里斯还回去了,其他没什么可多说的。她又看第二句。"人们有时不明事理,说这样一人盛年而逝。他并没有逝去。如果修改这番比喻,他实则匆匆步入盛年,绽放生命。他被提升至我们的生活之上,而我们只是等待死亡将至。他被带离这一切。他们所说的中年遭厄的他,逃离了。人说,英年早逝。早逝?不,英年得天佑,转眼而不朽。他逃脱了岁月战栗之手。"

她觉得这几句似乎过于武断了。无论莫里斯此刻在哪里,都会向往家的抚慰,会思念她,正如她希望过去的这一年从她生命中被抹去,让他回到他们身边。

周三上午,她去镇中心烫头发时,与理发店的伯妮聊起她见过的一种新型染发,想自己是否该打理一下白头发了。

"我不想染成蓝色。"她说。

"我知道你的意思。"伯妮说。

"如果太黑,看起来就像染过的了。我又不是金发,镇上人都知道我从来不是金发。有没有合适的棕色,看起来不像染过。"

"可以试试这款。"伯妮给她看一个包装,上面的女子有一头看起来很自然的棕色鬈发。

"要么先染一点?"她说。

"只染一点的话,几天就洗掉了。说明书上说全套都做。我以前用过,这个色很流行,你一定想不到都是些什么人在用这个色。"

"好吧,那么试试。"诺拉说。

上了染色剂后,伯妮在她头上罩了一个尼龙网,然后随她翻阅一堆杂志。当她发现来不及回家给孩子们做午饭时,就后悔来这儿了,知道马上得走。她做手势让伯妮过来,伯妮正忙着接待两个同来的女客,她俩似乎每一剪刀都要互相商量。

"我很快就来。"伯妮说。

伯妮过来取下尼龙网,对她说别着急也别细看,只有用过电吹风、刷子和梳子后才见效果。诺拉明白伯妮正在接待的那两个女客在注意她。诺拉心想,第一次染发前是否应该问问其他女人的意见,但她也想不出能去问谁。她觉得两个妹妹都染过发,但从未听她们提起。她看着伯妮吹头发,意识到这个发型属于年轻得多的女子,而一直注意这边的女客们似乎也都知道,正谈论得眉飞色舞。

伯妮越是做得仔细,这发型就越像假发。她知道染色得过很久才能洗掉,但从镜中看出伯妮对自己的成果很是满意,她没法抱怨什么。

"是不是对我来说有点太年轻了?"她问。

"我觉得你看起来棒极了,"伯妮说,"这发型特别时髦。"

"我以前可没做过时髦发型。"她说。

头发做完后,她知道回家路上看到她的人都会觉得她得了失心疯,要么就是想让自己像个年轻姑娘而不是一个刚守寡的妇人。

"需要几天时间来习惯,"伯妮说,"现在没人有白头发了。"

"这染色看着不是很自然吧?"

"过几天就不一样了,大家会觉得你一直都是这个发色的。你好像很担心,但我保证到这个周末你一定会喜欢。"

"你没法洗掉这颜色,是吧?"

"没法,但会褪色,我确信再过一个月,你还会来染。我从来不知道有人会让头发变回白发。但下次或许我们能考虑上些亮色,现在这也很流行。"

"亮色?哦,我不会做。"

出来后,她把头抬得很高,希望法院街和约翰街上所有女人都正忙着做饭,没人站在门口。她祈祷不要遇见熟人。她想了各种可能最坏的遭遇,那些人会琢磨,感叹她丈夫才躺进坟墓六个月她就染了一种从未见过的发色。她想到吉姆,知道一星期后就得面对他和玛格丽特。他们不知会作何感想。

诺拉看到霍甘太太从约翰街上朝她走来,不知是没认出她,还是不想与她打招呼。就当霍甘太太走到跟前时,她看似差点儿跳起来,抖动着脸皮停下脚步。

"喔,这可得习惯一阵子。"她说。

诺拉勉强一笑。

"是伯妮做的?"霍甘太太问。

诺拉点头。

"我听说她进了些新品,上帝,我得自己去她那儿瞧瞧。"

诺拉觉得,既然穿着围裙和破烂鞋子的霍甘太太都自觉有权评论她的头发，那么她也当然有理由来反击。

"噢，你知道她在哪里。"她冷冷地说，盯着霍甘太太的头发，摆出一副认为她的头发得去打理一下的神色。霍甘太太片刻后才醒悟过来自己受辱了。

这次碰面让她勇气倍增。她不会再为任何人停下脚步，但她心知刚才的事是个错误。她寻思自己可曾干过这样的事，不顾后果，冲动行事。她记得自己结婚前，有一天午餐时间下班回家，看到城堡山下华伦拍卖行外摆着一个旧书摊。她扫了一遍那些书，发现一本勃朗宁的诗集，那是她在中学年代就喜欢的诗。正翻看书页，旁边来了波尔瑞山的卡迪老太，她俩一块儿查看扉页上用铅笔写的价格。太贵了，再说她也没钱。她们都走开了，一起沿着弗拉埃里区朝修道院山行去。在山顶分开时，卡迪太太从大衣里拿出那本书给她。

"没人会错过这本书，"她说，"但别告诉别人从哪来的。"

染了新发型回家，一路让她想起带着勃朗宁诗集回母亲家的往事。同样的罪恶感，同样觉得有人会跟着她，找到她。

她回家后，很快煮了些土豆，开了一罐豌豆，在煎锅里放了三块羊肉。孩子们回家时，土豆还没煮好。她等在楼上，往下喊话说会迟些开饭。她坐在梳妆台镜子前，想有什么法子可以让自己的头发看起来更正常。她后悔没让伯妮不要用这种黏糊糊还带甜香味的焗油。

孩子们一看到她都不言语了。多纳尔移开视线，康诺朝她走去，抬起胳膊摸她头发。

"硬邦邦的,"他说,"你在哪儿弄的?"

"我上午做了头发,"她说,"你喜欢吗?"

"那下面是什么?"

"什么下面?"

"你头顶上的东西下面。"

"我头上的是我的头发。"

"你打算这样出门?"他问。

多纳尔又瞟了她一眼,挪开视线。

诺拉不确定自己该穿什么衣服去吉布尼家。打扮太正式,就不像是需要工作的人,去他们家只是平起平坐的社交性拜访。但也不能穿老旧的衣服。她发觉,衣着一直就是个问题。如果回公司上班,人人都会视她为威廉或佩吉·吉布尼的朋友。那里有些她之前认识,但后来没再联系的员工。她不知道重新与他们成为同事,他们是否会厌恶她,或者抱有陌生感。

她决定开车穿过镇子,然后把车停在车站广场,这样就没人会评论她的头发,如此一想,她一点也不害怕了。她看了看挂在衣橱里的衣服,选了一套灰色套装,一件深蓝色衬衫。她要穿最好的鞋子。她不知道吉布尼要和她说什么,也不知道会给她什么工作。她想,下午茶时应该不大会和她谈薪水问题。不管他们怎么打算,她不能摇尾乞怜地去他们家大宅院,这点很重要。

来开门的是文兰太太,她把诺拉带进门厅右侧的大会客厅。厅里都是暗色装潢风格的家具和古画。虽然才到下午,房间里已经暗了下来,长窗透入的光线不多。

佩吉·吉布尼从座椅上站起来。她肩上披着的羊毛衫滑落下来,文兰太太疾步过去捡起放好。佩吉·吉布尼对此毫无表示,仿佛这是一种在高档居室里的夫人正常享受的服务。她示意诺拉坐在她对面的椅子上,然后朝文兰太太转过身。

"玛吉,请你打电话给办公室,告诉吉布尼先生,韦伯斯特太太到了。"

诺拉记得若干年前,当佩吉发现自己怀孕时,尚未与威廉成婚,而威廉的父母不喜欢她。有一天诺拉安静地坐在外面的办公室里,听到老吉布尼夫人对威廉说,佩吉可以去英国,在那里生下小孩,找个房子住下来。她以为威廉走出办公室是去找佩吉告知此事。但他却与佩吉结婚了,佩吉在镇上的疗养院生下孩子,威廉的父母渐渐接受了她,对小孩亲近起来。如今佩吉·吉布尼坐在房子里,和诺拉说话的样子好似她在这世上的地位从未受到质疑。

佩吉的声音中没有镇上人那种漫不经心的老式腔调,她说话的方式深思熟虑,近乎心事重重。

"哎,"她说得仿佛提起话题的是诺拉或别人,"税收那么多,生活成本又高,我都不知道那么多人是怎么活的。"

诺拉问起她兄长和姐妹的时候,发现自己犯了个错误。

"他们很好,诺拉,很好,"她的口气略略庄重,"我们都过着自己的生活。"

诺拉觉得这话的意思是,他们没有被邀请进入佩吉的会客厅。她问起佩吉的孩子们,她倒是顿时光彩焕发。

"你知道,威廉想让他们回来公司上班之前都拿到证书,所以他们都要学专业。"

她把"专业"这个词说得很刻意。

"所以,小威廉已经是合格的会计,托马斯是效率专家,伊丽莎白在都柏林一所顶尖的大学里学商务。他们都自立了。"

"是这样啊,佩吉。"诺拉说。

她想到住在米尔公园路的刘易斯老太太,此人唯一的话题就是她的孩子和孩子们的工作,她每次谈话末了都会说打算让最小的女儿克里斯蒂娜当打字员。诺拉发现在佩吉会客厅这种阴郁的氛围中很难不笑出来,她不得不努力维持一副严肃的表情。

"他们告诉我,镇上变化很大,"佩吉说,"我自己了解不多,你知道,我们有空就去罗斯莱尔。那里非常宁静,不过无论我在哪儿,总是发现有太多事情要做。"

诺拉在回忆是谁告诉过她,佩吉家中有一个全职女佣,还有文兰太太。

"但我没法让威廉好好过个假日。噢,他担心这个又担心那个。罗斯莱尔他也来来去去的,但我不觉得那是在度假。"

威廉走进屋子时,个头比诺拉印象中小。他穿着三件套的西装。他和诺拉握手时,诺拉心想他是否还记得他父亲是如何对待他的,十六岁就让他辍学,那些年里给他的薪水很低,在每个愿意听的人面前都说他是"笨蛋"。但威廉的父亲早已过世,公司传给了他,所以她想,大概这些都已从大家的记忆中抹去,除了她。

"你能来真是太好了。"他说,这时文兰太太端着茶水和饼干进来。

"考虑周到,考虑周到。"他又说,好像正在想其他更严肃的问题。

诺拉平静地看着他没有说话。她不准备为任何事感谢他。

"我父亲一直说你是最出色的,从不犯错,你和格蕾塔·维克汉姆。他曾经说,假如诺拉和格蕾塔还在这儿,我们就不会一团糟了,虽然其实并没有一团糟。"

"嗯,他一直说你好呢,"佩吉插话,"小威廉和托马斯说起教过他们的莫里斯·韦伯斯特也是满口称赞。我记得有一天托马斯发烧,我们都让他卧床休息,但他不干,哦,他是不能,因为有韦伯斯特老师的两堂商务课他不能缺课。你知道托马斯拿到证书后,他们想让他留在都柏林。哦,他拿到了录用通知,前景非常好!我们对他说,应该考虑考虑。但他宁可回家来。就是这样。威廉也是。但伊丽莎白,从来不明白她想怎样,她可能会去任何地方,只有这个孩子得留点神。"

佩吉·吉布尼喋喋不休,这里头别有他意。诺拉觉得佩吉聊自己和家人聊得兴起,很有几分故意贬低她的意思,想要树立一种自信的形象,也希望别人持有同样的想法。诺拉估计威廉一定雇用了一百人不止。她理解对佩吉·吉布尼来说,维持平易的形象一定不易,但她不明白自己为何坐在她对面保持缄默。

威廉是另一种形象。他说话口齿不清,紧张地重复话语,然后停下来似乎在想该怎么说。

"诺拉,我们一直有一个开放的,"他开口说,"一个开放的……"

诺拉面带微笑看着他。

"办公室里几个姑娘几乎不会拼写，"佩吉插话说，"也不会算数，但说到厚脸皮和请带薪病假就……"

"好了，"威廉说，"好了。"

诺拉打量着威廉，想知道他是否和自己一样觉得佩吉很烦，但他看起来心不在焉又紧张不安，完全没注意自己妻子。

"要辞退她们几个！伊丽莎白说……"

"托马斯，"威廉打断说，"觉得那里是卡瓦纳小姐在一统天下，她是办公室主管，或许我可以让你和托马斯来谈这些细节，这方面他知道得比我清楚。"

他停了片刻，看向诺拉，似乎不知该说什么。

"天晓得，"他继续说，两眼看着地毯，"我只是公司的老板，领导。但他可以把你介绍给卡瓦纳小姐，然后你可以，如果你明白我的意思，什么时候想开始工作都行。什么时候开始都行。"

"是弗朗茜·卡瓦纳吗？"诺拉问。

"我想是的，"威廉说，"虽然大家已经很久不这么叫她了。"

"噢，当然了，"佩吉说，"以前你就认识她的。托马斯对她评价很高。你们还保持联系吗？"

"什么？"诺拉突兀地问。

"我是说，你和卡瓦纳小姐还是朋友吗？"

这问题言下之意是，佩吉这些年来没时间去了解这些事，也没时间和任何人维持友情。然而诺拉心中想的是她知道多少，是否有所耳闻，比如说二十五年前甚或更早，在一个周四——这件事一定被谈起过——吉布尼公司休假半天，诺拉、格蕾塔·维克汉姆打算骑车去巴里肯尼加，弗朗茜·卡瓦纳要求和她们同去，她俩飞快地骑在前头，去了莫瑞斯堡，没去巴里肯尼加。当她们听说弗朗茜回家路上，在巴拉夫村附近瘪了轮胎，天黑之后在树下躲雨又被淋透，直到凌晨才到家时，她们不但没有道歉，还捧腹大笑。她再也没和她们说过话。

威廉和佩吉瞧着她。她还没有回答关于弗朗茜·卡瓦纳的问题，而且现在回答也太迟了。她想，她婚后生子的这些年里，弗朗茜还在吉布尼公司工作，当上了办公室主管，正如此刻悠闲举起茶杯的佩吉·吉布尼，曾在这房子里待过，夏天则去罗斯莱尔，神气活现地在婆婆和镇上其他商人妻子面前充当模范。诺拉自觉与这些女人之间的距离，就像沉默与声响之间。

威廉站起来，屋里气氛有了一丝变化。他和佩吉默默表示，既然闲聊完了，那么诺拉可以走了。她起身要走时，佩吉还坐在那里，显然她并不认为送客是她的事。威廉握了握诺拉的手。

"周一两点钟你来见见托马斯吗？问问他关于外面办公室的事，对的，外面办公室。"他说完就心有所思地走出房间。诺拉听到他关门出去。然后一直在门廊转悠的文兰太太带着诺拉走到门厅。

"你来她很高兴。"她小声说，"你知道，她不太见客。"

"是吗？"诺拉问。她再次意识到自己的染发，文兰太太用毫不掩饰的好奇目光端详她的头发。

四

　　她没有告诉任何人她与托马斯·吉布尼的约定，也没说过二十多年前与弗朗茜·卡瓦纳的第一次相遇。她想，会很快告诉吉姆和玛格丽特的，如果他们下次过来不问起去吉布尼家的情况，她会很感激。当她妹妹尤娜问起此事，她只说自己还没拿定主意。

　　"我听高尔夫俱乐部的人说，你回公司上班了？"尤娜说。

　　"高尔夫俱乐部真是消息灵通，"诺拉说，"要是我会打高尔夫球，或者爱打听的话，我也加入了。"

　　她另一个妹妹凯瑟琳来信说她应该和孩子们过来与他们家共度周末，任何一个周末都行，诺拉回信说下周五等孩子们放学她就来，一直待到星期天。莫里斯生病之前很喜欢在星期六去基尔肯尼郊外他们家农舍住一晚，与凯瑟琳的丈夫聊谷物、价格，讨论政治话题，打听邻居们的近况。两对夫妇常去酒吧包厢，把孩子们留给费奥娜或艾妮照料。孩子们似乎也喜欢换换胃口，住比自家大得多的房子，睡陌生的房间。

　　诺拉想，母亲说的没错，他们所有人，包括她的两个妹妹，都更喜欢莫里斯而不是她，都更愿意听他说话。他们两对夫妻出去喝酒时，两个男人在那里聊天，凯瑟琳喜欢听男人们讨论，问他们问题，发起他们感兴趣的话题。诺拉从不在意，她总是心不在焉地听着，因为她并不像莫里斯那么对这个国家发生的事有明确意见。还有，凯瑟琳和她丈夫马克与莫里斯有同样的宗教信仰。他们相信奇迹和祈祷的力量，但也赞同教会现代化。他们从不过问诺拉对此事的看法。她自己也不确定，但知道自己和他们想法不同，她喜欢更现代化的方式。她不像他们对事物持有理所当然的看法。其他事情她则有自己的想法，但更乐意不做交谈。她想，现在莫里斯去世了，这种情况是否会有所改变，她是否得多说话才行。

孩子们放学回家，她已经把必需品打包装车。她和他俩说好，在到基尔蒂利镇之前多纳尔坐前座，然后他们换位，接下来的旅程康纳坐前座。

以前他们经过麦尔豪斯路后某个农场的入口时，莫里斯总是精神紧张，沉浸在思考中，不顾车里正在谈论的话题。他们从未说过此事。他并不想说这个。她知道此事是因为听玛格丽特和一个外甥在婆婆的守灵夜里谈论过。那是上世纪末期，莫里斯的爷爷被赶出去的那个农场。当莫里斯的爷爷和妻儿们抵达镇上时，他除了因政治观点而在警局得到的坏名声，以及一个旧包里的几本书和衣服，已别无他物。诺拉总觉得莫里斯把此事看得太重，每次他们经过这个地方，他总是心事重重，仿佛提及此事就是对一段严肃厄难的亵渎。

在过了图拉镇之后的某个地方，她知道有一栋房子，她母亲曾在那里当女佣。那房子的主人，或是他的兄弟还是儿子，每天都对她过于亲近，有时晚上也这样。她的姨妈乔希曾对她历历讲述这些细节,最后如何叫来牧师,牧师如何去找恩尼斯科西的库伦商店的老板,要求他帮忙拯救在图拉某个偏远农舍里的一个侍女的贞洁。关于母亲的贞洁、牧师和图拉的偏远农舍,还有农舍主及其兄弟儿子,在诺拉印象中这些记忆似乎并不有趣。但当乔希一口咬定说这些都是千真万确,诺拉不由得哈哈大笑,直到乔希警告她不要对任何人说起此事,如果说了,那么就不要提及自己发笑的事。乔希说,如果大家知道她觉得此事有趣,会对她有不良看法。

道路狭窄,诺拉小心驾驶。她想,这些陈年旧事很快就会淡漠,没人再会记得或在意很久以前被驱逐出村的事。莫里斯的爷爷奶奶葬在墓地中一座没有标记的坟墓里。没人还会知道他们是谁,曾经是怎样的人。她觉得妹妹们都不知道图拉那房子,不知母亲曾在那里,还有那些男人的事。她们可能都不清楚母亲在离开娘家之后,以及在恩尼斯科西的库伦商店里工作之前的这段时间当过女佣。

过了基尔蒂利镇后,康诺坐到前面,对她说起学校、同学和老师的事。他似乎盼着看到农场,和表兄弟们做伴。

"凯瑟琳姨妈家的房子闹鬼吗?"他问。

"没有,康纳,那只是一栋老房子,比我们家大,但没有闹鬼。"

"但有很多人死在里面?"

"我不知道。"

"房子怎样才能闹鬼呢?"康诺问。

"你知道,我认为房子闹鬼都是瞎说。"

"后街那里的菲兰家房子在闹鬼。乔·德弗罗一天夜里看到一个男人站在外面,没有脸。他点着一支蜡烛,但没有脸。"

"我说那只是阴影罢了。"她说,"如果乔有手电筒,就能看清楚那人的脸了。"

"我们从教会圣职推荐会回来,总是从那条路对面走。"康诺继续说。

"好吧,至少你不用再去那里了。"

"大家都知道那、那、那里有鬼。"坐在后座的多纳尔说。

"噢,我从没听说。"她应道。

经过伯瑞斯的路上,虽然孩子们沉默了一阵,但她知道他们还在想这事。

"我觉得所有鬼故事都是瞎说。"她说。

"但一定有很多人死在凯瑟琳姨妈家的房子里。我是说楼上的房间。"康纳继续说。

"但是没有鬼这种东西。"她说。

"那么圣灵、灵呢?"多纳尔问。

"多纳尔,你知道那不一样的。"

"不管怎样,我不要一个人去凯瑟琳姨妈家楼上。"多纳尔说,"就是白天我也不去。"

抵达时,他们已经沉默了好一会儿。她想转换话题,但觉得没法阻止他们去想鬼和闹鬼房子的事。她想,这些狭窄的道路、路两旁孤零零的地方、通往荒僻农舍的数英里长的小路、杂乱的水沟和遮挡道路的树木，都会让人想到鬼怪和夜晚的声音。凯瑟琳结婚时，诺拉记得，她说起过马克某个表兄的一栋房子，那是被常青藤覆盖的老宅，家具会莫名移动，门会自己打开。凯瑟琳和马克详细地描述那房子，确信真有其事。诺拉心想，那房子是否与遗嘱有关，或者是一笔祖上传下来的钱，或者有过争执，有权住在房子里的人被赶了出去。无论如何，她希望周末没人会对两个孩子提到这个。

凯瑟琳有个特点就是几乎从不坐下。诺拉记得，她们母亲也这样，总是忙忙碌碌。诺拉和尤娜把这叫做劳碌命。更糟的是她们母亲不喜欢女人放着活不干而闲坐。诺拉婚后，在每晚喝完茶洗完餐具后，就尽可能坐着。除了为自己和莫里斯煮水泡茶，或冬日里准备热水瓶，她不让自己再起身去厨房干活。

她把包带进去她安排的房间，这正是她与莫里斯住过的那间，她简直不想再离开这里，想朝楼下说她不舒服需要休息。凯瑟琳看到她头发那一瞬的表情什么都没藏住，她没立刻说话是因为打算过后再说，诺拉心里清楚，她有一堆话要讲。

马克的农场很大。诺拉不知道究竟有多少英亩，因为凯瑟琳没有对娘家人说过。这说明他拥有的农场面积比凯瑟琳想对外公布的更大。假如农场不大，那么凯瑟琳会乐于抱怨此事。她一辈子都在买廉价促销的衣服，婚后也没改变。但现在除了衣服，她很舍得花钱，尤其是与房子有关的开支。马克有句话，诺拉和莫里斯觉得有趣："一件东西只有当你买它的那天才是真的贵。"他俩对这种理念都很陌生。

这意味着车道上停着两辆崭新的车子，家里一直有新家具，厨房里有从都柏林的布朗·托马斯商店或斯威泽商店买的新东西。诺拉想凯瑟琳肯定是在都柏林做头发，要么是在基尔肯尼镇某家专门接待富农妻子的店里。让恩尼斯科西的伯妮·普兰登加斯特染发这种事，会吓坏凯瑟琳的。

她想，如果莫里斯也在，注意力就会集中在他身上，他则会从容应对。当她走下铺着优质地毯的楼梯，打量昂贵的新墙纸和新装裱的版画——她知道这些曾属于马克的母亲——开始意识到，表面上她似乎是众人的焦点，实则是怜悯的对象。凯瑟琳和马克很乐意请她和孩子们周末来做客，也会友善待客，但客人离开时他们同样高兴，任务完成了。她想，等到去吉布尼公司上班，她就以此为借口，再也不来。

多纳尔与康诺向来是要花些时间才能习惯农场。那里有他们喜欢的东西。只要有借口和表兄弟们去果园，他们就很积极，前提是没人要他们走到荨麻地里去。那里有个手动泵，一下一下推拔，把泉水接入室内，他俩都爱玩这个。但如果得穿上靴子、旧衣，接近农场动物，或者去挤奶棚、有牛粪的园子，他俩就迟疑了。他们会观望一阵，看看能否不去，能否和大人坐在一起，听他们谈话。

诺拉走进厨房时发现，凯瑟琳买了一台新的洗衣机。是前一天从都柏林运来的，使用说明书正放在凯瑟琳面前的厨房案板上。

"还有一台烘干机，"她说，"但我们还没开箱呢。我看得先让洗衣机干起活来。我应该让来的那个人处理排水管的,我觉得只要他把水管弄好,就一切顺当了。我有个朋友迪莉·哈尔平,她就有这么一台,我打电话给她,她说要看懂说明书,几乎得先拿个大学文凭。"

她在桌边给诺拉让了个座位,多纳尔、康诺和两个表兄弟还在旁边看着。

"要是这东西有问题,就算我运气好了,也得把它送回去,我简直都没法启动它。"

她指着一堆表格。

"你瞧,它有多种洗涤方式,床单、桌布是一种,衬衫、上衣又是一种,还有洗更柔薄的面料的。这份说明书德语、法语、英语对照,但可能翻译有问题,如果有其他语言或许会更清楚。"

诺拉想凯瑟琳一家子有没有吃过饭。时间已过六点,凯瑟琳同意孩子们看电视上的动画片,然后看随便什么儿童节目,但没提到茶和食物。诺拉知道孩子们很快就会饿了,凯瑟琳是不是觉得他们出门前已经吃过东西。她发觉凯瑟琳不让她有机会提到食物,对她说话的口气像是她不在那儿似的,这很奇怪。

她一注意到这个,就只想着这个了。凯瑟琳并没有自言自语,她很清楚姐姐正在屋里,但她制造出一种氛围,让诺拉没法开口。诺拉觉得,如果她是刻意为之,那是没用的,轻易就能打破,但这种氛围来得很自然。她曾经感知过这点,但这次在妹妹身上感受更强烈。它坚如拱顶的外墙,不是用来支持拱顶,而是抵住拱顶。诺拉觉得自己正和妹妹坐在一个没有空气的地方,凯瑟琳喋喋不休说着洗衣机和烘干机,接着去厅里打电话给迪莉·哈尔平,迪莉答应过来看看能否帮凯瑟琳安装新机器。

"别对迪莉说我告诉了你这事。"凯瑟琳说,"我上周和她去了都柏林,住在她妹妹和妹夫家里,她妹夫是个律师。喔,那房子可了不得啊,诺拉,是在马拉海德区,还有私家船。一切都很新式,我从没见过那样的。他的家族在建筑业里名头很大,拿到许多合同,但他自己干得也很出色。迪莉的另一个妹妹,人很好的,嫁给了高等法院的墨菲法官。他们在共和党中很有地位。还有一个妹妹嫁给德拉亨特家,迪莉告诉我,他们家财万贯。"

诺拉还从没听过妹妹说"家财万贯"这个词,也没见她如此形容某个家庭。

"嗯,他们带我们去洲际酒店用晚餐。迪莉的两个妹夫,康和弗格斯,还有两个妹妹,就我们六人。我从没见过那样的饭菜和葡萄酒。我不会告诉你账单是多少钱,但我看到倒过来的账单,差点发心脏病。我都没告诉马克。你知道,他不会那么花钱的,至少不会花在吃这方面。而且那酒店满座。在座的都是那类人。迪莉第二天又和我去了,我们还买了洗衣机和烘干机。我想要她买的那种。"

康诺来了,他等到凯瑟琳说完才开口。

"我们什么时候吃饭?"他说,"别人都吃过了,我们什么时候吃呢?"

凯瑟琳看了看他,像是没听清他的话。康诺站在那里,没得到姨妈的回应,又望向诺拉。

"你们没在看电视吗?"凯瑟琳问。

"我们还没吃饭。"他回答。

"你们没有吗?"凯瑟琳问,困惑地看向诺拉。

诺拉觉得自己像是受到了谴责。

"他们一放学回家我们就出发了,我以为会在这里吃饭的。"

"啊,对不起,迪莉很快就来,马克也会来,但我不知道他具体什么时间到家。"

她心神不宁地站起来。诺拉差点要说一份三明治或烤豌豆就可以了,但她转念一想又不说了。她望着远处,似乎这不关她事。她暗自恼怒。康诺还站在那儿,看看母亲,又看看姨妈。

"对不起,"凯瑟琳说,"我之前应该想到。"

凯瑟琳突然变得礼貌和忙碌,准备满足他们的一切需求,诺拉明白,虽然自己没有言语,但她的感觉多少传达给了妹妹。凯瑟琳走到餐具室的大冰箱前。

"有汉堡,"她说,"我还能烤几个土豆。他们爱吃吗?你要来一块牛排吗,诺拉,或者我煮几块牛肉。孩子们可以在电视间用茶点。"

"怎么方便怎么来吧。"诺拉说。

迪莉·哈尔平来了,诺拉接替了烹饪,让另两个女人研究洗衣机的说明手册。她们开始操作各种旋钮,专心致志手头的事,诺拉没有搭理她们。她明白,如果她提出去孩子们的房间里吃饭,凯瑟琳会正中下怀。她决定不提这话,先让多纳尔和康诺吃好,确保他们该有的都有了,再做自己的食物。

洗衣机开动起来了，迪莉·哈尔平向凯瑟琳保证，烘干机很简单，只要按开关就行。凯瑟琳走来走去，迪莉在餐桌边坐下来。诺拉提出给她们准备食物，她们接受了。牛肉煮好后，她配上黑面包和黄油给她们送到桌上。茶沏好后她倒好茶。她不知道是否因为自己在场才让聊天尴尬起来，几乎有点刻意做作。诺拉觉得凯瑟琳和迪莉是在为她表演台词，而不是在交谈。她们谈论着一场她们都参加过的拍卖会，拍卖的内容是托马斯镇郊区一座大宅子里的东西。

"你知道，我出价拍一对火钳，"迪莉说，"是十八世纪的，但没得手。一个都柏林商人和我竞价。我恶狠狠地瞪他，但没起作用。凯瑟琳，你比我成功，拍到了漂亮的地毯。准备把它摆在哪里呢？"

"我要给马克一个惊喜，"凯瑟琳说，"放在卧室里，我需要人帮忙，因为毯子一部分得塞到床下。希望他会注意到，只能这么说了。"

"拍卖会持续很久，我需要去洗手间，"迪莉说，"而且我打定主意要进这幢大宅子，于是我取下写着'私人住宅，不得入内'的告示牌，昂首阔步走进去了，正在上楼找洗手间时，被一个新教徒老女人看到了，她看起来是某人的老女仆。我说只是想去洗手间，其他地方找不到，她说，我可以去托马斯镇和因塞提格村之间任何地方上洗手间，我得立刻下楼。这老悍妇冲我走过来了。我驶出庄园时火冒三丈，这时看到一片满是羊群的牧场，我下了车，打开围栏的门。"

"你干得好。"凯瑟琳说。

"我干了。希望他们还在找那些羊呢。那女人太无礼了！他们还以为自己是这个国家的主人呢！"

"你不知道这附近是什么样子。"凯瑟琳对诺拉说。

"那女人算是走运，我没拍到火钳带在身上。否则我可不知道会用它做出什么事来。"

正当迪莉义愤填膺，凯瑟琳起劲附和时，诺拉笑起来。

"想到火钳就吃不消。"她说。

她从桌边站起，一边哈哈大笑。她看到凯瑟琳的脸变红了，似乎咬紧了牙。诺拉去看了看两个孩子和他们的表兄弟，都还在看电视，然后去了洗手间，待在那里直到确信自己不会再笑。当她感觉能完全控制自己了，再回去发现迪莉已经离开。凯瑟琳开始在厨房忙碌，直至马克回家，诺拉都发现凯瑟琳几乎没再对她说过话。这让诺拉决心要对马克更友好主动，但同时发觉凯瑟琳怒不可抑。

"诺拉，你这样没什么，"她说，"可我们得在这儿过日子，虽然我和妇女协会还有高尔夫俱乐部里那些大家族的新教徒们来往，虽然他们知道马克是在农协里，还比他更早认识他父母，他们看到你从基尔肯尼的主街上过来，瞧都不会瞧你一眼。我不知道我们去那拍卖会干吗。"

"什么拍卖会？"马克问。

"凯瑟琳的朋友迪莉用一把火钳攻击了一个清教徒妇女。"诺拉说。

"她没有!"

"她看起来人很好的,凯瑟琳,"诺拉说,"我真的以为她是在开玩笑,我的意思是,说到火钳和羊,实在没法屏住不笑啊。"

"什么羊?"马克问。

他们早早上了床。诺拉庆幸自己摆脱了他们,摆脱拍卖会、大宅子、新洗衣机的话题。她明白没有什么可对凯瑟琳和迪莉说的,没有什么可吸引自己和她们的。当她自问自己有什么感兴趣的事,结论是对什么都没兴趣。此刻她在意的事无法与人分享。莫里斯去世时,吉姆和玛格丽特陪着她,这意味着当吉姆和玛格丽特来家中时,他们三个能轻松交谈,因为不会提到医院中的那些日子,而每一句话又隐含着经历过的一切。这些经历如影随形,正如屋子里的空气无处不在,以至无人对此加以评论。现在对他们而言,聊天是处理事务的方式。但对凯瑟琳、迪莉、马克而言,聊天是寻常事。她不知自己是否还会有正常的聊天,还有什么话题能聊得轻松并抱有兴趣。

此时此刻,她唯一能聊的话题就是她自己。但她觉得每个人都已听够了她的话题。他们认为此时她该振作起来,考虑其他事了。可是没有其他事。只有已发生了的事。她仿佛生活在水底,已放弃游向空气的挣扎。这是一个奢望。似乎不可能进入其他人的世界,甚至她都不想这样。她该如何向那些希望得知她情况的,或问她是否已恢复过来的人解释这点。

清晨她醒得早，对之后的一整天感到畏惧。她不知两个孩子是否也有同样的感觉。费奥娜和艾妮是否也同样在醒来时害怕接下来的一天呢？吉姆和玛格丽特呢？她想，也许他们有其他事来填充时间。她同样也能找些事来想想，比如钱，比如孩子们，抑或吉布尼的工作。找事情来思考对她并不是问题，她的问题是如今她无可依靠，不知该如何生活。可以试着去学，但在别人家里学是个错误。在自家的床仍然陌生的时候，躺在这儿陌生的床上是个错误。然而陌生的家并没有向她要求欢欣的回应。她想，很长时间内不再离开自家去别处过夜了。

她在楼下看到凯瑟琳和一个过来帮忙家务的当地女人，她们准备把厨房和餐具室彻底清洁，然后把烘干机安装在餐具室的洗衣机旁边。所有锅碗瓢盆都从架子上取下来除尘，凯瑟琳正在清理抽屉，整理物件，有的要扔掉，有的要放回。康诺和一个表弟在帮忙，多纳尔坐在一边。多纳尔一看到她，就耸了耸肩，仿佛在说这一切与他无关。

"你自己沏杯茶吧，诺拉，"凯瑟琳说，"如果你找得到面包和吐司。上帝，这些干完就轻松了。但好在我有不少帮手。"

"我要出去散散步。"她说。

凯瑟琳回转身，神情困惑。

"现在外头雨一阵阵的，我看这天气不适合散步，而且我们晚些时候要去基尔肯尼，我得去买这机器的洗涤剂。喏，我真后悔买了这东西，还不是迪莉说它能让人少干一半活。"

"我去找把伞。"诺拉说。

四 079

"雨伞在大门口的架子上,"凯瑟琳说,"你开大门时当心一点,天气潮湿时这门总是不灵光。"

这些从未有人告诉过她。她没能有普通人的感受,普通人的愿望。她想,凯瑟琳发现了这点但无可奈何,这让事情变得更糟。诺拉从车道走到马路上时,心里冒出一股难以抑制的怒火。但她知道得控制住。去想自己再不会来这儿是毫无意义的,她把对妹妹的怨意转向一名医生,那医生是在莫里斯最后阶段负责管理那片病区的。怒火令她在心里写信给他,想象着自己署名,投递,字里行间不是谩骂就是冷冰冰地陈述事实,威胁他说她会让大家知道,她丈夫临终时他都干了什么去了哪里,他拒绝治疗疼痛,让莫里斯呻吟不止。她多次去找医生,一次次地请求护士还能做些什么。所有与她到病床前的护士都点着头答应说会有措施的。但那医生——想到此人她就加快脚步,更不在乎头顶正在聚集的阴云——并没有到病床前,却对她说她丈夫病得很重,心脏脆弱,所以他不能开任何减轻病痛但有损心脏的药。

所以诺拉、吉姆和玛格丽特坐在他床边,用屏风围住床,这样其他病人和访客就看不到了。但他们能听到。当曼斯的奎德神父与圣约翰修道院的托马斯修女前来探望时,他们也听到了。诺拉和玛格丽特握着莫里斯的手,对他说话,想安慰他,缓解他的痛苦,保证说他会好起来,但她们心里明白,他会疼痛至死。

死亡却迟迟不至。莫里斯痛得相当厉害,握住他伸出的手都会有危险,因为他会死死抓住不放。她觉得,那时候他前所未有地有活力,他的需求、恐慌、害怕、疼痛似乎在体内燃烧,后来他像动物一样嘶吼,不仅走廊,甚至医院的接待区都能听到这声音。

她想,在这样一家小医院,一家快要倒闭的医院工作,显然并不是一个医生在学医时的计划。他好像是那里唯一的医生,日夜待命,这意味着他很难被找到。被指派到这样一家乡村医院,没有手术室、私人房间,没有心脏病专家,也没有巡视病区指导学生的教授,一定是种侮辱。他对疼痛和死亡一无所知,她此刻想起他对她说话的口气,像是她在浪费一个大忙人的时间。她走在路上,雨落下来了,心中翻涌的恨意,却似莫名的快感。

雨下大了,凯瑟琳开着车来找她。坐在前座的多纳尔下车让她坐进去。他拉着车门时朝她咧嘴一笑,好似他们之间有何密谋。这是数月来她第一次见他笑,回家路上的沉默中,这是她唯一思考的事。

凯瑟琳带她进家门的样子,好像她是个不听大人话的小孩。

"你的鞋子完蛋了。"凯瑟琳说。

"会干的。"

诺拉换了衣服,然后找了本带来的小说书。她蹑手蹑脚下了楼,没去厨房,而去了起居室。这屋子里摆满油画、瓷器、花瓶、灯,都是马克继承来的,家具也是在他家族传了好几代,她知道扶手椅和沙发是最近在都柏林翻新过的。他们很少使用这间屋子,她觉得此刻穿着随意,坐在扶手椅上看书,会惹恼还在厨房干活的凯瑟琳。诺拉找了一张脚凳,架起穿着长袜的双脚。她希望能看下去,沉浸在书中,但终于把书一放,头往后一靠,合上双目。

四 | 081

她勾勒出为她打开车门的多纳尔的脸,寻思他们出去寻找她时,凯瑟琳是否说过什么。无论她说了什么,更可能的是,她不耐烦的沉默或是恼怒的语调,让多纳尔觉得有趣了,想到此处,诺拉也觉有趣。

诺拉知道凯瑟琳会给尤娜打电话。凯瑟琳从她们母亲那里遗传到节俭的残片剩段,不爱在长途电话上花钱,特别是很可能会说上好一阵的电话,比如这次。尽管如此,凯瑟琳还是得历数诺拉是如何无礼对待她的朋友迪莉·哈尔平,公开地嘲笑她,如何像个疯婆子一般在雨里散步,被人救回来,一回到家中,又如何把双脚搁在刚翻新过的脚凳上。在她想象中,尤娜满怀同情地听着。

一点钟,厨房整理完毕。诺拉看得出,凯瑟琳喜欢她的厨房,无论站在阿格炉前,布置餐桌,还是与进出的人聊天——包括两个为马克工作的人——都一脸欣然。她把当日的《爱尔兰独立报》展开铺在餐桌上,时不时地读一条新闻,但不会读很久。诺拉坐在她对面,关心凯瑟琳的孩子们进来时说些什么。她从康诺那里得知,多纳尔找到了一盒象棋,正在教一个表弟下棋。

凯瑟琳在餐具室和厨房间来来回回,准备晚餐。诺拉想是否该主动提出帮忙,但她没有开口,而是心不在焉地读起报纸。自从莫里斯住院后,她就不再订报,但此刻觉得或许应该开始订《爱尔兰时报》。这是一份清教徒报,但文章篇幅较长,比其他报上的写得好。《爱尔兰时报》的氛围更严肃。她会在吉姆和玛格丽特到访时把报纸藏起来,知道他们喜欢《爱尔兰新闻报》,多半会觉得她是在浪费钱。

马克进来时，屋里气氛为之一变。他摘下帽子就让人感觉到，他期待整个上午不只是有东西吃，还要大伙儿聚在一起。他散发着平易近人的气息，这点诺拉很欣赏。她想这是否因为他在这宅子里长大，一直清楚自己会继承这座农场，但她觉得不仅如此，他的好脾气走到哪儿都一样。在类似的环境中，莫里斯的心思时常被某些事物占据，某册期刊、一则新闻，或是一本书，他时常抱怨孩子们弄出来的噪声，虽然抱怨时并不疾言厉色，而且没人当回事，至少孩子们不当回事。

慢慢地诺拉发现，凯瑟琳在马克在场时有所改变。她对他说的一切事情都感兴趣，问他聪明的问题。她不再走来走去，也不再打算同时做两件事。孩子们布置餐桌时，诺拉开始高兴自己待在这个地方，抛弃了满脑子的念头。她意识到几乎是第一次，过去的全部重量从她身上挪走了。只是听着马克与凯瑟琳拉家常，这份重量就挪走了。仿佛她能呼出肺里所有空气，坐在那里什么都不想，什么都不感觉。她没料到会这样，也不知道这样会持续多久。

下午，凯瑟琳打算开车去基尔肯尼，但诺拉坚决不与她一起去。

"我想要一本书，一张舒适的椅子，还有一间没人的屋子。"她说。

"我觉得你很明智，"马克说，"星期六在基尔肯尼停车可是个难题。"

"我们得去买东西,"凯瑟琳说,"不会待很久的,孩子们今晚或许可以早些睡觉,然后我们就能坐下来放松一下了。"

诺拉看到正在一边听着的多纳尔一脸警觉。他和她一样哪里都不想去。除此之外,他也不想和其他孩子被归为一类,被早早地送上床。他有心事的时候,会垂眼看着地面,然后抬眼用害怕的目光瞟一眼每个人,又垂下眼去。

"多纳尔会和我待在这儿。"诺拉说。

多纳尔仍然没有抬眼看她。与姨妈还有表弟们一起去基尔肯尼然后早早睡觉这事无论对他产生多大影响,他都得过好一阵子才能恢复过来。很快达成共识,一个表弟留下来与他下棋,其他人去基尔肯尼,包括康诺。

"你知道,野马都没法把我拖去基尔肯尼,"马克对诺拉说,"我每年两次去那儿见一个会计师,但我差点付钱要他搬家,那样我就不必再去了。我不在乎托马斯镇和卡兰镇,但基尔肯尼不一样。店铺太多,买东西的人太多,半生不熟的人太多。但这里这位,却从来去不厌。"

他朝凯瑟琳的方向点了点头,她正在上唇膏。

"不去基尔肯尼,就去都柏林。我也不大在乎都柏林,特别是星期四过去,虽然我听说那里已经不比以往安全。"

"叫你买衣服,"凯瑟琳说,"我还不如死了算了。"

马克很快在厅里戴回帽子,穿上靴子。诺拉想,农场工作一定是种放松。她想到此就暗笑。凯瑟琳把袋子里的东西都倒在厨房桌上,似乎在寻找什么,找到后,又把东西都装回袋子,然后环顾厨房。诺拉突然想到,凯瑟琳应该希望在他们离开时她能把碗洗了。她决定在做客期间,绝不站在凯瑟琳的水池边。

"我想在起居室生个火,"她说,"觉得有点冷。"

虽然房子有中央暖气,诺拉知道几乎没启用过。厨房是用阿格炉取暖的。

"我们自从圣诞节后还没在那屋子里生过火,"凯瑟琳说,"当时也就用了几小时,我不知道烟囱的状况如何。"

诺拉点点头,等她说出尽管如此还是可以在那儿生火。但她没说,诺拉决定去楼梯顶的老书橱里再找一本书,比她在午餐前读过的那本开头更有吸引力的,然后整个下午她会待在床上,还可以睡一觉。星期六下午她悠闲度过,而妹妹正踏遍基尔肯尼,带着孩子们从一家店走到另一家店,她喜欢这个想法。

他们回来时天已黑了。诺拉睡过一会,正坐在起居室,她找到一台双管电炉用上了。

"噢,这里头好闷。"凯瑟琳说。

"我想你是说很暖和,"诺拉回说,"房子的其他地方都冷死了,我不知道你是怎么打理的。"

"中央取暖器太耗油,"凯瑟琳说,"系统老了,我们真应该换掉它。"

诺拉读小说正在兴头,希望妹妹能让她一直安静待到睡觉。诺拉想到凯瑟琳喜欢那种照顾自己的感觉。此次做客也是一种方式。诺拉想,既然凯瑟琳愿意照顾她,那么就该把做饭、清洁、

四　　085

洗碗都干了,让她独自看书。她想到了凯瑟琳与尤娜之间的电话,凯瑟琳会在如何忍受这个周末的事项中,加上一水池的脏碗,还有熊熊燃烧的双管电炉。

夜间房子静悄悄的,孩子们睡觉去了,马克问诺拉是否有什么计划,她对他们说,她将要回去吉布尼公司上班。她说,这事她没对任何人说起,甚至对吉姆和玛格丽特、费奥娜和艾妮都没说过,对儿子们也没有。

"等时间临近我再告诉他们。"

从凯瑟琳看她的目光,诺拉明白尤娜已经把从高尔夫俱乐部里听说的事告诉了凯瑟琳。

"他们有你去工作真幸运。"凯瑟琳说。

"其实没别的,"诺拉说,"我除了打字和速记的证书,什么都没有,而且两样我都忘了个干净。我觉得大家都在同情我,但没人像吉布尼那样同情到给我一份工作。"

"你没法靠遗孀抚恤金和存款来过日子吗?"凯瑟琳问。

"我们没存下钱。我们只有古虚的房子,我已经卖了,一部分钱另存作为紧急备用,剩下的就是生活费。遗孀抚恤金是每周六镑。"

"是多少?"马克问。

"可能还有一种抚恤金,因为我婚前在吉布尼公司敲过的章,会有一份贡献金,但这得审核,社会福利局的人认为我有存款,但我没有,他什么时候信了我,我或许就能拿那份钱了。"

"吉布尼公司开出什么条件?"凯瑟琳问。

诺拉笑了。

"你记不记得那晚比利·康斯戴恩问马克他有多少英亩农场?"

"我记得清楚,"马克大笑说道,"那晚他没从我这里撬到什么,我想你也不会告诉我们的。他想得出一个结论,农民都穷奢极欲,只有老师在做牛做马。"

"你真的没钱了?"凯瑟琳问。

"没钱了,不过我就要去工作了,吉姆和玛格丽特会支付艾妮的学费,费奥娜明年就拿到资格证书。所以我能够养活自己和两个儿子。"

"你想过多纳尔吗?"凯瑟琳问,"他到这里来后还没说过一句话,乔希姨妈担心他的语言能力。"

"他得了口吃病,"诺拉说,"他自己非常在意这个,但这方面我不管他,希望只是暂时现象。"

"我想他是不是应该去看看语言治疗师?"凯瑟琳问。

"你知道他与玛格丽特姑妈说话时一点都不结巴,聊得可顺了。他对着她很自然,所以我觉得他会好起来的。"

"玛格丽特一直很疼他,"凯瑟琳说,"你记得在古虚的第一个夏天吗,她每天晚上都开车去看他?即使他睡了,她也坐在摇床边什么都不干只是看着他。"

诺拉想起那段回忆就开始伤心。当她触及马克的目光,发现他正同情地看着自己。她后悔不该让他们问她任何生活问题。

"你觉得自己能去吉布尼工作了吗?"凯瑟琳问,"我是说,会不会太快了?"

"我别无选择。而且管理办公室的是弗朗茜·卡瓦纳那个老女人。"

"弗朗茜·卡瓦纳?我们以前叫她圣心。"凯瑟琳说,"我不知道为什么。"

"你应该见见佩吉·吉布尼。她比你朋友迪莉高贵多了。简直贵得挪不动。"

"迪莉高贵吗?"马克问。

"高贵的,马克。"诺拉说着瞧了一眼凯瑟琳。

"她出去的时候提了一句你的样子不错,"凯瑟琳说,"一定是指你的新发型。"

"我一直等着你说这个呢。"

"基尔肯尼有个出色的理发师,"凯瑟琳说,"我们都对她很信服,下次我真希望你去见见她,哪怕只是聊聊有些什么选择。"

"每小时五镑哪。"马克说。

"没有,没有,马克,"凯瑟琳说,"真的,你该去见见她。"

"我想我该去。"诺拉笑着说。

五

他们回到家，天擦黑了，房子里冷冰冰的。她赶忙在后厅点上火，不去指挥多纳尔和康纳做事，觉得他们在周末受到的压力已经够大，现在回到家可以随心所欲了。他们吃了吐司夹豌豆，康诺看电视，多纳尔在房子里不安地游来荡去。

回家路上，她在基尔肯尼停车让孩子们换座位，看到有家店开着，就买了一份《星期天新闻报》。这时她查看适合康诺的电视节目，注意到九点新闻过后有一部电影。是英格丽·褒曼与查尔斯·博耶主演的《煤气灯下》。多纳尔走进屋来，她把电影指给他看。

"这是我看过的最好的电影之一。"她说。

她记得在她结婚之前，修道院广场有一家临时电影院，她是和格蕾塔·维克汉姆一起去的。她与莫里斯约会的那些年里，他就很少陪她看电影，婚后他则对此完全丧失兴趣。他忙于共和党事务，写文章，批改家庭作业。而且知道晚些时候两人还会在一起，他就喜欢傍晚独自待着。这种愉悦的想法从未离开过他——他们结婚了，不再像婚前那几年，告别后得各回各家。

"什么电影？"康诺听到后问了一句。

"关于一栋房子里的一个女人。"她说。

"就这些？"

"也许在那个房、房子里有些事、事情发生在她、她身上。"多纳尔说。

康诺看向诺拉。

"有强盗吗？"

"你看了才知道这电影多棒。我对你讲解情节，故事就都明白了，电影就不好看了。"

"我们能看吗？"

"要很晚才播。"

"你准备看吗？"

"是的，我想看。"

"那么我们可以先看个开头再做决定。"

"你明早会起不来的。"

"不爱起床的是多纳尔。"

"我讨、讨厌起床。"多纳尔说。

九点新闻结束时，她发现两个孩子都没动。她不记得之前和他俩一起看过电影，他们这么信任她对《煤气灯下》的评价，令她十分受用。

电影开始后，她却发现康诺很是失望，可能多纳尔也是。

"就是这些人的故事？"多纳尔问。

第一次插播广告时，她决定尽可能把电影情节告诉他们，让他们决定是否还要看下去。

"这男人想从她手里得到房子,想让她进精神病院,这样他就能找到她姑妈的珠宝。他在阁楼上就在干这个,找珠宝。"

"他为什么不杀了她呢?"康诺问,"一刀戳上去,一枪打死?或者把她绑起来?"

"那样他就会被抓起来。他不想和她一起住在房子里,但他也不想进监狱。"

两个孩子安静地听着,电影继续播放。过了几分钟,场景中煤气灯光闪烁,独自待在房子里的英格丽·褒曼害怕、困惑起来,康诺朝诺拉挪去,坐到她脚边。

电影中有些东西她不记得了。一开始像是惊悚片或恐怖片,但现在又不同了。英格丽·褒曼在电影里显得特别孤单脆弱,每当镜头定格在她脸上,就捕捉到内心深处的纷扰和犹豫,还有害怕和恐慌。她神经过敏,性格疏离,眼神里透着紧张,笑容里带着忧虑,感觉内心生活遭到了毁坏。多纳尔和康诺都被电影吸引住了,第二次插播广告时,多纳尔也坐到她扶手椅旁边来了。

那男人让那女人相信,她忘了一些事情,把东西放错了地方,这时孩子们看得很认真。男人对她的图谋,他的谎言,还有女仆对她的厚脸皮,都增加了某种不安、退缩的感觉。诺拉寻思有没有见过英格丽·褒曼出演喜剧。她明白如果此刻有人来敲门,那么他们仨都知道不要去开门。

然后影片中煤气灯光又闪烁起来,女人更害怕了,三人屏声敛气看着。诺拉想到,孩子们之前只看过冒险片,还有因都柏林口音让康诺觉得十分有趣的肥皂剧《托尔卡路》。他们从未看过这种电影，这片子击中了他们心中生涩而开敞的地方，仿佛他们正在房子中和一个女人在一起，这个女人尽其努力仍不免紧张忧虑，她对心事都保持缄默。随着电影继续，越来越能看出英格丽·褒曼不是出身于一个快乐的大家庭，但诺拉觉得这或许只是自己的想象，对表演解读过多。也许英格丽·褒曼只是一个优秀的演员。不管怎样，她唤醒了某些藏在暗处的陌生事物，比如不在场的莫里斯，他在坟墓里的躯体，对孩子们来说就是隐藏而陌生的。她想如果不提这电影，他们在星期天晚上不看这电影是不是更好。

电影结束后他们去睡觉了。她独自坐着回顾影片，眼前这二十多年来与莫里斯共同生活的房子发出回响。每间屋子、每个声响、每寸空间，装的不仅仅是失去的东西，还有年复一年、日复一日的时光。此刻坐在沉默中，她能感受，能明了，但孩子们并不清楚。电影中不知怎么这点就很明显，无论这是什么，都让他们愈发不安。她想还有多少老电影会带着新的更黑暗的意味回到她面前呢。她坐在那里把英格丽·褒曼想象成一个无助而天真的人，然后她关了灯，上楼睡觉，希望能一觉到天明。

接下来的周日是她去吉布尼上班前最后的自由。费奥娜星期六回家时，她告诉了她此事。当她对儿子们说时，他们似乎已经知晓。她确信自己并没有当着他们的面告诉任何人，只在一天夜里等孩子们睡觉之后才对吉姆和玛格丽特透露了消息。星期天下午艾妮从学校回来，是邻居的车子接来的，他们的女儿也在保克劳迪上学。诺拉晚上会开车送两个女孩去上学。

玛格丽特看报总是很仔细，还看招聘广告。诺拉曾经和莫里斯开玩笑说，若是梅奥郡西部有个助理图书馆员的职位空缺，玛格丽特都会知道，还会记得求职的截止日期和资质要求。当报纸公布对家庭收入在某线水平之下的大学新生发助学金，玛格丽特就把这事告知诺拉，说她确定艾妮符合条件。玛格丽特说，唯一的问题是艾妮已经放弃了拉丁语，而她去上都柏林大学就得会拉丁语，当初莫里斯也是拿到了奖学金才去上那所大学的。诺拉不知艾妮已放弃了拉丁语。艾妮一定告诉了姑妈，却没告诉她。

周日，艾妮对诺拉说，玛格丽特写信给她，要给她支付假期上拉丁语课的钱，并说只要拿到合格证就好，这样可以把精力集中到其他课程上。诺拉不知是否该反对，玛格丽特一开始没有与她商量，或者压根就没和她商量。她似乎已接手了艾妮整个的教育。但她的结论是不要想太多。她对艾妮说，她同意玛格丽特，她应该去上拉丁语课。

那天下午的几个小时，她看着儿子因姐姐在而变样了。康诺跟着两个姑娘从一间屋子走到另一间屋子，当他发现自己被她们赶出卧室，就下楼来问费奥娜还有多久搭火车去都柏林，艾妮还有多久回校，然后又上去坐在楼梯顶，直到她们心软了放他进卧室。

多纳尔为自己的相机买了胶卷。他让他们一个个摆好拍照姿势。虽然相机的闪光灯大多时候不灵光，但他没有灰心丧气。他用皮绳把相机挂在脖子上，比往常更警醒而专注。

下午渐渐过去，诺拉觉得没人需要自己了。她笑着想如果自己溜出门去散步,他们都不会发觉。后来尤娜来了,姑娘们下楼,大家才把注意力集中到她身上。

"噢,你工作前把头发做一下挺不错的。"艾妮说。

"我是想说挺好看的,"费奥娜说,"但当时我吓了一跳。"

"姑娘们,等你们到了我们的年纪,"尤娜打断她们说,"你们就会对头发的事一清二楚了。"

"你准备去办公室全职上班吗?"艾妮问。

诺拉点头。

"你上班时,男孩们怎么办呢?"

"我六点回家。"

"但他们三点半或四点就到家了。"

"他们可以做家庭作业。"

"我们会打扫房子的。"康诺说。

"好吧,你们不必打扫我们的房间。"艾妮说。

"我们会的,我们要把它翻个底朝天,把你男朋友的信都找出来。"

"妈,他不能进我们房间。"艾妮说。

"康诺会守口如瓶的。"诺拉回说。

"什么是守口如瓶?"康诺问。

"就是说你是个烦人的小毛孩子。"费奥娜说。

"不过,说认真的,"艾妮问,"让他们去别人家待着不更好吗?"

"我哪、哪里都不去。"多纳尔说。

"如果有问题,多纳尔会照顾康诺,"诺拉说,"我中午会回家吃饭。"

"谁来做午饭?"

"我在前一天晚上准备好,多纳尔一回家就会把土豆煮起来。"

她觉得自己正被交叉审讯,得转换话题才好。他们五个都莫名其妙地对她疑窦丛生,好似她去吉布尼公司工作是为了逃避真正的职责一般。孩子们都不知道她手头拮据,她不知道凯瑟琳是怎么告诉尤娜的。车子还在,房子也没有因困顿而有损分毫,无人觉察到这一切摇摇欲坠,尽管卖掉了古虚的房子,可如果她不开始工作,那么就得卖车,并考虑搬去更小的房子。

"你为何不搬去都柏林,在那找个工作呢?"艾妮问。

"什么样的工作?"

"我不知道,坐办公室的吧。"

"我不想去都柏林,"康诺说,"我讨厌都柏林人。"

"都柏林人怎么啦?"尤娜问。

"他们就像《托尔卡路》里的布特勒太太,"康诺说,"要么就是菲尼太太、杰克·诺兰、佩吉·诺兰,都说个没完。"

"我们可以把你留在这里,保证你不错过任何一集。"费奥娜说。

"那个女人,那个圣心,还在吉布尼公司当办公室主管吗?"尤娜问,"她叫什么来着?"

"她叫弗朗茜·卡瓦纳。"诺拉说。

"你记得布雷达·道布斯吗?"尤娜问,"嗯,她女儿在那个办公室工作过。哦上帝,我可能不该说这事。康诺,你要是把这事说出去,我一定会把你的两个耳朵都咬掉。"

"你的秘密在康诺那里很安全。"费奥娜说。

"我什么都不会说的。"康诺说。

"好吧,布雷达的女儿讨厌圣心,她结婚前在那儿工作过几年。最后一天她报复了她。"

尤娜顿住了。

"她干了什么?"费奥娜问。

"我不知道是不是该说这事。"尤娜说。

"说吧。"费奥娜说。

"好吧,他们都知道圣心一件事,就是她午餐时间不休息。她整天工作不吃饭。我觉得这使她到了四点钟就脾气暴躁。那时候她把外套挂在走廊上,其他人的外套也都挂在那里。布雷达的女儿恨她入骨,她花了一个星期捡狗屎,然后把圣心那件外套的两个口袋里都装了那种她早上捡来的东西,到了四点,她问那心——还是别的什么名字——她是最后一天上班了,能否提前一刻钟走,那心说一百个不行,她得回到自己桌边去。那天圣心工作到很晚,所以没人看到发生了什么。可能她自己都没注意,直到走在回家路上,把手插进兜里。"

"那两个口袋很大吗?"康诺问。

"所以现在她把外套挂在自己办公室了,"尤娜接着说,"但有趣的是第二天早上她又穿着这件来上班了,好像啥事都没有。那是一件棕色外套,据我所知,可能她现在还在穿呢。"

"哎唷。"费奥娜说。

"要我说那个道布斯姑娘干不出这事。"诺拉说。

"噢,她嫁给了欧拉特村的格辛家,他是个很好的人,他们新建了一栋平房。他有自己的事业。我和她打过几次高尔夫球,你没法遇到比她更好的姑娘。她已经应有尽有。"

"如果是母牛粪就更糟了。"康诺说。

"或者公、公牛粪。"多纳尔说。

去往保克劳迪的路上,坐在前座的艾妮问她是否知道尤娜正在和高尔夫俱乐部里的一个人约会。后座上艾妮的朋友也证实,她母亲也是高尔夫俱乐部的,也听说了。

"尤娜?"诺拉问。

"没错,所以她心情这么好。她上楼时我们问了她,她只是红了脸,说高尔夫俱乐部里闲言碎语太多了。"

诺拉心里算了一下,她今年四十四,那么尤娜就是四十,或者快四十了。她和凯瑟琳几年前就认为尤娜不会结婚了,会一直在罗切酒厂工作,一辈子住在母亲去世前和她同住的房子里。

"你不知道那个幸运男是谁?"诺拉问。

"不知道,不过我们告诉她,如果她不说,我们就要传播流言,说那个人是拉里·卡尼。她生气了,不过还是没说出来。"

她知道拉里·卡尼是镇上的一个酒鬼,时常坐在酒吧外面的广场上,因为那些酒吧不让他入内。数年前,凯瑟琳、尤娜和罗丝·莱西、莉莉·德弗罗一块儿住在卡文郡的一家高尔夫酒店时,

五 097

某天傍晚她们与一对都柏林夫妇在一张桌子上共进下午茶,那对夫妇自命不凡,聊着他们都柏林一流的高尔夫俱乐部。他们一直夸夸其谈,直到莉莉·德弗罗用郑重的口吻对那个都柏林丈夫说,他和恩尼斯科西的一个人简直是一个模子出来的,那人是韦克斯福德郡最好的高尔夫球手之一,名叫拉里·卡尼,她想知道他们是否有亲戚关系。凯瑟琳不得不狂笑着奔出餐厅,紧接着尤娜也跑了出去。

"你们笑什么?"艾妮问她,这时她们正经过克劳哈蒙村。

"拉里·卡尼加入高尔夫俱乐部了吗?"她问。

"没有,别傻了。"

后来,多纳尔、康诺和费奥娜一起走到回都柏林的火车旁。男孩们站在铁桥上时,诺拉注意到费奥娜神色忧伤。

"你没事吧?"她问。

"我讨厌回去。"费奥娜说。

"有什么问题吗?"

"修女、宿舍、整个职校。真的是每一件事都讨厌。"

"但你在那里有朋友吧?"

"有的,我们都讨厌这些。"

"今年夏天你就会在伦敦了,再过一年你就能回家了。"

"回家?"

"嗯,你要去别的地方吗?"

"我可能留在都柏林,读个夜校的学位。"

"费奥娜,我在这里很难。我都不知道钱是不是够用。"

"你不是有抚恤金吗？还有古虚卖房的钱？而且不是就要在吉布尼工作了吗？"

"吉布尼每周的薪水是十二镑。"

"只有这些？"

"那个儿子托马斯对此直言不讳。他差不多是在说我爱干不干。他父母嘴巴甜，但他眼里就只有钱。商业就是这样，这并不是说我了解商业运作。"

"我想我可以在这边找个工作。"费奥娜轻声说。

"我们等等看有没有门路吧。"诺拉说。

费奥娜点点头，这时康诺宣布说火车进站了。

"古虚房子的事我很抱歉。"诺拉说。

"噢，我已经忘了那事，"费奥娜说，"那天我听说消息时难过了一会，现在没事了。"

她拿起自己的小行李箱。

他们开车回家时，多纳尔说他查过《星期天新闻报》，晚上电视会放另一部电影。

"是什么电影？"她问。

他不说话了，她知道，无论电影名字是什么，他都说不出来。

"平心静气，慢慢说。"她说。

"《失、失落的地平线》。"他说。

"我不知道这部片子，不过我们可以看个开头。"

"上周的那部太吓人了。"康诺说。

"但你喜欢对吗？"她问。

"我在班上说了,顿纳老师说我不应该睡那么晚。"

"你为什么告诉他们?"

"我们都得讲一个故事,那个星期五轮到我。"

"那、那是用爱尔兰语还是英语讲?"多纳尔说。

"用英语,傻瓜。"

"别叫你哥哥傻瓜。"诺拉说。

"你用爱尔兰语怎么说'煤气灯'?"康诺问。

诺拉一看到报纸上的影片介绍,就知道是哪部电影了。她记得"香格里拉"这个名字,她确定自己和莫里斯曾嘲笑过都柏林一家影院门口的这个名字。他们想这几个角色闯荡世界是否就为了发现自己的真实年龄。记忆中这是部幻想片,与《煤气灯下》相比没有害处,当孩子们问是否可以观看时,她答应了,说他们如果觉得无聊就去睡觉。

然而影片一开始,就有某种尖锐和奇怪的感觉。先是音乐,接着飞机坠毁很吓人,画面如此真实简直看不下去。第一次插播广告时,孩子们要她讲述情节。

"那地方就像青春不老境①,"她说,"香格里拉,人们在那里不会变老。有些人可能一两百岁了,但看起来还是年轻人。"

"和富兰克林太太一样老吗?"康诺问。

"是的,但更老。她一进香格里拉就会像个小姑娘。但这只是

---

① 原文为 Tír na nóg,是爱尔兰神话传说中的另一个世界,人在那里长生不老。

电影里说说而已。"

然而，随着电影的进展，她发现无论他们看到什么，都会想起已在家里谈论了一整天的他们自身的处境。电视机里的戏剧性音乐和轻柔说话声不时打破沉默，她不知这样和他们坐在一起是否恰当。她记不得男主角的名字，觉得没在其他电影里见过他。他是那种典型的可靠、强壮、浪漫的男人，为人坦诚，充满好奇心。

电影播到拉马开始虚弱下去，显然命不久矣的时候，康诺又朝诺拉挪去，她给他一个靠垫，让他坐在她身边的地板上。多纳尔坐得远远的。她觉得他看这部电影比《煤气灯下》更投入。插播时刻他看广告，康诺问问题，她想方设法回答，他都没回头。

她知道电影讲述的是什么了，这会儿她才想起来——三个角色翻山越岭离开，希望被人搭救然后送回英国。他们一离开香格里拉神灵的范围，女人的脸就开始皱缩，接着她死了，男主角的哥哥吓得跳崖自杀，主角被救回英国。

电影的结尾部分让多纳尔在椅子上躁动起来。男主角想回去，离开这个世界和熟悉的一切，一直走到他找回它为止，那地方在世界之外，在那里没人能找到他，他居住在长生不老的天堂，不会想家。电影传达的信息很清楚，诺拉都不用琢磨孩子们在想什么，他们在想那就是他们父亲去的地方。她也在想这事，觉得这部片子给他们的印象如出一辙，于是电影结束后都没必要再提。他们关了电视，她准备次日的午餐，孩子们上床睡觉。

次日上午，她穿过镇子第一次去上班，觉得人人都在盯着她看。她起得很早，花了点时间挑选衣服，确保衣着不太过靓丽，也不显破旧寒酸。天不够冷，不能穿她那两件羊毛大衣，于是她找出一件红色风衣，那是在莫里斯生病前买的，还没穿过。风衣颜色鲜艳，也许更适合年轻女子，但这是她唯一一件在这种早晨不显太厚重的外套了。

此刻她刚走到法院街，就知道犯了错误。她遇到正在去圣约翰医院上班的女人和正去罗切酒厂上班的男人。所有人都看着她染过的头发和红风衣。她希望不要遇到熟人，希望没人会停下脚步和她说话，问问题。她溜下弗莱瑞山，沿着弗莱瑞广场一路走，避免碰到人。穿过斯兰尼广场抵达桥头，才松了口气。差不多到了。她一进办公大楼，就对接待员说找卡瓦纳小姐。她想，没必要与弗朗茜·卡瓦纳套近乎，她们从未喜欢过对方，现在也不会。她所希望的是，威廉·吉布尼本人当着妻子佩吉的面给她工作，以及莫里斯曾在学校教过吉布尼儿子的事，能让弗朗茜·卡瓦纳态度稍好。

接待员问她名字时，她发觉自己口气十分矜持，以至那女人抬头看了她一眼。她想，这种语气在这里是无用的。她集中神智，温和冷静下来，同时反应敏捷，完全掌控自己。她不知道将要做什么工作。托马斯·吉布尼说过，这事让卡瓦纳小姐决定，但无论她得到什么工作，都是陌生的，得花时间学习。她等在前台时，几个办公室职员从狭窄的走廊经过她身旁，大多是比她年轻得多的姑娘，好几个看起来像学生。

终于，卡瓦纳小姐得到接待员的通知，诺拉来了。

"啊,你选了全年最糟糕的上午,"她从接待室和走廊间半开的窗子吼进来,"我不知道我们要干什么。谁让你今天来的?"

"托马斯·吉布尼先生让我今天上午开始工作。"诺拉说。

"哦,托马斯·吉布尼先生,等着,我去叫他!"卡瓦纳小姐边说边在文件柜的抽屉里翻找。

片刻后,卡瓦纳小姐走了,然后再没回来,诺拉想要唤起接待员的注意,但接待员都没抬头。诺拉心想是否应该提高声音,要求来人,但她没有这么做。

她正等在那里,门被一个年轻女子推开,她似乎和前面进来的人都不一样。发型修剪得漂亮,衣服似乎也很昂贵,甚至眼镜都与众不同。

"你是韦伯斯特太太吗?"她问。

"啊,我知道你是谁,"诺拉说,"你和其他来上班的人不一样,你是伊丽莎白。"

"天啊,我可不想和其他人看起来一样!"

"你是吉布尼家的人,我一看就知道。"诺拉说。

"噢,为了不和其他人一样,我可以做任何事,但我是这里的人,别人不会要我,所以只好回恩尼斯科西,在家里住,在办公室上班。这两件事我以前都说过我不会干的。"

"我认识你的祖母,"诺拉说,"你和她长得很像。"

"我记得她,"伊丽莎白说,"她在那边的房子里躺下去后再也没起来。据我所知,她可能还在那里。"

诺拉犹豫片刻,心想要不要让伊丽莎白帮她找卡瓦纳小姐来。

"你是在等人吗?"伊丽莎白问。

"是的,等卡瓦纳小姐。"

"找不到她吗?她总是忙东忙西的。"

"她来过,又走了。"

"是的,她这会儿经常去会计部吼上一会儿。最好的办法是你跟我进去,就可以绕过她了。"

诺拉跟着伊丽莎白穿过房门进入一间忙碌的大办公室,接着走进一间较小的房间,窗子对着远处的山景和底下的院子,那里停着很多卡车和轿车。房间里有两张桌子,几个文件柜。

"我回来之后做成的唯一一件事,"伊丽莎白说,"就是让艾尔莎·多利从这里搬去了隔壁办公室,把她的围兜和斜眼觑人的眼神也一并带走。她已经开始听我打电话,还跟我讨论电话内容。"

"艾尔莎·多利?"诺拉问,"是戴夫·多利的女儿吗?"

"就是她,"伊丽莎白说,"跟她父亲一样好管闲事,但没他那么滑头。我在家里对他们说,如果她不从我办公室搬出去,我就回都柏林去露宿街头。你要知道,我来之前这是她的办公室。你喜欢她的桌子吗?"

"哪张桌子?"

伊丽莎白指着靠门的那张。

"为何不在别人阻止你之前把桌子定下来?我会说是我父亲说的,那么就没人会反对了。"

诺拉坐到桌前,伊丽莎白出去了,进来时端着一碟茶水饼干。

"我把我自己的饼干藏起来。我有个秘密的地方放饼干。你要小心，喘着粗气的弗朗茜·卡瓦纳正在找你呢。她火气可真大。她问我有没有瞧见你。我不置可否。"

"我不该去找她？"

"先用茶点。"

很快有人来说卡瓦纳小姐正在办公室等韦伯斯特太太，那人接到的指令是立刻送韦伯斯特太太过去。卡瓦纳小姐的办公室是在那间大办公室的一头，她从一扇窗子可以看到办公室里所有的事。

"老威廉先生或托马斯先生有没有说过你来这里做什么工作？"卡瓦纳小姐问，她抬头看了几眼，又去翻她桌上的文件。

"他们没说过。"

"好吧，他们也没告诉我，他们都去都柏林了，所以我们得自行解决这个问题。"

诺拉没回应。

"那个伊丽莎白·吉布尼是爱尔兰最懒的姑娘，"卡瓦纳小姐说，"也是最讨嫌的。不管是不是老板的女儿，对我都没区别。我对每个人一视同仁。她还把可怜的艾尔莎·多利赶出了办公室。艾尔莎是很守纪律的。"

她突然抬起头。

"现在，这是每个来我这里工作的人都得做的事。"

她拿出一个文件夹。

"这个账单很长。"她说着递给诺拉一张脏兮兮的纸，正面每行有六个数字，反面还有半页。

"你能好好地帮我把这些数字加起来吗？"她盯着诺拉，递给她一支笔。

诺拉开始计算了。以前在吉布尼工作时这原是她最擅长的事情之一。老吉布尼先生经常请她干这个，他亲力亲为难免不出错。她没理睬继续瞪着她的卡瓦纳小姐，埋头加起数字来。她加完第一列的数字，写下结果。

"别在那张纸上写数字！我还要用。写在这张上！"

卡瓦纳小姐给她一小片纸，这分散了她的注意力。她想最好从头开始，确保一切无误。当她算好前两列，正在算第三列时，卡瓦纳小姐又打断了她。

"老威廉先生或托马斯先生说过你要和伊丽莎白共用一个办公室吗？"

诺拉抬头看卡瓦纳小姐，与她对视片刻。

"怎么？"卡瓦纳小姐问。

诺拉又低下头开始从头计算第三列。她尽量不去想坐在对面的卡瓦纳小姐，集中注意力计算。这简直是一场两人间的战斗，她打定主意，要是卡瓦纳小姐再次开口，她就尽可能礼貌地要求她不要打断她的思路。但想着这里她又忘了算到哪里，不确定从第三列加了多少数字到第四列。她停了停，就这么一顿，彻底分散了注意力。

"快点，"卡瓦纳小姐说，"我没多少时间。"

诺拉想还是从头算起。她尽快把第一列数字加起，结果却与她第一次计算后写下的数字不同。她得再来一次，这次要算得缓慢而谨慎。假如这场景是一年前出现在眼前，必定是在做噩梦。在弗朗茜·卡瓦纳小姐的监督下做算术，真是难以想象。这不属于她为自己设想的任何一种未来。这些念头再次打扰她的注意力，她不得不停下来，望了望这间大办公室。

"那里没人对你感兴趣，"卡瓦纳小姐说，"低头看数字。"

她别无他法。有那么一刻她想到，这些年脱离工作，在家烹饪洒扫，照看小孩，服侍生病的莫里斯，是否影响了自己在某一件事上集中注意力的能力。如果是这么回事，那么她得加倍努力，什么都不想，只管加数字。这不是不可能的。无论什么进入她的头脑，停下不想就好。只有这些数字。她又从头开始，带着自信和效率干起来了，不让任何思绪进来，只在每一行底端得出正确的数字，再加到后一行去，然后带着一丝傲慢和鄙视，默默地将最终结果交给弗朗茜·卡瓦纳。

卡瓦纳小姐瞧了眼最终结果，拉开桌子第一个抽屉，拿出一台计算器，走到外面的办公室，大声喊道。

"快来个人。你！兰伯特小姐。到这里来！"

进来办公室的姑娘没有与卡瓦纳小姐和诺拉对视。

"现在我要你用计算器检查一下这些数字。哦，不要让韦伯斯特太太比我先看到结果。直接把数字交给我。我要去会计部。快点做！韦伯斯特太太已经花了很多时间。"

姑娘从卡瓦纳小姐手里拿过那张纸，走出房间。

到了午餐时间，诺拉已经浪费了整个上午等待卡瓦纳小姐，被她奚落。当她走出办公室，穿过桥，仿佛回到了二十五年前，获得自由的感觉是一致的。那时她每当中午、傍晚离开吉布尼公司时，总想装作再也不回来了，在那里的时间终于到头了。此刻当她从城堡山脚下回家时，这种感触不难再次浮上心头，这几乎是少不了的。等她完成一天的工作，到五点半时还会再次体验。

六

经过大量协商后达成共识，她上午在伊丽莎白的办公室里办理订单和发票，下午在大办公室里处理工资、奖金以及公司所有的商务差旅费用。卡瓦纳小姐对她说，这是最难的工作，因为每个销售代表的薪水都不同，她可以回查以前的记录来看具体情况。卡瓦纳小姐说，很多年前他们和老一辈的销售代表有协议，最近托马斯·吉布尼又和年轻的那些人重新议定，他们彼此不知对方的薪水，也不必知道。卡瓦纳小姐说，但大家心里都存着疑虑和嫉恨。

"要是我的话，"她说，"我会只给他们奖金，不给发工资，然后我们就会看到效果，他们的态度会有所改善。如果有人发现你是管他们薪水的人，私下来找你，看都不要看他们一眼。念句祈祷文，然后打发他们来找我。如果他们拦住你，当我不在的时候来找你，那么告诉他们，你是照卡瓦纳小姐的吩咐办事，任何情况下都别理他们。"

诺拉因卡瓦纳小姐办公室的挂衣钩上那件棕色大衣而分心了片刻。她想这是不是尤娜对她说过的那件。

"韦伯斯特太太，"卡瓦纳小姐问，"我能认为你已经明白我的意思了吗？"

"我完全明白。"诺拉冷冷地说。

在十二名销售代表中,有些人有公司的汽车,有些人没有。有些人的差旅津贴比其他人高,有些人还有一项协议,如果他们在某年的销售份额高于某个数字,那么差旅津贴或奖金就会提高,或一并提高。文件柜有个满满的抽屉装着销售代表的发票,有些包括了具体的薪水协议。还有一个抽屉装着销售代表的投诉信和要求信,诺拉看到这些,就彻底明白公司与这些销售代表之间的协议。

当她告诉伊丽莎白要给那些人付钱是多么复杂,她笑起来。

"我父亲,老威廉,说这是唯一能让销售代表跑起来的法子。"

渐渐地,诺拉发觉卡瓦纳小姐虽然对薪水有套说辞,但并不懂这一体系。有个叫玛丽·布雷克里的姑娘多年来都在干这件事,但已经为结婚而辞职了。从那之后就一团乱麻。卡瓦纳小姐的做法就是威胁要开除每一个前来抱怨的人。每个新来的姑娘都被分派整理这团乱麻,于是每况愈下,直到很多销售代表去见老威廉·吉布尼先生,他则让儿子托马斯来处理此事。托马斯认为诺拉是处理销售代表事务及其薪水,同时也是与卡瓦纳小姐打交道的最佳人选,卡瓦纳小姐为了那些销售代表不胜苦恼,仿佛一天不对着至少一人大吵特吵就觉得浪费了这天。

诺拉在大办公室一头的文具柜里找到了一堆文件夹。她谁都没问就拿去了自己桌上,把每个销售代表的名字写在文件夹上,并开始编辑每个人与吉布尼公司的协议。当她遇到某个销售代表时,只要卡瓦纳小姐没注意,她就问他们协议的具体细节,在一张纸上列出他们认为公司欠他们的款额及内容。大多数销售代表都为奖金或津贴等了很长时间。由于她是新来的,他们开始观察她,有些人焦虑不安,有些人更有决心,她早晚上下班时他们就在门口附近等着她。

有一个人告诉她,她应该把每个人所欠的金额写在一张纸上,只写金额,然后写上"紧急薪水"并呈递给卡瓦纳小姐。当她查看文件找到这些纸的复印件时,就会信以为真。她也得知,每月发薪水的日子是不固定的,决定哪一天的就是卡瓦纳小姐。

如果销售代表们朝卡瓦纳小姐走去,诺拉就在旁边,那么卡瓦纳小姐总是走到办公室门口迎上他们,每次都是一样的话。

"韦伯斯特太太和我工作很忙,"她退后一步,大声说,"你们要好好的,下次再来吧。"然后在他们面前关上门。

诺拉在整理这些文件夹时,学会了针对销售代表的速记手法。VB 表示秃头,SB 表示瘦子,SM 是笑面人,J 是滑头,BT 是烂牙,DF 是发屑。很快她给每一个人都取了绰号,这些她只告诉多纳尔和康诺,只要她一发明,他们就记住了。她让他们发誓秘不外泄。

卡瓦纳小姐和每个人作战,除了老威廉·吉布尼先生和他的两个儿子。他们出现时,卡瓦纳小姐就变得温良恭顺,朝他们微笑鞠躬,一等他们离开,她就唤来自己办公室里最听话的簿记员或打字员,开始大声嚷嚷,或者走到大办公室里,站到某个姑娘背后大喊:"你在干什么?你此刻的作为怎能证明你在这幢大楼里的存在?"

六 | 111

卡瓦纳小姐和伊丽莎白·吉布尼彼此不理睬对方。

"她不正常，"伊丽莎白对诺拉说，"她咬起人来，比嚷嚷的还厉害。我想他们对你说过那个在你来之前辞职去结婚的女人？"

诺拉点点头。

"有一天那个可怜的女人被逼疯了，掏出一整个文件柜里的东西抛到空中，用没教养的话来说喘气的弗朗茜小姐。然后又用同样的话来说我父亲、我哥哥还有我，跑到大街上大喊大叫。她住在巴林达金的家里人被叫来带她回家。那天托马斯和我待到很晚，想在我父亲老威廉发现之前把文件都装回去。他不会听到喘气的弗朗茜的一句坏话。他不知道我跟这悍妇毫无干系。我和小威廉还有托马斯已经说定，因为我威胁他们，要是不给我独立的办公室，不让喘气的弗朗茜明白我不受她的管束，那么我保证会以想不到的方式来报复。"

上午诺拉总是和伊丽莎白过得不错，即便她看到伊丽莎白把大部分时间花在计划周末上，要么就是在电话中聊刚过去的那个周末。她觉得在办公室能与她轻松相处。伊丽莎白只在无人可打电话时才和她说话。她有一部外线电话，还有一部公司内线电话。她经常一连和几个人打电话聊同样的私事。诺拉得知，在都柏林有个叫罗杰的男人，稳定可靠，经济状况良好。他想每个周末都和伊丽莎白见面。

伊丽莎白有几周不接他的电话，如果她觉得是罗杰打来的，就让外线电话一直响着。然后她就打给一个朋友，说罗杰打电话来的事，问如何才能在周六晚上避免在都柏林遇到罗杰，但随后又打给罗杰，说要是她去都柏林，罗杰得陪她用餐或跳舞。

"我喜欢他。我不知道他让我想到什么，"她对诺拉说，"也许是一辆开惯了的从不抛锚的好车，也许是一件你从来不穿但乐意拥有的冬季大衣。他对我很痴情，这也很好。但我要轰轰烈烈的浪漫！我是说更狂放些的人。比如说，我喜欢外国的橄榄球员，麦克·吉布森，或者威廉·约翰·麦克布莱德。罗杰曾经带我去参加橄榄球员聚餐，他们都在那里。整个晚上罗杰对我说的我一句都没听进去。如果他告诉我全能的主是个女人，她和丈夫住在贝勒菲尔德，我也会点头的。我希望威廉或托马斯也去打橄榄球，那样就能把我正式介绍给球队的成员。我很想去兰斯敦路体育场看一场比赛，那就会在乔莱酒店或格雷沙姆酒店和球员们碰面，他们都洗过澡，穿戴整齐，都知道我是谁。"

每周五到了下午四点，伊丽莎白就离开办公室，开车去都柏林。她在赫伯特大街与人合租一套公寓，周五周六晚上和朋友们出去，周日晚上开回恩尼斯科西。周六下午她去格拉夫顿大街购物。周末有时她与罗杰约会，有时她不说自己来了都柏林，然后周一就对诺拉讲述差点儿撞上他，在多家网球俱乐部和橄榄球舞会上与他擦肩而过。周中她就在恢复精力，并哀叹没法在镇上玩，因为大家都知道她是吉布尼家的人。因此假如周中去玩，就是去韦克斯福德或罗斯莱尔，通常是和兄弟、朋友一块去。她将这类出游说得像任务一样。周中的真正生活是给都柏林的朋友们打电话。诺拉好笑地发现，她不知道外面办公室任何一个姑娘或大妈的名字，除了艾尔莎·多利，就是从她办公室被赶出去的那位。

六 | 113

如果有人在她打电话时进来办公室,她会让电话那头稍等,然后横目冷对闯入者,等到那人离开房间,再接着探讨周末事宜。

某个周一,伊丽莎白直到十一点才来上班。诺拉发现没有老板女儿的分心,她可以在两小时内把上午的活干完。然后只要不用和卡瓦纳小姐打交道,她把细节弄明朗后,就能够处理销售代表的奖金。她喜欢在办公室静静地享受独处。

伊丽莎白来时容光焕发。

"有人打电话来吗?"

"没有。"诺拉回说。

"两部电话都没有?"

"没人打进来。"

她走过去查看电话。

"你确定?"

"是的。"

"镇书记是干什么的?"伊丽莎白问,"我问过母亲,她说是管理镇子的人,是这样吗?"

"是的,"诺拉说,"那是份好工作。许多镇书记后来当上了郡长。"

"昨晚我遇到一个。"

"哪个镇的镇书记?"

"这是个问题。我不记得了。他的名字可能是雷,我就知道这个。有人介绍我说是他的未婚妻,所以他或许有个昨晚正在家看电视的未婚妻,要么就是我长得像某人的未婚妻。"

"他人好吗？"

"凌晨四点他要我嫁给他，他差点儿这么做了。那很好。"

"那你怎么说？"

伊丽莎白又查了一遍电话。

"我是在罗斯莱尔高尔夫俱乐部遇到他还有你妹妹和她的未婚夫。那边有些活动，我就去了。托马斯和我待了一会儿。我和他还有他的女友一起去的，然后我和你妹妹聊起来，她人很好。我和她还有她未婚夫在塔尔伯特酒店喝了几杯，因为无趣的托马斯和他乏味的女友要走了，她让她未婚夫捎我回家，当然我最后没有接受。我是被我的镇书记送回家的，可能他是韦克斯福德的镇书记。"

"那是极好的工作，"诺拉说，"我们很容易查到的。"

"如果他没打电话来，你能打给你妹妹，问到他的详细情况吗？"

诺拉迟疑了。她与尤娜定期见面，但从未被告知她有男友，更不用提未婚夫了。诺拉不想现在为了伊丽莎白给她打电话，那显得她仿佛在嗅探尤娜的生活。

"我肯定他会打来的。我想镇书记在周一上午可能忙得不可开交。"诺拉说。

"或许他正在和真正的未婚妻打电话呢。"伊丽莎白说。

"尤娜好吗？"

"哦好的，他俩是很好的一对。昨晚在罗斯莱尔有人这么说过，的确如此。"

六 | 115

七

夏天到来，费奥娜去了伦敦，在伯爵府区一家酒店工作，来信说她过得很愉快。信上说，这里的服装店是全世界最棒的，周六市场像做梦一般。伦敦比她想象的更好。艾妮从凯里郡爱尔兰语区写信来说她遇到一个人，那人记得她父亲和吉姆伯伯在近四十年前学爱尔兰语的事。她说，竟然有个女子那么多年前曾对吉姆伯伯一见钟情，但那女子说他太迟钝，于是嫁了别人。

男孩们大多数日子都去网球俱乐部。她进门时康诺总是等着她，快到家时能看到他正在窗口张望。她知道他还太小，不能独自留在家里，她尽量让他去朋友家，等艾妮八月份从爱尔兰语区回来就能照顾他，或至少在他白天回家时能在家里。

周六和周日，只要天气晴朗，诺拉就开车带孩子们去克拉克劳或本特利，有一次还南下罗斯莱尔沙滩。很难想象就在一年前，他们还住在古虚的房子里，仿佛什么都没改变。在克拉克劳的海滨，她生怕孩子们会朝北张望，想起悬崖脚下那片更窄、石头更多、他们从小就熟悉的海滩。但他俩更关心的是诺拉会把沙滩巾放在哪里，如何在沙丘间找一个避风的好地方。康诺想和她待在一块，她不知道该躺下来读书，看当天报纸，还是先不要动，看看他想说什么或者要做什么。多纳尔带了一本摄影书，是玛格丽特姑妈给的，他只要不下海，六点能回镇上去网球俱乐部就满足了。

她想这真奇怪，以前她从未有过一丝念头去在意他们是否快活，去猜他们在想什么。直到陷入困境她才开始照顾他们。莫里斯第一次心脏病发作，在都柏林住院时，要她陪着他。她没法拒绝。她不能把他独自留在医院。她记得每天去时，他一看到她，就不再惶惶不安，取而代之的是安心的感觉，每天晚上她离开他时都担心不已，知道他会多么孤单。他一定清楚病情严重。但这点她不能肯定，他似乎认为自己就要被送回家了，因为他正在好转。但他一定知道，若非他时日无多，她是不会一直留在都柏林守着他的。

这时候她发觉康诺正在看着她。

"你要去游泳吗？"他问她。

"过一会儿。你为什么不下水去看看够不够暖和？"

"如果不够暖和呢？"

"我们还是要下去，但至少我们会知道。"

她心知，这一刻她将会在日后念兹在兹。再过一两年，多纳尔不会和他们一起来了。可能他现在跟来只是因为觉得她很需要他。他有某种解读她心思、揣摩环境的能力，这点康诺还不会，也许一直都不会。多纳尔是知道的，或者隐约明白，她只是在思念莫里斯。而除了顷刻发生在眼前或即将发生的事，康诺对一切都茫然无察。与多纳尔相处有时令她害怕，但和康诺在一起她更害怕，怕他的天真无知，怕他甜蜜的依恋，怕他毫不掩饰地要求关心爱护。

费奥娜从伦敦回来后,诺拉邀请吉姆、玛格丽特和尤娜来喝下午茶。尤娜告诉她会下班后早些过来,但不能待到喝下午茶,她对此没做任何解释。

尤娜一来,费奥娜就把她从伦敦买的衣服全搬下来。诺拉去火车站接费奥娜时,见过一口大箱子,但费奥娜只字不提她买的东西。她给诺拉买了一对十分朴素的耳环,给艾妮买了一件衬衫,给孩子们买了书。然而尤娜一到屋里,显然她还买了一堆各色连衣裙、半身裙和衬衫,很多裙衫都是低领,料子轻薄。尤娜让她每次进来都换一身从伦敦买来的新衣。她评论每件衣服,说费奥娜有了一种非常时髦的气质,尤其是戴着那对新买的圈形耳环,再系一条头巾。艾妮也来凑热闹,建议各种衣服首饰搭配,不时站起来整理姐姐的头发。有一条褐色的薄棉连衣裙,尤娜和艾妮都很欣赏,她们让费奥娜穿着这裙子,戴着耳环与褐色的头巾,不穿长筒袜,只穿凉鞋。

"假如你穿这个去弥撒,整个镇子都会看着你,我只能这么说。"尤娜说。

"周日穿很好啊。"艾妮说。

"你不能穿成这样去镇上的弥撒。"诺拉插嘴说。

另三人转头瞪她,仿佛她是不速之客。

"好吧,除非天很热,否则是穿不了的,"尤娜说,"我是说,衣料太薄了,但看上去特别棒……"

诺拉打断说。

"可能在伦敦或者在杂志上是很棒，但在镇上可不是。"

三人瞧了瞧她，又面面相觑。显然她们最近谈过她，或者在彼此的信中提过她。莫里斯病后，两个男孩住在乔希家，尤娜和艾妮一起住在家里，她们有时和费奥娜碰面。奇怪的是，这是自莫里斯生病后，诺拉第一次在屋子里和她们三人相处。就好像和几个人在一起，她们彼此了解的那些事她并不了解，她们有共同语言，但或许更要紧的是她们能理解彼此的沉默。

那一刻她猛然想到，费奥娜和艾妮比她更清楚尤娜的恋爱，知道她的未婚夫是谁，知道她的计划。即便尤娜和两个姑娘相差二十岁，她们相处的时日已将她们紧密联系在一起。她们亲如姐妹，随意讨论服装和自己的生活。她们已将诺拉排除在外，正如此刻她们所为。她想，或许是她把她们排除在外了。她自觉老了很多岁。她们之间的联系是一目了然的，如此自然而然，诺拉觉得她们都没有意识到这种联系的存在。一定是因为莫里斯和她不在，才会产生这种联系，也一定是某种姑娘们掩饰痛苦的方式。诺拉穿过房间去厨房，没有看她们一眼。

吉姆和玛格丽特来时，男孩们也出来了，气氛轻松许多。玛格丽特对衣服没有兴趣，只对费奥娜平安回家感到高兴。尤娜走后，玛格丽特去前厅和多纳尔聊天。艾妮和吉姆讨论丁格尔半岛的很多地方，艾妮在巴里费瑞特村和顿奎因村认识的那一家人，吉姆如何认识他们的长辈。诺拉发觉每提到一个地名或人名，他的眼中就闪光。吉姆六十多岁，比莫里斯大十五岁，一直干着同一份工作，独立战争时当过信使，内战时还被拘押过。她觉得，那些激情岁月，以及之后在丁格尔半岛上的夏日，对他而言想必是遥远的过去。他是她认识的最保守的人，而且从认识以来他一直如此。

玛格丽特在郡议会工作，薪水比吉姆高，开销又少。替艾妮付学费，给费奥娜和男孩们零花钱，对她来说乐意而为，对他们的生活和未来的计划都有了发言权。他们坐下来吃饭时，诺拉饶有兴味地听着费奥娜与姑姑伯伯讨论伦敦的文化景观，而不是周六市场和廉价服装店。费奥娜去看过一场莎士比亚剧，当时有几个坐在观众当中的演员出人意料地跳将起来。

"你怎、怎么知道他们是演员？"多纳尔问。

"这正是我要问的。"玛格丽特说。

"他们穿着戏服，说的是台词，"费奥娜说，"但他们站起来，大家都大吃一惊。"

"我希望这不会流行起来，"玛格丽特说，"否则你就不知道自己在哪了，坐在你旁边的人可能是布尔·麦凯比①。"

"不会，我觉得这只在伦敦才有，是新出现的。"费奥娜说。

他们讨论艾妮的拉丁语课，玛格丽特认为她应该在圣诞节和复活节补课以确保通过考试。然后话题就转向相机，多纳尔应该怎么买胶卷，洗照片。

"你可以从帕特·克莱恩和肖恩·帕蒂那里把坚信礼和圣餐礼

---

① 布尔·麦凯比：爱尔兰电影《田野》（1990）中的男主角，是个爱尔兰农民。

的拍照业务接手过来，"吉姆说，"在《回音报》上登个广告，说你要比他们便宜一半。"

"或者你可以拍彩照。"费奥娜说。

"我不、不喜欢彩照。"多纳尔严肃说道。

"对，他只喜欢黑白照。"玛格丽特说。

没人问起诺拉吉布尼公司的事，压根都没提到。也没有人说起吉姆或玛格丽特的工作。一切都围着四个孩子，关心他们的未来。他们说的每句话，伯伯姑妈都会接过去考虑、评论。康诺抱怨他的网球拍，说他某个朋友的球拍比他的好，他们就挺认真地表示同情。他们讨论费奥娜和朋友搭车去都柏林这事是否安全，比较周末和平日的火车往返价还有汽车公司的价格。

这个傍晚结束时，诺拉觉得她从中了解到的孩子们的生活，比几个月来知道的还多。有吉姆和玛格丽特在就没有冷场的时候，一切都聊得十分自然，总有一个孩子立刻对话题感兴趣。没人提到她去上班时，多纳尔和康诺不去网球俱乐部就独自在家，也没人说起卡瓦纳小姐对她大呼小叫，用对待最被瞧不起的女员工的态度来对待她。这是一个普通的傍晚，长久以来第一次，诺拉上床睡觉时怀着近乎感恩的心情。

到了周一上班，伊丽莎白忙于回避罗杰的电话，又坐立不安地等电话。她和雷打了两三次电话，搁下话筒后，和诺拉说有没有可能有人把雷的事告诉罗杰，有没有可能在某次橄榄球俱乐部舞会上或高尔夫俱乐部酒吧里遇到了雷，而罗杰正在她身边。

"问题是,这两人我都喜欢,"她说,"罗杰很靠得住,他是所有俱乐部的会员,人人都说他好。但没有雷我会无聊死的。我不知道你能否想象和老威廉、小威廉还有托马斯聊着商业战略度过一个傍晚,甚至吃饭时他们还在叨叨不停。难怪我妈从不离家,无聊到这份上真是丢人。我不知道此刻他们在聊些什么,但他们手头正有计划。他们能谈上几个钟头,写各种事项和数据。你还以为他们是在管理这个国家。"

随着伊丽莎白的感情生活愈渐丰富和复杂,她也花越来越多的时间和朋友们在电话上聊个中意味。很快她的电话单堆起了一摞。星期五早晨,诺拉看到伊丽莎白正把电话单装进信封,这些单子她没在分类账上看到过。虽然伊丽莎白不和卡瓦纳小姐说话,也不直接为她工作,但每周带有发票目录的分类账会送到卡瓦纳小姐办公室,她会仔细查看。尽管伊丽莎白在电话上花了不少时间,但她的工作通常不会出错。即便如此,质疑还是少不了,因为卡瓦纳小姐不能直接和伊丽莎白说话,她经常带着毫不掩饰的怒气冲诺拉说话,让她把话传给吉布尼小姐。她有时指派办公室的姑娘带着指示去站在吉布尼小姐前面,直到她放下电话,然后得到卡瓦纳小姐需要的发票的具体情况。

当卡瓦纳小姐发现这些发票没有进入分类账,她就去找托马斯·吉布尼了。而且诺拉发现,她认为是诺拉和伊丽莎白故意不把发票填进去。一天下午托马斯去卡瓦纳小姐办公室,他们把诺拉叫来,关上门。

"这是非常危险的情况,"托马斯说,"我们没有登记发票,如果没付钱的话,就会说不清楚。以前从没发生过这种事。"

卡瓦纳小姐满脸懊丧地站在他旁边。诺拉一言不发,看看这位,又看看那位。

"韦伯斯特太太,我知道这个系统的情况已经向你解释过几遍了。"托马斯说,"这并不十分复杂。"

诺拉仍然没有答话。

"除非发票登记在账上,否则就不能寄出去,"托马斯继续说,"这种事是没法原谅的,而且可能会给公司带来财务损失。"

"你说完了吗,吉布尼先生?"诺拉问。

"你什么意思?"托马斯问。

"我想知道你是否说完了。如果你说完了,那么或许可以问问卡瓦纳小姐这件事是否与我有一星半点的关联,她会告诉你……"

正当卡瓦纳小姐要打断她时,她离开办公室,在身后关上门。很快,她看到托马斯神情坚决,从卡瓦纳小姐办公室去他妹妹的办公室。诺拉低着头听到了吼声。她知道大办公室里每个人都竖着耳朵在听。卡瓦纳小姐关上自己办公室的门,整个下午都没出来。

接下来一周,卡瓦纳小姐开始去烦伊丽莎白·吉布尼,据诺拉所知,她从托马斯那里得到准许可以这么做。对诺拉她则表现得相当冷漠,似乎不知该如何继续。每天上午,她都等着伊丽莎白,然后说她想要看前一天进账的条目,待寄的发票要放在她办公室外头的箱子里,以便她查看。

第三天上午,她四次来,四次发现伊丽莎白在打电话,她就关了办公室门,搬了把椅子坐在伊丽莎白对面,耐心地听她讲电话。伊丽莎白继续安排周末事宜,卡瓦纳小姐探手去拿摊放在伊丽莎白面前的账本。她把账本对着自己,开始看进账条目。

"抱歉,"伊丽莎白对电话中说,"我得挂了,过会儿再打给你。有个人坐在我对面,衣冠不整,很没教养。"

她放下话筒。

"好了,卡瓦纳小姐,"伊丽莎白说,"如果你再进我办公室,碰我桌上的任何东西,我会给你找一个漂亮的大笼子,把你锁在里头,那对你来说是最好的地方。"

"吉布尼小姐,我不是来受你侮辱的。"

"也许你来就是为了这个。"

"我会跟你父亲去谈你的事。"

"稍等,弗朗茜小姐,我这就把他给你叫来。"

她拿起话筒,拨了一个分机号码,请人接通她父亲。

"是老威廉吗?嗨,爸爸。卡瓦纳那女人在我这里,她想要见你。你见到她的时候,能否让她不要用她的爪子再碰我的东西,让她的脏脚不要再踏进我办公室?还有,你能把托马斯关回狗屋吗?好的,我让她立刻上去。"

诺拉不禁暗自为伊丽莎白对抗卡瓦纳小姐而喝彩,虽然她也知道,这事对伊丽莎白来说容易,对其他人则不可能。卡瓦纳小姐回去拿账本时,她俩都笑了起来。一瞬间卡瓦纳小姐对上了诺拉的视线,露出受伤和威胁的眼神。

十月的一个周六晚上,吉姆和玛格丽特来做客,诺拉打开九点新闻,新闻播报开始,就出来一段暴动和警棍的录像,新闻播报员说这是当天下午发生在德里市的事。诺拉不由叫来在另一间屋的多纳尔,很快康诺也穿着睡衣来了。两个孩子站在那里看晃动的镜头,屏幕上的人尖叫着逃离。

"是电影吗?"康诺问。

"不是,这是新闻,是在德里。"

新闻播报员说,德里的游行队伍因为警察用警棍打了人群而发生暴动。然后出来更多的镜头,很多警察举着警棍击打双手抱头的人。播报员说,其中一个被打的人是议员加里·费特。镜头里出现两三个跌倒在地的游行者,然后是被警察紧紧追赶的示威者,镜头聚焦在一个高声叫喊的女人身上。

新闻播完后,康诺回去楼上。多纳尔问这场暴乱是怎么回事。

"是关于民权。"吉姆说。

"天主教教徒为争取民权的游行。"玛格丽特补充说。

"德、德里是在北、北爱尔兰,"多纳尔说,"在地图上是不一样的颜、颜色。"

"是的,但这是同一个国家。"玛格丽特说。

诺拉注意到吉姆神情警觉。多纳尔离开房间后,她调低了电视机的音量,觉得他可能有话要说。如果莫里斯还活着,发生这种事情,莫里斯和吉姆通常会方方面面地讨论很长时间。吉姆却什么都没说,她问他怎么想。

"我可不会去打这种架,"他说,"很难脱身的。"

第二天弥撒后，诺拉和很多人说起电视上看到的警棍战，她买了一份周日的报纸，可以读到这些事件。后来她散了一会儿步，但没遇到认识的人，也就无法和人说德里的事。

周一上班时，她以为大家都会讨论新闻，但与平时并无二致。伊丽莎白在都柏林过周末，都没看到电视上的暴动。诺拉把这事告诉她时，她淡淡地点了点头。诺拉工作时，她打了几个电话。

下午诺拉和一个年轻的簿记员一起整理文件，这时卡瓦纳小姐过来，站在那里俯视她们两个。

"以上帝的名义，你们俩在干什么？"

诺拉决定不理她。

"韦伯斯特太太，我对你说话的时候，你要看着我。"卡瓦纳小姐喊道。

诺拉从桌边站起。

"我能单独在你办公室见你吗，卡瓦纳小姐？"她问。

"我忙着呢，韦伯斯特太太。"

"我需要在你办公室见你。"

她跟着不情不愿的卡瓦纳小姐去她办公室。

"卡瓦纳小姐，我现在要回家了。"她说。

"还没到五点半。"

"卡瓦纳小姐，我工作的时候，请你控制自己的情绪，放低声音。"

"我被聘用在这里，就是为了让办公室正常运行，我不需要你，韦伯斯特太太，或者你这样的人来反驳我。"

"我被聘用在这里是做我的工作，卡瓦纳小姐，而你大喊大叫是没有用的。"

"回家吧，安静在家太太！你现在滚吧！如果看到托马斯先生，可以告诉他是我让你回家的。"

诺拉穿过镇子。遇到认识的人，就和往常一样和他们打招呼。她快到家时，浑身充满劲，心想要不要开车回去再和卡瓦纳小姐大干一场。她走上大门台阶时，满脑子对卡瓦纳小姐或是对托马斯·吉布尼说的话被哭声打断了。她拿钥匙开门，哭声停了，一片寂静。

"谁在那儿？"她大声说，"有人在家吗？"

多纳尔从后厅出来，一脸疚感。他身后跟着明显哭过的康诺。

"出了什么事？怎么回事？"

他们都没开口。

"康诺，你怎么了？"

"我们不、不知道你这么早回、回家。"多纳尔说。

"多纳尔，康诺哭什么？"

"我没在哭。"

"但你哭过，我在门口听到了。"

"他想、想打开我的照、照相机。"多纳尔说。

事情渐渐弄明白了，每天他们放学到她回家之间这段时间，多少都会吵架。他们都不觉得这有什么奇怪。多纳尔口气挑衅，康诺一脸惭愧，他俩都不想她卷进来。她听完两人说话，等康诺离开房间。

"他比你小,没有别人可以照顾他。"

多纳尔没回话。

"我要你保证不会再惹他哭,你把相机藏好,他就碰不到了。你能向我保证这点吗?"

他点点头,然后坐在那里,目光投向远处。

当晚她失眠了。她寻思着他们放学后有什么地方可去,或者有谁可在放学和她到家之间的两小时过来照顾他们。她希望到了明年,费奥娜会在镇上教书,下午四五点钟就能回家。在这段时间,她得经常与多纳尔谈谈,留心着康诺。她记得多纳尔非常讨厌襁褓中的康诺,当时大家都很留意他。如果康诺有了新玩具,即使是多纳尔不要玩的,他也会指手画脚,掌控这个玩具,规定康诺什么时候可以玩,什么时候不可以。康诺一直由着他,好像天经地义。但现在已经不再天经地义了,或者说他俩独处家中时不再天经地义。

她在心中勾勒着这栋房子,它一定奇怪地装满了空缺。此刻发现,他们对生活中的变化终于习以为常。他们不像她那般从每个场景、每一时刻中去观察可能失去或已经失去之物的象征。父亲之死已经成为他们的一部分,在她看来,他们对此并无觉察。他们看不到自己多么不安,也许只有她才能看到,然而她想这些现在不会离开他们,几年都不会离开。她早些回家若是看到他们在打架也不应觉得惊讶。她会尽己所能,减轻他们对彼此的疑虑,对周围人的疑虑。

黎明前她睡着了，醒来时惊觉闹钟没响。已经八点四十分。她飞快起床，发现孩子们还在睡。她想要是动作快，可以给他们做早饭，但她上班就会迟到，即使她开车过去，她从未这么做过。

幸好无人觉察她迟到。伊丽莎白比她晚到半小时，一个劲说昨晚在塔尔伯特酒店的派克·格里尔酒吧，还有在罗斯莱尔的凯里酒店发生的事。

"你妹妹给我们讲了一个精彩的故事。我不知道我为什么会觉得好笑。周六她在斯兰尼街的帕迪·麦克肯纳商店里买东西，进来一个女人，叫塔拉还是拉拉来着，就是在维尔勒店里给她做头发的那位，说她听说她有一枚漂亮的订婚戒指，想瞧一瞧。尤娜刚转身给她看，那个塔拉还是拉拉就开始大叫说多闪亮的戒指啊，但她真看过去才发现那天尤娜没戴戒指。戒指送回珠宝行了，因为太紧了。那个塔拉还是拉拉大谈爱尔兰，整个店都在听她说。她似乎一点都不在意，滔滔不绝，仿佛什么都没发生。"

诺拉想说她不知道妹妹已经订婚，但忍住了。

"尤娜的未婚夫昨晚也在那里吗？"她问。

"哦，谢默斯真不错。老威廉说他是银行里唯一一个他能说话的人。喏，我听说他在他去过的镇上都有亲密关系，他调动工作就会随便和人分手。但他这是第一次订婚。真的是天作之合，不是吗？我希望可以用同样的话来形容我自己和罗杰，甚至是我和雷。我希望可以有半个雷加半个罗杰。但我不会那么走运，万一得到的是那半个更无聊的罗杰，还有那半个只有去下个地点才会开心的雷。"

诺拉想知道谢默斯在哪家银行工作，是否会见到他。

她下午回去工作时，遇到了一个她不知道名字的卡车司机。是个大块头，红脸膛，沙黄色头发。她注意到他身上散发着一种自由自信的气息，这在办公室员工和销售代表身上是找不到的。

"上帝啊，星期六出了一桩可怕的事，"他说，"是你老大韦伯斯特先生，上帝保佑他安息，会非常感兴趣的那种事。"

"他确实会感兴趣。"她说。

"韦伯斯特先生，"这人继续说，"曾经让我们在每张地图上划掉伦敦德里郡①的'伦敦'两字。我想我家里还有一张呢。"

"我肯定我们家也有这么一张。"

"警棍袭击，如果你不介意我这么说，打的是和平游行队伍。"

"我在电视上看到了警棍袭击。"她说。

"我上一次看到警棍袭击，"卡车司机说，"是比尔·海利与彗星合唱团来都柏林皇家剧院那次。我们都等在场外想见见比尔·海利本人，警察认为这是一群暴徒，用警棍追赶我们。但星期六的警棍袭击是严重事件。他们是在为民权而游行。他们是走在自己的街道上。我告诉你这是奇耻大辱。"

卡车司机谈得兴起，她看到卡瓦纳小姐过来，才设法摆脱了他。卡瓦纳小姐身后跟着三个销售代表，他们前一天去她办公室说拿到的奖金不对。她被卡瓦纳小姐一起叫去办公室。

---

① 伦敦德里郡：北爱尔兰六郡之一，也叫德里郡，是否冠以"伦敦"反映了政治倾向。前文提到的德里市是该郡郡治。

"这三位先生作为代表团去见小威廉·吉布尼先生了,吉布尼先生又把他们交给我。他们要每个销售代表都拿到工资、奖金,照办每一条协议。我不知道他们以为自己代表谁,但正如我告诉吉布尼先生的,我们手头没有这类信息。这是这家公司与每个销售代表之间的私事。"

"那个,"那位诺拉叫做WLD——"鸭步"的缩写——的销售代表说,"我们觉得,在这种情况下,我们应该要求看一看自己的细则,就我们三人的,这样我们可以互相对照。"

另两位点头表示同意。

"不行,你知道,"卡瓦纳小姐说,"我们没有做好的信息可以拿出来看。是吧,韦伯斯特太太?"

诺拉后来想,如果当时她不那么累,会如何回答。

"这个,其实我们是有的,"她说,"我给每个销售代表都建了一个文件夹,每个文件夹的首页我都写清楚他们的协议,这就是说,我能很快算出他们的奖金,不会有错。"

"那么我们能看看每个文件夹吗?"其中一个人说。

"你明天再来看。"卡瓦纳小姐说。

"我们现在就要看,明天也会来看。"

诺拉想起来,她在文件夹上只写了缩写,希望销售代表看到他们的文件夹时,她不必告诉他们BT、SB、WLD是何意。

"我自己去拿,如果你告诉我是在哪个文件柜里。""鸭步"说道。

"这里的东西你不能碰。"卡瓦纳小姐说。

"你告诉我们你没有这方面信息，而现在看来你是有的。我们不看到文件夹就不走。"

"好吧，你们可以看一分钟，"卡瓦纳小姐说，"我们时间不多。"

她对诺拉点点头，诺拉出去在文件柜里一通翻找，拿出每个销售代表的文件夹。他们没征询卡瓦纳小姐的同意就腾出了她的办公桌，打开三个文件夹。第一页上钉着一张纸，诺拉在上面用清晰的大字写明了每个人应得的钱。其中一人开始做笔记。

"等着看其他人听到这消息怎么说。"他说。

他们走后，卡瓦纳小姐没有动。诺拉把文件夹放回文件柜。她觉得十分疲惫，几乎能趴在桌上睡着。她看了看表发现才两点半，不知该怎么熬过这个下午。

"你在干什么？"她背后响起卡瓦纳小姐平静节制的声音。

诺拉意识到自己桌上没有工作。

"你在干什么？"卡瓦纳小姐重复了一遍，声音更平静了。

"噢，我正准备看看今天来要奖金的情况。"

"我没问你准备做什么。那是任何一个游手好闲的人都能回答的。我问的是你此刻在做什么。"

"卡瓦纳小姐，你以为我在干什么？我在和你说话。"

卡瓦纳小姐走过大办公室，找到一个刚开始在这里工作的小姑娘，把她带进自己办公室。

"韦伯斯特太太，你能把所有给销售代表做的文件夹都拿过来吗？"她喊道。

诺拉到文件柜里拿出文件夹，搬进办公室。

"放在桌上！把它们放在桌上！"卡瓦纳小姐大声说。

"这里有把剪刀，"她对新来的姑娘说，"我要你把这些文件夹都剪成碎片，扔进碎纸篓。我从老威廉·吉布尼先生那里得到特别指令，不必要也不需要这类文件。他清楚每个销售代表该拿多少。如果我们需要韦伯斯特太太做文件夹，那么我们会请她做的。"

她朝诺拉转过身。

"还有韦伯斯特太太，你和大楼外的那个卡车司机谈过什么？你又要干什么坏事？"

"我们讨论什么不关你事，卡瓦纳小姐。"诺拉说。

"看看她，早上迟到，车子没停好，整个上午都在跟爱尔兰最懒的姑娘唠叨，接着又跟卡车司机唠叨！她不会在这里长久干下去的。韦伯斯特太太，你明白这点吗？"

"我没兴趣听你说下去，卡瓦纳小姐，"诺拉说，"我能建议你保留对吉布尼小姐，还有对大多数其他事情的意见吗？"

卡瓦纳小姐拿起一个文件夹想撕成两半。但纸太厚，她从姑娘手里抓起剪刀，开始剪文件夹。

"韦伯斯特太太，你此刻不是坐在你巴里肯尼加的房子里，也不是坐在埃彻汉姆酒吧的沙发上。你已经不是穆克小姐。你是在这里，为我工作。我遵循老威廉·吉布尼先生传授我的方式来管理这间办公室，有一条不成文的规定是，在这里工作的人不可以和卡车司机商量事情，除非那是她们的日常工作。你以为你这边有个女儿，那边有个女儿，还有个妹妹在高尔夫俱乐部——还是有史以来最讨厌的学员，你就可以为所欲为了。还有你丈夫，哦，他是个好人……"

"不要说我丈夫！"

诺拉拿起剪刀。后来她不知道自己为何这么做。她手里拿着剪刀走出卡瓦纳小姐的办公室，拿了自己的大衣离开了，仿佛没发生什么事。她一上车就看了看时间。没到三点钟。孩子们还没回家。

八

她发动车子后，决定去巴里肯尼加。这是个好天气，凯丁斯沙滩上应该没有人。她可以去散步，也许走着走着就会知道该怎么做。无论发生什么她也不会再去吉布尼公司了。她想是否要卖掉恩尼斯科西的房子，租一栋小一些的房子，或者搬去都柏林。在都柏林应该更容易找到一份体面的工作。艾妮明年会在那儿，也许费奥娜能在那儿找到教职工作，她则能给两个男孩找一所学校。想到这里，离开吉姆、玛格丽特和妹妹尤娜的场景就浮现眼前，她想起卡瓦纳小姐是怎么说高尔夫俱乐部里的尤娜，"有史以来最讨厌的学员"，就笑了起来。这段话别有意味，说明卡瓦纳小姐知道她和莫里斯在某些夏夜会去黑水村的埃彻汉姆酒吧，显然弗朗茜·卡瓦纳曾在那附近观察过她。

她记得多年前的一天，格蕾塔告诉她，弗朗茜要跟她们去巴里肯尼加，她们无计可施。她和格蕾塔打定主意不能让人瞧见她们与弗朗茜·卡瓦纳在一块儿。弗朗茜当时穿的衣服，脚踏车的样子，都能说明她家农村的老房子没有自来水，房子的二楼叫做"阁楼"。她的语调、口音、遣词用句，都让她们想避开她。但她想和她们一起玩。

她们竭尽全力地踩轻型脚踏车，赶到她前头，消失在她的视野中,然后去了莫瑞斯堡。诺拉想到她去巴里肯尼加一定盼着能找到自己和格蕾塔。她一定梦想着改变自己,变成一个镇上姑娘。诺拉想,格蕾塔和她当时还非常天真,但她们也有企望。格蕾塔的规矩是只和懂句法的男人说话,不理睬那些一开口就有语病还把这当笑话的男人,但渐渐地她们当了真。她们都嫁给了受过教育的人,都学会了开车,有了孩子后,她们在夏天都尽可能长久地待在海边。那天弗朗茜·卡瓦纳想和她们一起玩,也许也想得到一些她们想要的东西,尽管这在当时看来微乎其微。次日当她们听说她轮胎破了又遭雨淋就哈哈大笑,自然也没向她道歉。现在她管理办公室,像个疯女人整天转来转去。在芬奇格拐弯时,诺拉想这里能不能找到正常的工作,没有恨她的管她的疯女人的工作。然而现在无论去哪里面试,或是和任何雇主讨论,她都少不了得解释为何在一个灿烂的十月下午,她手持一把剪刀走出了吉布尼公司。

她停在黑水村,买了一包十支装的卡洛烟和一盒火柴。她已多年未抽烟,她向自己保证不会把这些烟都抽完,只抽两三支就把这包扔掉。她吸入一口烟,眩晕感袭来,她想起自己是多么疲惫。她把烟扔出窗外,头往后一靠睡着了。醒来时看到有个女人正站在桥上望着她的车。女人走过来时,她发动了引擎。

她差点想去古虚看房子,看看杰克·莱西是否已经完成了装修,但自己的车肯定会被人看到。她又胡乱想着开车回家,给吉布尼公司写一封措辞严厉的辞职信。她在脑海中构思这封信,但随即又失去了动力。她朝凯丁斯那边的海驶去。

她没想到水上笼着一层雾。她坐在车里，正对着凯丁斯的房子，朝罗斯莱尔的方向望去，克拉克劳村和渡鸦尖那头的沙滩上有一层厚厚的、乳白色的光亮。她下了车才发觉雾特别浓，湿气很大，像是要下雷雨。她换上车里的平底鞋。停车场没有其他车辆。她小心翼翼地走在草地和河岸之间的石头路上，穿过小木桥，向南走去。

她想，这些年从未在十月这么晚的时节来到这里。若是十二月和一月来会是多么奇怪，雷雨交加，狂风席卷，寒冷刺骨。

这一片几乎没有色彩。她眼前的世界已被冲刷干净。如果走近岸边，会瞧见一些小石子，浪花在石头上碎开，发出咯咯的声响。每一粒石头的颜色都是如此真切，她一时间忘了弗朗茜·卡瓦纳和吉布尼公司，不再忧虑该怎么做。

她走着，前面几乎什么都看不到。也许更觉得这个地方属于莫里斯，而不是她。这是一个装满了缺失的世界。只有安静的水声，以及低飞在平静海面上的海鸟发出的零星鸣叫。她能看到穿过雾帘的阳光。莫里斯哪都不在，只可能被埋在她离开他的墓地里。然而这个念头挥之不去——假如他或他的灵魂存在于这个世上，那么就在这里。

她想，如果他的灵魂在这片沙滩上，那么他自然有自己的考虑。她生活的点点滴滴——吉布尼的工作，费奥娜、艾妮、多纳尔、康诺的将来——对他来说是隔膜的，正如遥远的未来此刻对她也是一样隔膜，未来这些事情都会过去，正如他的生命已经逝去。他临终前那些日子里的事,使他的叫声传遍医院的体内阻塞,对他来说比任何事情更切近。

他的死再次来到她面前。她想起当时在那里的人,吉姆和玛格丽特、做特别祷告的托马斯修女,以及老奎德神父。最后两天诺拉守在他床边。但他已远离他们,他们远得恍如影子,他已辨不清人。也许他只能把他们,他爱过的那些人,看成模糊的存在。那时爱已不重要,正如此刻的雾气意味着物体之间的界限已不重要。

她走到巴里瓦洛时,吹向克拉克劳的微风把泛着亮光的灰白色雾吹下了沙滩,她看到一个修女正走在通往圣约翰修道院的疗养院的小路上。她穿着曳地的黑袍,迈着缓慢而艰难的步子。诺拉想她一定是常在此度假或疗养的退休修女。

走近时,发现是托马斯修女。诺拉没料到她会在巴里瓦洛,她不知道她会离开自己的修道院,待在镇子之外的地方。她朝她走去,两人碰面时,托马斯修女和她打了招呼,伸出手拉过诺拉的双手握住。

突然诺拉觉得冷,打了个寒战。她听到远处风声呼啸,但当她眺望海面和沙滩,却一派平静,雾气没有翻腾的迹象。

"你不该一个人来这儿,"托马斯修女说,"今早我在黑水村看望一个朋友。就在不久前,她看到你睡在车里,然后朝沙滩开去,她打电话到修道院找我,因为她担着心,想知道能做些什么。所以我到这里来,看看能否找到你。"

"谁看到了我?"

"我想我可以走到海边来看看你是不是在这里,"托马斯修女平静地说,"我不太离开疗养院。今天这里更像天空而不是大地。"

"我看到她了,有人多管闲事。"

"换个说法,有人在关心你。"

托马斯修女松开诺拉的手。

"我看到你来这儿并不意外,"她说,"有些事注定要发生,比如我们会这样碰面,这是上帝的旨意。"

"不要告诉我上帝的旨意!不要再跟我说这些!"

"莫里斯临终时,我求上帝让他轻松些,也让你轻松些。我自己没有需求,已经很久没有求他什么事了。但我这么求他,他拒绝了。一定有拒绝的理由,而这个理由我们不知。但我明白他正关注着你,也许这就是我们碰面的原因,我能把这些告诉你。"

"他没在关注我!从来没人关注我!"

"我今天醒来时就知道,晨祷时我说我会见到你。"

诺拉沉默了。

"现在回去吧,趁这雾还不重,否则你就没法开车回家了,"托马斯修女说,"回家吧,孩子们也快到家了。孩子们放学回家会等你的。"

"我不能继续在吉布尼工作了。卡瓦纳小姐冲我叫嚣。她今天说的话让我没法再待下去了。"

"没事的。镇子很小,它会护佑你的。现在回镇上去吧。不要难过了,诺拉。难过的时间已经结束了。你听到我的话吗?"

"我走在这里的时候觉得……"

"我们在这种天气都会有这种感觉,"托马斯修女打断她说,"甚至其他日子也有。所以我们才来这里。那些已故的人在去往别处的路上会拿这种天气做掩护。在这种日子能和他们在一起真好。"

"和他们在一起?你是什么意思?"

"有时候我们走在他们中间,那些已经离开我们的人。他们身上怀着我们不知道的东西。这是个谜。"

她又握了握诺拉的双手,然后转身慢慢走了,像是忍着痛苦,朝疗养院方向的沙丘和小径行去。诺拉等着看她是否回头,但她没有,于是诺拉伫立了片刻,眺望依然被雾气遮盖的海面。随后她沿着沙滩朝下车的地方走去。卡瓦纳小姐的大剪刀放在前排座位上,就在那包烟旁。她把烟放进手套箱,把剪刀拿出车外,扔在石头路上,留给别人来捡。

九

吉布尼的事，诺拉没对任何人说起，卖掉房子带孩子们搬去都柏林的打算也没说。她想到他们看到房前竖起一块"待售"牌或报上登了售房广告就笑了。她给卡瓦纳小姐送了便笺说她病了，懒得再给威廉、佩吉、伊丽莎白送信说她不回来了。他们会知道的。她想，这事对他们来说无所谓，虽然他们也许不想镇上人得知她在公司遭到恶遇。她知道康诺已经告诉费奥娜她没去上班，但费奥娜还没问过她。

十月底的周五傍晚，费奥娜和艾妮都在家，尤娜过来给大家看她的订婚戒指。几天前诺拉从后街的电话亭给凯瑟琳打电话时，凯瑟琳说尤娜和谢默斯在她家住过了，她和马克都喜欢谢默斯。又补充说尤娜对她说自己很紧张，不知如何对诺拉提订婚之事。她说，尤娜不知诺拉会作何反应，毕竟莫里斯过世不多久。乔希姨妈也来拜访诺拉，说尤娜会在新年和谢默斯结婚，她唯一的担忧就是诺拉会如何对待这一消息。

"你两个妹妹都怕你，"乔希说，"她们一直都这样。我不知道怎么回事。"

诺拉开始对妹妹有点不耐烦了，对她和她的未婚夫除了隐怒之外别无他感，当她听伊丽莎白说尤娜和谢默斯在韦克斯福德和罗斯莱尔像年纪才他们一半的人那样蹦蹦跳跳，不禁感到些微的好笑。

"哦，我听说了戒指的事。"尤娜过来拿给她看时她说道，"我相信塔拉·里根喜欢这款，或者她是这么说的。"

"我想是伊丽莎白·吉布尼告诉你的。"

"整个镇子都告诉我了。"

"塔拉·里根真够蠢的。"

"她看到就知道是好戒指了。"诺拉说。

尤娜瞟了费奥娜和艾妮一眼，像是在说她就知道这事不容易。

"不管怎样，这是大事。凯瑟琳告诉过我，乔希姨妈也告诉过我。每个人都告诉过我。所以我都清楚。祝贺你！"

尤娜脸红了。

"好几次我碰到你都想告诉你，但又想再等等吧，就把这事搁下了。"

"哦，不着急。我刚说呢，整个镇子都在谈论这事，所以我只要出门就能听到了。"

她看出尤娜想走了，但她来家里是为了争取诺拉的同意，还是在费奥娜和艾妮在场的缓冲之下。诺拉想，尤娜希望能打电话给凯瑟琳和乔希，对她们说她终于把这消息告诉姐姐了，现在一切都容易了。诺拉觉得她们都在谈论她，都以为她会用某种方式反对妹妹结婚，或者对尤娜说些尖刻的话，这份重量压在她心头。此刻她也希望自己能说些有用的话，但不知说什么才好。她也盼着这三人离开，两个女儿回楼上或者去其他房间，尤娜回她自己家去。她们越是待在这里等她表态,她越是心头火起,她知道这是因为和卡瓦纳小姐的过节,加上她离开办公室后就没睡好过。但也因为尤娜,还有费奥娜和艾妮。

"我听说他在银行工作,"诺拉说,"他是经理吗?"

"噢,不是的。"尤娜说。

"我以前听说干得最好的人年纪轻轻就会当上经理。"

"那担负的责任可大了。"尤娜说。

"所以他一直没结婚吗?"

尤娜伸手拿手提袋,作势要站起来。

"我想是他没遇到合适的对象,"费奥娜说,"直到我们的尤娜出现。"

"我了解了。"诺拉说。

她知道自己过分了。她再次搜肠刮肚想些话来缓和气氛,但什么都想不出来。艾妮穿过房间,离开了。

"但这是大事啊,"诺拉说,"我真盼望跟他见个面。"

尤娜挤出一个笑容。费奥娜瞪着诺拉。

"好了,我得走了。"尤娜说。

她走出房间,费奥娜也跟着出去。

星期一晚上,文兰太太来访,多纳尔带她进了后厅。

"我从佩吉·吉布尼那里带了口信给你。她说她想在明天下午见你一面。她说,如果三点钟没问题,就这个时间,如果不行,那就四点。"

九 143

"文兰太太,我身体不适,不能外出。"

"伊丽莎白也记挂你。她让我把话转达给你。"

"我明白。但我身体不适,不能出门。"

"那么,我怎么对吉布尼夫人说呢?"

"说我身体不适无法出门,但谢谢你来我家,我们一起用茶点吧。"

"哦,不用了,韦伯斯特太太。"

诺拉坚持做茶点。她再次想到,吉布尼一家也许不愿让人知道他们欺负了莫里斯·韦伯斯特的遗孀,把她赶回了家。她不知道看到她和卡瓦纳小姐最后一幕的那个小姑娘叫什么名字,但觉得那人也许已经传遍了办公室。很快会传到镇上几个人耳中,而那几个人的意见吉布尼一家是在意的。

她把托盘拿回房间,尽力显得精力旺盛,非常健康。希望文兰太太会和吉布尼一家汇报说她不相信韦伯斯特夫人患病。

两天后,托马斯修女来了。她比在巴里瓦洛沙滩上那会儿更虚弱了。

"我想在孩子们没回家之前来见你。"她在后厅一坐到扶手椅上就说,"现在我都明白了。你一定会吃惊是谁来了修道院。什么都瞒不过我们。也许有些事情瞒得过,但那一般是我们不感兴趣的事。所以我都听说了,包括那把剪刀。弗朗茜·卡瓦纳是上帝的孩子,她非常虔诚。这点大家应该知道!所以我去跟佩吉·吉布尼说了,她也许会亲口告诉你我讲的话。她召集了所有人,她的家人,还有你的朋友卡瓦纳小姐。奇怪的是,他们都怕她。我不知道原因，因为她性情温和。佩吉也许会跟你说整件事。我对她说她可以这么做。她从未告诉过任何人，但我想她会告诉你。你明天去见见她吧。"

"我不想再去那里。"

"她给你一份新工作，不要拒绝。我还有一件事请求你，你能对你妹妹好些吗？"

"你怎么知道这事？"

"她去了我们的小教堂，就是莫里斯过世后你为了避开大家而去的那所教堂。我看到她了。我一直怜悯她，你们母亲去世后她就一个人了。"

"她是怎么说我的？"

"没有，没说几句话，但是已经足够了。我得走了，我很忙。你有两件事要做。去见佩吉，照顾好尤娜。还有也许可以为我们大家祈祷。"

她慢慢向门厅挪去。

"我不知道说什么好，"诺拉说，"我不喜欢别人知道我的事。"

"你母亲也是这样。她唱歌的时候我就知道。她歌唱得好，但以清高自诩，或者不喜欢别人知道她的事，这让她与众不同。而那样对她并不好。你更现实。我们都应该对此表示感激。"

"你要我明天去见佩吉·吉布尼？"

"是的，诺拉，三点，四点，或者三四点之间。"

"我会去的。"

"你还要邀请尤娜和她未婚夫来家里见见孩子。结婚是喜事，孩子们也许会高兴听到这事。"

诺拉为她打开前门,她艰难地走下台阶,一边说:"我希望的是天堂里的事情会更简单。祈祷天堂里的事情更简单吧。"

文兰太太来应门时,她低声说已经告诉佩吉·吉布尼,诺拉病得没法来访。

"我去对她说你已经好转了?"她接过诺拉的大衣说。

"如果你愿意的话。"

佩吉·吉布尼坐在上次那张椅子上。手边没书也没报纸。诺拉想她是否每天都从早到晚坐在这间窗外常青树摇曳的阴暗屋子里,想着心事,不时有文兰太太送上茶来。

"我们又见面了,诺拉。"她的口气像医生对一个前来拆绷带或止血带的病人在说话。

诺拉冷冷看着她。

"家里打了一仗,"佩吉说,"伊丽莎白说话变得那么厉害了,不过当然我责备了托马斯。这是我责备丈夫但不用明说的方式。老威廉·吉布尼忙的事够多了,日理万机的,不用太苛责他。托马斯当然就逃不掉。"

"佩吉,我不知道你们谈了什么。"诺拉说。

佩吉在唇边竖起一根手指,站起来悄悄走到门口,突然拉开门。

"玛吉,现在我们想单独待着,"她说,"如果我们要茶点,我会去厨房找你。"

她坐回椅子。

"诺拉，告诉我你想要怎样。我会帮你解决。"

"什么都不要。"诺拉说。

"托马斯修女要我告诉你，你得折一折自己的傲气。"

"我什么都不需要，谢谢你。"

"除了伊丽莎白，他们都说弗朗茜·卡瓦纳是难能可贵的办公室经理。她对公司知根知底，所以她不需要把事情写下来。她有时候可能举止粗暴，有人这么告诉我的，因为如果她不这样，就什么都干不了。我丈夫和托马斯对她很是嘉许。在我眼中她就是个悍妇，但没人听我的，就连伊丽莎白都不知道我同意她的看法。虽然没人听我，但这家里的规矩还是我做。我做的头一件事是叫厨房不开伙。他们想在哪吃都行，但别想在这里吃。然后我就等着。然后告诉他们我要怎么样就行了。所以你只要告诉我你想要怎样就行了。"

"我只想在上午工作，我可以听命于托马斯和伊丽莎白，但卡瓦纳小姐看都不能看我一眼。我觉得那样也能做同样多的工作，但可能需要一些帮助。可以降低工资，但不能太多。"

"成交。"佩吉·吉布尼说，"星期一上午早点来这儿，你和伊丽莎白一起去上班。"

"托马斯修女跟这事有什么关系？"

"说来话长，诺拉，这得从头说起了。"

"是你和威廉还在约会那时候的事？"

"你是唯一知道的人，因为威廉说过你无意中听到一段他和他父亲的争吵。我们一直感激你没有告诉别人。当时我得去英国，威廉的父亲这么说。你知道的。于是我去圣约翰修道院，问她们我能去哪儿。托马斯修女那时候刚来。哦，她与其他修女不同。她曾在英国工作，一直看到爱尔兰姑娘过去。她为迈克尔·柯林斯工作。修女们是很好的信使，她是他的一个信使。她从未告诉过你这事？哦对，我想那是因为你是共和党人。"

"莫里斯是的，吉姆也是。吉姆现在还是。"

"我想也许因为这个，她没提到迈克尔·柯林斯。总之，她来到这里，就在这间屋子里她威胁威廉的父亲，说要去见主教——她多年前认识的主教——会关闭吉布尼家所有的教堂账户。她说她会向主教提出私人请求，召唤吉布尼家，除非这事解决得令她满意。她说，威廉和我得结婚，这就是我们要的结果，即便吉布尼家认为我不够好。于是我们的问题就解决了。我对托马斯修女说，如果她需要任何回报，尽管来找我。她等了这么多年。所以你能明白我不能拒绝她。要不是她，小威廉还在孤儿院里呢，也可能被英国人收养了，我都不知道自己会在哪里。"

"迈克尔·柯林斯，真是好办法。"诺拉说。

"她对我说过好几次，看起来，他手下有群听命于他的修女。"

"好吧，看起来我们都在听命于她了。"

"周一一早过来，和我还有伊丽莎白一起喝咖啡。我们经常早晨喝咖啡。伊丽莎白这几天很活跃。我不知道她是怎么回事，可能是好兆头。"

诺拉清楚不能把这事告诉旁人。周六她给尤娜打电话，只说要在吉布尼工作半日，因为整天上班有困难。她从尤娜的反应中感觉到她已听说了自己与弗朗茜·卡瓦纳的斗争。

她们商量好，下周挑一个晚上，尤娜和谢默斯带她去高尔夫俱乐部喝酒。

她告诉两个孩子她要工作半日的事，他们一如既往地对任何改变情况的消息都持疑虑态度。她对他们说，有一个晚上她要和尤娜去高尔夫俱乐部，得把他们留在家中，这会是他们第一次晚上独自在家，他俩便更疑惑了，想知道她是不是打算加入俱乐部，等发现她不过是去酒吧，就想知道她何时回来。

他们过了好一会儿才接受她下午不上班，他们回家时她会在家的事实。虽然他们经常打架，多纳尔明显欺负康诺，但这已经成了他们的生活，日常中的变动使他们不安，好像一切得从头再来。

尤娜问诺拉能否接她去高尔夫俱乐部，因为谢默斯有半天休假，想打一圈高尔夫球，在俱乐部吃完三明治再和她们会面。而诺拉本以为谢默斯会开到镇上来接她俩，于是盘算着是否可以借此推掉约会，但最终决定全都应承下来，免得遇到托马斯修女会问起吉布尼和尤娜。她想若是在以往任何一个时代，托马斯修女都会被当作女巫烧死的。

下午去高尔夫俱乐部前，她去洗了头发并做了发型。她穿上

九 149

羊毛连衣裙，外套开襟衫，再带上冬季大衣，以备从停车场走到俱乐部的那段路。

"谢默斯很高兴你和我们一起来，"她去接尤娜时，尤娜说道，"吉布尼是银行的大客户，他很看重老威廉·吉布尼，说他有真正的商业头脑。吉布尼的两个儿子准备搞变革，谢默斯对他们印象也很深。这整个地方看起来都人员过剩了。你知道吗？谢默斯说降低工资，效率就会提高。"

谢默斯在俱乐部等他们。他去点了酒。

"今天各种不顺，"他回来后说，"我把球打到了第三洞的深草区，聪明点我应该走开。"

他高个头，红脸膛。诺拉觉得他的口音是中部地区的。他对她说话的口气像是老熟人。她想，这对一个在银行工作并且老在镇子之间搬家的人而言是颇有助益的。

不一会儿又来两人，其中一位是镇上开药店的。诺拉去过他的店，但从未与他攀谈。

"第五洞我应该有好运，"他说，"我是说，如果我把球放正些。我觉得当时有风。"

"噢，我也注意到了，"另一人说，"今天的天气没有表面上这么平稳。"

"我觉得第五洞之后就有把握了，"药店店主说，"后来第八洞的小鸟球①一举定胜负。"

---

① 小鸟球：高尔夫球术语，击球杆数低于标准杆数一杆。

他看看诺拉和尤娜,好像她们也参与了这场球赛。

"嗯,"他接着说,"我一直说现在是一年当中打高尔夫球的最佳时间。如果天气干燥的话,我是说。"

"天气一直干燥,是吗?"尤娜问。

"不管下冰雹,下雨还是大太阳,我都应该在第三洞打住。"谢默斯说。

"克里斯蒂·奥康纳① 也没法把球打到那里。"药店店主说。

"但一定有办法做到的,"谢默斯说,"我住在卡斯特巴镇那会儿曾有一柄铁杆,也许能做到。你知道,它很轻,挥杆力量很大。"

"你能用那个杆吗?"尤娜问。

"我在一次赌牌时把它输掉了,"谢默斯说,"赢了杆子的那家伙当年拿了俱乐部的冠军,第二年又拿了冠军。"

药店店主去吧台叫了一轮饮料。

"比起罗斯莱尔我更喜欢这里,你呢?"谢默斯问另一个人,"我喜欢设计良好的九洞高尔夫球场。有些人对罗斯莱尔忠心不贰,周末他们可能是对的,这里人山人海。但平日里那边没有这边安静。"

"那里打球的人多吗?"尤娜问。

"很少。有女子双打。我不知道都是些什么人,刚到一个镇子就会这样。你打高尔夫球吗?"他问诺拉。

---

① 克里斯蒂·奥康纳:爱尔兰职业高尔夫球手。

"不打。"诺拉回说。

"哦,这可是项好运动。不只锻炼身体,还能了解一个镇子。你能从高尔夫俱乐部了解一个镇子的情况。"

药店店主拿着饮料回来时,尤娜去了洗手间。诺拉跟着她去。

"如果你能待久一点就好了。"尤娜说。

"别担心我,"诺拉说,"莫里斯还在的时候,我一直听他们聊共和党,选举期间更是如此,这挺好的,也很放松,因为不用费心去听。"

她想说的是,莫里斯终其一生都排斥这类谈话,正如她此刻对此相当排斥。有一会儿尤娜似乎因她暗示不用费心听他们说话而不高兴,但接着她看着镜子微微一笑。

"我知道你的意思。"她说。

后来到了晚上,来了一个男人和一个被介绍为他未婚妻的女人。诺拉慢慢发现,这位就是伊丽莎白的雷。雷过了好一会儿才明白她是谁。

"她说了很多你的事,"雷说,"她说你是她见过的干活最快的员工。最好她不知道我今晚出来。我是说,你最好不要提到这事。"

"伊丽莎白和我有很多别的事可以聊。"诺拉说。

"好吧,她不擅长聊天,我是这么看她的。"

"她工作效率很高。"诺拉的口气是希望这个话题到此为止,"毕竟是她父亲的女儿。"

"她是非常聪明的姑娘。"雷抿了一口酒说。

"噢,我说今晚要来这儿时,伊丽莎白说她有空的话可能晚些时候会来瞧瞧,"诺拉说,"如你所知,她的社交生活很忙。"

这不是真话。她没有对伊丽莎白提到片言只语,但就是想看看会怎样。雷神情紧张,环顾四周,像是在找出口。她不禁乐了。

早晨她讶异地发现伊丽莎白比她早到。

"昨晚在高尔夫俱乐部的人告诉我,"伊丽莎白说,"你和雷聊了很久。"

诺拉确定吉布尼家的人没去高尔夫俱乐部,她想不出是谁告诉了伊丽莎白。

"他自己给我打电话了,"伊丽莎白说,"这是起早头一件事。他昨天傍晚想约我,正当我准备齐全要出门,他又说不行,谢默斯打电话给他,说他很害怕跟你会面,需要他到场帮忙。"

"害怕见我?没有啊,他可没有!"

"雷是这么说的。他说你妹妹让谢默斯不要跟你谈高尔夫球,要他想些更明智的话题和你聊,因为你特别有学养。然后谢默斯就紧张了,只会说高尔夫球了,现在你觉得他就是个浑球。"

"浑球?"诺拉从未听伊丽莎白说过这个词。"我觉得他人不错,"诺拉说,"但我很高兴听说他吓坏了,他的表达方式倒很有趣。"

伊丽莎白没有疑心雷其实带未婚妻去了高尔夫俱乐部,她已经开始着手上午的工作,诺拉也觉得没必要对她说了。

圣诞节将至,诺拉听说尤娜将在圣诞节当日和凯瑟琳一起过,之后数日和谢默斯在一起,她松了口气。要在吉姆和玛格丽特在场时接待尤娜和谢默斯可不是她能应付的。她不清楚吉姆在起义军中时是否想过要去炸掉高尔夫俱乐部,但她知道他对几个重要成员都有自己的看法。而谢默斯对他某次高尔夫球赛的描述,也难以引起吉姆的兴趣。

费奥娜和艾妮回家度假,家里就热闹多了。她俩都被邀去参加聚会,和朋友们去镇上的休闲酒吧。诺拉反对说艾妮还小,不能去酒吧,而且还得学拉丁文,艾妮毫不留情地回击说,想想她和费奥娜已经苦读了一个学期,还得被关在后厅和诺拉、多纳尔、康诺看电视。诺拉沉默了。艾妮以前从未对她如此说话,她几乎被逗乐了。一天夜里,她听到两个姑娘四点钟才回来,差点下楼问她们去了哪里,但转念一想,还是回去睡觉,等次日下班回来再问。

圣诞节前的周日,她邀请吉姆和玛格丽特来用茶。他们一到,玛格丽特就和往常一样去前厅和多纳尔聊天,留下诺拉来应付吉姆。吉姆不太搭理诺拉发起的话题,但当他看到费奥娜和艾妮时就高兴起来了。

诺拉不记得北爱尔兰的话题是如何聊起来的。她知道艾妮在学校参加了辩论社团,曾经看过她的辩论,但没想到他们还会辩论政治话题。

"学校里有个女生,"艾妮说,"她在纽里有个表兄,她说那情况太丢人了[①]。我不知道我们怎么会让这种事情发生。我认为一个

[①] 纽里是北爱尔兰一座城镇,是北爱尔兰问题冲突主要发生地之一。

让这事发生的社会应该负很多责任。"

"真有趣,"吉姆说,"我在卡拉夫实习时,一开始我们不喜欢利默里克的人,因为他们想要组织一个足球联赛,后来我们发现他们没有恶意,但一直就不喜欢这些北方人。是北方人把自己孤立起来的。"

"但那是偏见,"艾妮说,"爱尔兰这么小的国家不应该分裂。"

玛格丽特来到房间,问他们在聊什么。

"北爱尔兰,如果你不介意的话,"诺拉说,"如果我们还没在电视上看够的话。"

"哦上帝,"玛格丽特说,"我们坐大巴车去那里玩过。我不知道是在北面的哪个地方,那里的人朝着大巴车扔石头。我们平安越过边境回来时我真高兴。我说那是一群新教徒。"

圣诞夜,尤娜去基尔肯尼之前,来家里送了礼物。她给费奥娜和艾妮买了同样昂贵的化妆品,也是她自用的那种。两个姑娘一下午就忙着化妆,为费奥娜挑选当晚约会的服装,正在准备次日事情的诺拉并不知情。

吉姆和玛格丽特给男孩们带来礼物,多纳尔和康诺去玛格丽特的车子帮忙搬礼包。所有人忙活了一会才发现多纳尔的礼物是个空箱子,诺拉注意到玛格丽特解释时声音特别紧张。

"哦,大家都想不到吧。"她说。

"但这是什么啊,玛格丽特姑妈?"费奥娜问。

"我知道。"康诺说。

"告诉我们。"艾妮说。

"是个暗房。"他说。

事情弄明白了,前几个月玛格丽特一直在把她厨房和浴室之间过道上的小储藏室改成一间暗房。当诺拉发现这得安装冷水管、水池和设备,就知道玛格丽特和吉姆花了一大笔钱。这就是玛格丽特每次过来都在前厅与多纳尔聊的事。他赢得她足够的同情心,使她决定不过问会反对的诺拉,给他建一间专用房,让他可以洗照片。费奥娜、艾妮和她一样毫不知情。后来孩子们去睡觉,费奥娜出门约会后,艾妮问诺拉她是否真的清楚暗房的事。

"他会渐渐失去兴趣的,"艾妮说,"到时候玛格丽特拿暗房怎么办?"

"他们一直在聊,他一定告诉过她这是他想要的。"诺拉说。

"没人在家里有个暗房。"艾妮说。

"好吧,多纳尔现在有了一个,"诺拉说,"他会有离开自己家的绝好借口了。也许这对他来说一样重要。"

十

经过不懈争取,她终于得到了第二份抚恤金,而且在去年的预算中两份抚恤金都增加了。原先她并不知会补发前六个月的钱,拿到汇款单时吃了一惊,在她眼中这是一笔巨款。她对吉姆、玛格丽特说起此事,吉姆说查理·豪伊是个勤政的司法部部长,但作为农业部部长就不称职了,如果能稳扎稳打,那么他会按部就班地当上财政部部长。

她记得数年前与莫里斯在德尔加尼的瑞安博士家门厅的事。那是他的女儿的订婚宴会。瑞安博士当时是财政部部长。她吃惊于那宅子的奢华程度,还雇用侍者来准备宴席。除了从韦克斯福德来的客人,大家都穿晚礼服。瑞安博士周身散发着高贵气息,她没料到莫里斯,还有和他们一起从恩尼斯科西来的沙伊·多利,在他面前会紧张怯场。他们在门厅中站在气度非凡的部长身边就矮了一截。她也惊讶地发现部长谈笑间对豪伊不屑一顾,说他初出茅庐急功近利,在共和党中根基不稳。

"他加入我党是因为我们有权,"她记得瑞安博士说,"他要的就是权力。"

她记得开车回家路上,前半小时无人说话。几天后,莫里斯把部长那些重要的话传给了吉姆。她注意到后来凡是和其他人聊政治话题，包括凯瑟琳、马克和乔希姨妈，莫里斯再未提起他从瑞安博士那里听到的话，压根就没提及。这是私人信息，不能分享。

此外还有一次她见莫里斯这样畏缩。那是镇上一次天主教教徒聚会，主持人是圣彼得学院的谢尔伍德博士，有几位神学家来讲教会的变革。他当时强调教会的权力优先，高于其他一切，包括法律、政治和人权。他说，对教会人员而言，把教会摆在第一位并不仅是宗教问题，还是其他一切的问题。他说，这并不意味着教会是唯一的权力，民法就无关紧要，但教会是最重要的。到了提问和讨论时间，诺拉捅了捅莫里斯，因为她知道他不赞同那位神学家说的话，她当然也不赞同。然而在公众场合站出来质问一个神学家并不是他会做的事。她从未忘记莫里斯的表情，不只是困惑、软弱，还有胆怯，一如他在德尔加尼的瑞安博士家门厅的表现。

吉姆很看好豪伊的前程，但诺拉知道他其实不赞同此人，正如他不赞同大多数年轻部长。她自己倒是喜欢豪伊，或者喜欢她所了解的那个豪伊。她欣赏他的抱负和对改革的兴趣。当她读到他最近的预算演讲，发现他提到了寡妇，就更喜欢他了。他再次增加退休金，还补发了之前的款额。她想，早知会有这笔收入也许就不会卖掉古虚的房子。拿到补发的钱后，她决定存进银行，那里还存着她售房得来的钱，但她不知道该拿这笔钱做什么。

吉姆和玛格丽特来做客时，她又提到豪伊。吉姆不为所动。

"他现在就会争取民意，我看到他的一张骑马照，跟个贵族似的。"

"哦，这太荒唐了。"玛格丽特说。

"他干不出什么好事来。"吉姆说。

"好吧，他可是我知道的唯一关心寡妇的政客了。"诺拉说。

"吉姆听说过他在考敦镇的事。"玛格丽特说。

"一边喝着香槟，"吉姆说，"一边又点香槟，周围是各种浮夸之辈，野心勃勃的建筑工、律师、职员，每个人都看着他，场面像是一场大型表演。"

"我不觉得他自得其乐有什么问题。"诺拉说。

她想，如果莫里斯在这里，会替豪伊说话的。他与吉姆不同，认为到了七八十岁就不该坐在这个国家的权座上，他支持改革。

吉姆用右手食指叩了叩椅子扶手，低低地吹了一声口哨。他不习惯女人反对他的意见，她笑着想到如果他还来做客的话，就得忍受这点。

三月份一天傍晚，有人敲门，她开门认得是在吉布尼公司谈论德里暴动事件的那个卡车司机。她请他到前厅坐，心里把孩子们逐一想了一遍，以为是哪个孩子出事了。多纳尔在玛格丽特家洗照片，康诺在后厅待着。这人不太可能认识费奥娜和艾妮，也不太会认识尤娜、玛格丽特、吉姆。他神情局促不安。

"我想我不知道你的名字。"她说。

"我叫米克·辛诺特。我和你父亲很熟。我们在罗斯路上曾是邻居。还有老大韦伯斯特先生，上帝愿他安息，他教过我。"

"你认识我父亲?"

"很多年前了。认识他的人还在的已经不多。我们以前经常串门,就那样。"

他突然一下子放松了,但她还是不明白他来家里的缘由。

"你有什么事吗?"她尽量不露出拒人千里之外的口气。

"我告诉你吧。别人叫我不要来,但我回家跟老婆商量了一下还是来了。你看,吉布尼的所有员工,除开几个人外,都要参加爱尔兰交通总工会,我们准备明晚在韦克斯福德镇秘密参加。如果他们发现此事就会阻止,会把我们分开,给那些不会说不的人更多好处。其他人觉得不该让你参加,你是那家人的朋友,是新来的,还是兼职。但我决定让你知道。我是看着你长大的,还记得你结婚和其他所有的事。反正重点是我们要加入总工会。我了解你,知道你明天上班不会和那家女儿说的,还有,如果你想和我们一起来,会有车子来接你,如果你不想,也没人知道我告诉过你。"

"你们什么时间去?"

"八点我们得到那里。"

"会有人来接我?"

"他们会很高兴这么做。"

"所有的办公室员工都会参加?"她问。

"我们问过的人都会参加。"他回答说。

她沉默片刻。

"你需要时间考虑吗?"他问。

"不用了，我是在想我们会在那里待多久。"

"说实话，我们都没干过这事，我知道的是他们要我们每个人都去那里。他们不想有人声称自己会参加但随后又告诉吉布尼他们只是说说而已。"

"好的，"她说，"我会叫人来照看孩子。"

"我不是说你是那种两面三刀的人。"他说。

"我知道你不是。"

"你父亲会为我们骄傲的。他来不及当上镇长，他不是老顽固或别的什么，他为人正直。"

"我是他的大女儿，所以还记得很清楚，"她微笑说道，"他要还活着今年就八十岁了，这个真难想象，不是吗？"

"就是。"他说。

"那么明晚七点半我等在这儿。"

"我告诉他们的时候，有些人很吃惊。我们多年前就想干这事，当时就我们几个人，老家伙威胁要炒掉我们。他说要关掉公司，我们断了后援只能放弃。但这次有他儿子在，那个效率专家，大家觉得每个人的工作都不保险了，所以我想这次我们有后援了。韦克斯福德有个大人物叫霍林，是布兰登·科里什[①]的左右手。我知道那不是你的党派，不过他们说快要改革了。反正，韦克斯福德的这个人会让吉布尼注意自己的言行，尤其是那个小崽子。"

诺拉为他开门。

---

① 布兰登·科里什：1960年至1977年是爱尔兰工党的领袖。

"太太，明天见。"他一边走下台阶一边说。

他走后，诺拉感到一阵喜悦，简直高兴起来。米克·辛诺特的语气里有种感觉，他如此自信，健谈，举止得体，令她回想起多年前的时光。那时她还年轻时，还参加舞会。但不仅如此，重要的是她能为自己拿定主意，不必过问他人的意见。自从她出售古虚的房子以来，头一次轻松有了这等机会，她高兴自己抓住了这个机会。也许这不是明智的做法，也许更应该感激吉布尼家，但此刻她欣慰的是不用感激任何人。

她还是没有请人来照顾多纳尔和康诺，多纳尔七点会从玛格丽特姑妈家回来。

她不知道穿什么好。她有趣地想到没人能建议她在爱尔兰交通总工会的会场上穿什么，姐妹们当然不能，女儿、姨妈也不能。她觉得老派普通的衣服就行。没人会注意的衣服。

她下楼穿上不起眼的裙子、衬衫、保暖套衫，想到吉布尼料不到会发生什么，就觉得很有意思。她不确定参加一个工会是否会影响任何人在吉布尼的工作，那家子人是否会渐渐对此习惯。但背着他们干这事会惹恼他们，甚至会令他们震惊。她想，佩吉·吉布尼要是听说她也去了，就再也不会和她说话，这让她生出一种莫名的满足感。

她以为来接她的人会是米克·辛诺特，当发现敲门的人是"鸭步"时不禁意外。坐在汽车后座上的则是卡瓦纳小姐让剪掉文件夹的那个年轻簿记员。

去往韦克斯福德的路上，她吃惊地了解到他们极其厌恶吉布尼一家，尤其是托马斯和伊丽莎白。

"他到哪都跟着我们，""鸭步"抱怨说，"有一天我去接订单，得去黑水村、凯尔穆克雷奇、里弗查珀尔、戈里。那是个晴朗的夏日，我就把凯斯琳和孩子们捎上，打算把他们放在莫瑞斯堡，等工作结束了再去找他们，然后我自己去海里游个泳。经过巴拉夫时，我注意到后面跟了一辆车，里面的人正是托马斯·吉布尼，他全程跟着我们。他见到我时从没提过此事，但那一整天他就在干这个。"

"还有伊丽莎白，"年轻簿记员说，"从不正眼看我们，更不要提和我们说话了。"

"我觉得和她一起工作还是不错的。"诺拉说。

"我一点也不在乎卡瓦纳小姐，"簿记员说，"我是说时间长了也就习惯了。她对办公室的事了如指掌，而且什么事情都记得牢牢的。嗯，她原本想当会计，但她父亲过世了，她只能回家。"

"不是吧，"诺拉说，"她一直在吉布尼公司，我以前在那工作时她就在了。"

"没错，但她在吉布尼工作一段时间后，在都柏林得了个职位，在那待了一年，然后只好回家。她母亲还在世，她得照顾她。"

"这事我倒不知道。"诺拉说。

"我父亲，"簿记员接着说，"在强力公司工作，他说比为新教徒工作好。我可不知道。强力公司说，如果他们的人参加工会，他们就关门离开镇子。我觉得吉布尼不会这么做。"

诺拉后悔没问米克·辛诺特韦克斯福德的集会在哪里举行。她本可以自己开车去。她意识到这两人还想再说说吉布尼的事，但碍于诺拉与伊丽莎白共处一室，与这家人相处得也不错。她觉得不该这么过来，然而下决心那一刻却自觉十分正确。她高兴米克·辛诺特把她算在里头，其实也不可能拒绝。但此刻她却怀疑是否做错了，在大多数人眼中是否做错了。如果需要参加工会，她可以过段时间再参加。这个不难解释，就说她是新来的，还是兼职，应该再等等。当他们快到韦克斯福德时，她有种感觉，加入交通总工会没有好处。这会使他们勇气倍增，好战斗勇，但最终或许只会惹祸上身。她恨不能立刻回家，但集会开始之前，她没法让"鸭步"或别人送她回恩尼斯科西。

他们到那儿时，码头上的大厅人已聚集过半。她一进去，就觉得大家都瞧着自己。与伊丽莎白同室工作孤立了她，她甚至不知道办公室中一部分人的名字。换了莫里斯，会花上两星期来决定要不要来这儿。他会和她讨论，然后与吉姆讨论。从买房到每年何时去古虚，没有一桩事能轻易决定。不仅莫里斯如此，她相信大多数人做出决定前需要时间考虑，也许这厅里的每个人都思考了几星期是否要参加工会。而她一秒钟就决定了，如今觉得是彻头彻尾的愚蠢行为。有一会儿她心想该如何向莫里斯解释，他该如何为她的行为感到困扰。接着她猛然想起，已经没有人需要她解释了，于是顿感轻松。

过了一会儿，诺拉挪到前排与办公室的同事坐在一起，这样没人会认为她是密探。一个带着韦克斯福德口音的人说，他们生活的时代不断有新兴思想出现，有管理培训，办公室签到，还有所谓的效率专家，大家对商业几乎一无所知，对劳工关系则是彻底无知。他说，对老板们来说，老方式正在改变，但对工会运动来说，重心始终不变，爱尔兰交通总工会的成员都知道这点。他继续说，工会不仅存在于历史中，它仰赖的是日复一日为其成员工作而得来的声望，在工业和平时期如此，在危机时刻也是如此。

"每次危机中总有那么一个时刻，有一件事会大行其道，"他说，"与雇佣者斗争中总有那么一刻，蛮勇与无知大行其道。"

诺拉看着他，听着。她想象着莫里斯会对这次集会和演讲感兴趣。接着她想到了现在大部分时间和她待在一块儿的伊丽莎白·吉布尼。伊丽莎白会将此人模仿得惟妙惟肖，会觉得"蛮勇与无知"这个词非常有趣。

她周围的人都听得全神贯注。演讲结束时响起了掌声，他们排着队，逐一签名，成为爱尔兰交通总工会的成员。

次日一早，办公室中一切如常。伊丽莎白显然并不知昨夜韦克斯福德之事。她整个上午心情很好，商量着到了秋天，周末和罗杰去巴黎看橄榄球赛。

"我在那里的话，就不会让他受罪了。可怜的家伙，他宿醉很严重。如果我们在比赛前两天去，我就能去所有的好地方，敞开了买东西。"

后一天早晨，伊丽莎白迟到了，戴着深色眼镜。

"我想你听到消息了，"她说，"我家昨晚没人睡着。老威廉火冒三丈。一开始他骂共和党，后来小威廉告诉他，工会是和工党一个鼻孔出气的，于是他开始骂托马斯，都是他把新兴思想从都柏林带回来。托马斯当然心平气和，但那样对付老威廉是不对的。他喜欢喘气的弗朗茜就是因为她歇斯底里。托马斯告诉他，打算之后几年把办公室裁员一半，然后慢慢说出他要用的那些法子，直到老威廉说他听够了。他威胁说要卖掉公司，搬去都柏林，去达翠区过日子。他说光这房子和设备就能卖个大价钱。他在达翠区有个堂兄，他觉得那儿是宁静安详的天堂。要不是我亲爱的大哥小威廉说我们得征求意见如何对付这些布尔什维克，也许事情就那样了。我听了就笑得前仰后合，然后我母亲说再吵下去厨房就不开伙。这下老威廉更火大了。他说若是卖掉公司，特别是磨坊，赚的钱能翻番，再把钱拿去投资，他没有这么做的唯一原因是出于对所有公司员工的忠诚，对镇子的忠诚。他说真是觉得被人从背后捅刀子，然后说出了罪魁祸首的名字。好像有个无耻之徒叫米克·辛诺特，是住在罗斯路的卡车司机。他是个粗人。这时候老威廉脸色发白，说他不在乎母亲开不开伙。接着托马斯说他明天一早就私下里把米克解雇，杀鸡儆猴，再打一圈电话，确保没人再会雇用他。'我要把他碾碎在地。'他说。这当口小威廉说又不是到世界末日了，很多公司都在和工会打交道。但老威廉只说他们是无赖，每个都是。他说他不会和任何工会打交道，然后就到此为止了。托马斯想去拿米克·辛诺特的卡车钥匙，赶在他早上上班前把车挪走，但小威廉说别傻了。后来晚上我母亲说了个字眼,我们都不知道她还会用这个。她用这个字眼来形容所有的镇上人。"

诺拉想过打断伊丽莎白,说她也在韦克斯福德的集会上,和其他人一起签了名。她寻思伊丽莎白如果发现这事会如何反应,觉得伊丽莎白也许并没有把这事看得很重。但上午晚些时候,她听到伊丽莎白和罗杰打电话,才明白伊丽莎白是怎么想的。

"他们背着他干的,"她说,"夜里他们就像老鼠一样去了那儿,还有,他根本没睡着,一直在楼梯上上下下的,进我的房间,进托马斯的房间,还有小威廉的房间,想弄明白这是怎么发生的,怎会没人警示他,我们一个都不知情。他说,没有忠诚了,要不是为了我哥哥,他就关了公司,他从他父亲那里继承过来后这公司已经发展到了原先两倍的规模。他不停说现在是最佳出手时机。今天早上我母亲对我说,这事伤了他的心。他不想再看到那个地方。有些员工他认识了四十年,还有些人在公司的时间更长。他们都在背后捅他刀子。我母亲有个修女朋友,一个叫托马斯修女的老古怪,我只好打电话给她,请她过来,事情就糟糕到这个地步了。"

诺拉一点钟下班时和托马斯·吉布尼狭路相逢,他停下脚步盯了她一眼,神色冷峻。她知道不久之后伊丽莎白和其他吉布尼家的人会发现在背叛他们的人里,她也是一个。

十一

  镇上现在好了。无论在法院街、约翰街还是后街，没人再会叫住她表示同情，也不会站在那里目视着她等她回应。如果她遇到的人停下脚步，那就是要说别的事。有时候快要告别了，他们会问她好不好，孩子们好不好，暗暗表示他们了解发生了什么。但当她看到有人趋上前来准备提起她的丧亲之痛，她仍然烦躁。有时候这种行为就是侵扰，令人痛楚。

  周日弥撒是最糟糕的。不管她坐在教堂哪个位置，大家都会带着特别同情的神色看着她，或是给她让出空间，或是在外面等着她聊上几句。当她看到的每双眼睛都好像要让她难过，终于忍无可忍，回到了圣约翰小教堂，或者参加早晨八点的弥撒，那时候教堂里只有一半人，她可以选好座位，最后离开时不被人半路拦截。

  一天，她从法院街的巴瑞商店出来，从那买了一组晶体管收音机的新电池，这台收音机她现在放在枕边。她正想着费奥娜周末会听卡洛琳电台和卢森堡电台，就看到了吉姆·莫尼朝她走来，他曾是莫里斯的同事。自从他没被任命为神父，从神学院回来后，这些年来一直独自生活，或与一个乡下兄弟同住。莫里斯从不喜欢此人，她觉得与他拒绝加入教师工会有关，但对此不确定。与莫里斯大多数同事不同,吉姆·莫尼在他过世后不曾写信给她。

"噢,我这会儿正想到你呢。"他说。

"近来可好?"她问,尽量语气正式。

"我差点要去拜访你。"

她没说话。她不想他来拜访。

"我问教员室里的人该怎么办,但我们都不知道。"

她心想莫里斯是否也和她此刻一样不喜欢他说话的语气,那是一种既突兀又拐弯抹角的腔调。

"那个多纳尔是个小顽童,"他说,"他坐在教室后面扮鬼脸。有一天我检查的时候,他连教科书都没打开,在看其他书。还有一天他很无礼地回答我。我不知道我们该拿他怎么办。"

诺拉欲言又止。

"有些家里,"他继续说,"是男孩子脑瓜子好。但在你家是女孩子,还有小朋友康诺,我听说他非常聪明。我还听说姑娘们都很勤勉。勤勉是很有用的。"

他说"勤勉"这个词时就像在说教,诺拉差点想笑。她心想在他被任命之前为何会离开梅努斯。

"我想过要是遇到你,就跟你说这个。抱怨多纳尔的不止我一个。"

她想说些话让他住口,但她能做的只是看着他。她心生不快,自觉在他眼中一副俯首帖耳的模样。

"你教他什么科目?"

"自然科学和拉丁文。"

十一 | 169

她点点头。

"但他在哪个班都不顶事。他态度不好,行为有问题,头脑也有问题。"

"哦,非常感谢你告诉我这些。"她一字字地说,抬脚走过去了。

"那么,再见。"他说。

以前没人抱怨过多纳尔。甚至他开始口吃,她觉得他可能在学校里遇到问题时,他的圣诞节报告卡片末尾也没有负面评价。他从未抵达班级上游,有几年成绩较差,但初级证书考试和郡议会奖学金的成绩却都好。大多数傍晚他都独自在前厅看教科书。她以为他在学习,但也不时想他会不会是在看摄影书。她不知道自己该怎么做,是对多纳尔说她遇到了吉姆·莫尼,还是什么都不说。

几天后,她看到多纳尔放学回家,正从马路对面走来。他没看到她,但似乎肩负重担,愁眉苦脸地沉浸在自己的思考中。

费奥娜周末回家时,诺拉差点要告诉她遇到吉姆·莫尼的事,但费奥娜星期六晚上要出门,上午要躺在床上听收音机,下午又要去镇中心会朋友,诺拉觉得还是别给她添事了。此外她也不希望从费奥娜那里听到会让她更烦心的多纳尔的事。

周六下午,几乎作为离家的借口,诺拉去做头发,让伯妮慢慢地染上古铜色。她在镜中看到就动摇了,比之前那次染色更没信心。但她觉得至少这段时间可以担心多纳尔之外的事了。

傍晚,费奥娜的朋友过来时,费奥娜还没准备好。她们要去参加怀特仓的舞会。康诺进来听她们说话，多纳尔过来瞥了一眼是谁来了，然后又冲出房间。费奥娜穿上最好的连衣裙，戴上圈形耳环并化好妆时，多纳尔又进来，阴沉着脸坐在沙发上。两个姑娘彼此赞美对方的衣服，和诺拉聊了几句就离开了。

她们走后，诺拉转向多纳尔。

"这星期我遇到吉姆·莫尼了。"她说。

"他是个大、大白痴。"多纳尔说。

"他说你上课注意力不集中。"

"我讨厌他，他是傻、傻瓜。"

"他是学校的老师。"

多纳尔结巴得厉害，他想停下来但又激动起来。"要是他的房子被、被烧、烧了，那可、可是、大、大好新闻。或者他淹、淹死了。"

"你最好在他的课上注意听讲。"诺拉说。

周四玛格丽特来访，她停在前厅和多纳尔说话，然后去后厅找诺拉，说多纳尔多么有趣，多么聪明。诺拉忍住了没说她不觉得多纳尔有趣，吉姆·莫尼也不觉得他聪明。玛格丽特说着多纳尔在暗房的事，他洗照片的技术。诺拉没有告诉她，他从未让她看过在玛格丽特为他造的暗房中洗出来的照片。

诺拉很快就厌倦了兴致勃勃的玛格丽特，她想拿本书来，或者打开当天的《爱尔兰时报》。那些晚上，吉姆到来会让她松口气，她可以去厨房为他们做晚饭，然后让孩子们上床，关掉他们卧室的灯。

他们起身要走时,她愉快地觉得这屋子终于归她所有了。然而在门厅里对他们说再见时,她却无比清晰地意识到这门一关,除了已经睡觉的孩子,房子里只她一人,眼前除了黑夜别无其他。

伊丽莎白从未提起工会,也没再说过父亲、哥哥,甚或是母亲处理这些事件的进展。诺拉参加过一次工会集会,大家都在热烈讨论哪些人会进委员会,哪些人会拿到各种职位。后来她再也没去参加。

然而她喜欢观察到处走动的米克·辛诺特,他没被解雇,作为工会的主要代表,他信心日增。自从她参加工会,她发现在吉布尼工作的每个人走过身边都和她说话,或朝她微笑。工会对办公室里的人影响甚微。员工数量慢慢减少,无人抗议。如果一个姑娘辞职结婚,不会有人顶替,她的工作会分给其他人。托马斯对遵守时间要求更严。他从窗口观察,给迟到的、聊天的、工作犯错的人递纸条。

伊丽莎白恢复了从前的好脾气,一如既往对诺拉讲她的周末计划和恋爱故事,但托马斯再没和诺拉说过话。他看到她就怒目而视。她从他身边经过则视而不见。有几次他进她与伊丽莎白的办公室,她却高高兴兴地叫他的名字,热情打招呼,仿佛什么都没发生,但他不作回应。托马斯来的时候,伊丽莎白总要他说说正在忙什么。如果她和朋友打电话太大声,或者对诺拉说话太久,她们经常会看到托马斯的影子晃动在门上方那块磨砂玻璃上。诺拉想他是不是为她俩做了一个文件夹,正如他对其他人那样。

十二

诺拉看到南希·布罗菲朝房子而来,她就从窗边走开。她不明白南希为何来找她。她想着让南希敲门,等待,倾听,然后再敲门,走下台阶,转身去窗口查看动静。如果她有勇气让这样的事发生,那么浑身都能轻松下来。

敲门声刚响起,诺拉就过去开了门,请南希进来。

"希望没有打扰你,"南希说,"我不进来了,但我想请你帮个忙。"

"哦,如果我能帮上。"诺拉说。

"能帮上的,"南希愉快地说,"别一脸惊吓的样子啊。"

诺拉不知如何回应。南希喜气洋洋的,站在门厅里几乎冲她傻笑。

"你知道我和菲丽丝·朗顿每年都在教会厅主持知识竞赛。那是健力士赞助的。她提问,我计分。她是大嗓门,不需要麦克风和别的,我们合作得很好,因为我计分从不出错。"

诺拉不明白南希为何告诉她这些,好像这是十万火急的有趣新闻。

"嗯,问题是,我明晚没法去了。我今天得赶末班火车去都柏林,因为我妹妹布瑞迪在善助医院动手术。所以我想在告诉菲丽丝之前找个替补，贝蒂·法瑞尔说她听吉布尼公司的人说，你是算术神人，所以我就来了。"

诺拉板着脸看着她。

"啊，不要告诉我你不干！"南希说。

"就一个晚上？"诺拉问。

"就一个晚上，"南希说，"而且你去和大家待在一块，打打交道也挺好的。"

"我不怎么出门的。"

"我知道的，诺拉。"

南希走时，她们已商量好，不出意外的话，菲丽丝·朗顿会在明晚七点半来接她。南希走到前门台阶，诺拉才问竞赛在哪举行，南希说是在黑水村。

"我不知道是在镇外那么远的地方。"诺拉说。

"就今年是这样，试着办一次。"南希说。

诺拉站在门口望着南希离去，差点想追上去说自己忘了还有别的事要做，比竞赛计分更要紧的事。她思索了一番还有什么办法，但为时已晚。她关上门，后悔一开始没问竞赛是在哪个村子举行。她知道自己不会去黑水村，那距离古虚和巴里肯尼加咫尺之遥。

她想到夏天的黑水村，从都柏林和韦克斯福德来的人流连在房子周围，女人和丈夫在周五或周六晚上把孩子交给保姆或大孩子照看，去埃彻汉姆酒吧喝梨子酒、白兰地加苏打水，这是司空见惯的事。七月若是夜间天气晴朗，她和莫里斯会从巴里肯尼加走上两英里路，再搭别人的车回家。到了八月，夜色更浓，从手球巷去往崖边的小径早早地挂满露珠，她会开车带莫里斯去，他们知道什么时间回去都行，在酒吧就更为舒坦。通常他们待到最后。莫里斯一直喜欢热闹，特别是周围有恩尼斯科西人或黑水村当地人，后来渐渐地她也喜欢人多了，乐得看莫里斯心情愉快的模样。

她对孩子们说她要出门。她说，他们得保证不打架，按时上床。

"我们可、可以晚一点睡吗？"多纳尔问。

"你自己决定吧，"诺拉说，"但别太晚了。"

"我也能自己决定吗？"康诺问。

"你俩都能自己决定。"

七点半，诺拉透过窗子看到菲丽丝·朗顿开着一辆红色福特康迪纳上了车道。诺拉穿着夏季连衣裙，在手袋里放了一本笔记本做算术。她胳膊上挂了件开衫，以防天气变冷。孩子们和费奥娜待在后厅，费奥娜也要出门。

"我走了。"她大声说，"别出来捣乱。你们睡觉后我才回来。"

这些年她见过菲丽丝·朗顿多次。她丈夫是兽医，夫妇俩都是都柏林人。她注意到菲丽丝倒车动作灵活迅速，称赞她手指上的戒指漂亮，菲丽丝换了挡，朝黑水村驶去。

"有意思的是，"菲丽丝说，"他们对体育都很了解，但对其他事情就不太清楚了。对了，政治方面他们都不差，或许还有地理，甚至历史。但关于书本、音乐的问题,他们就糊涂了。你都会怀疑他们是不是上过学。"

"提问的是谁?"诺拉问。

"哦,都是我。我请教过体育方面的问题。我们从简单的开始。他们都有竞赛读本,但我只问几个书上的问题,为的是让他们觉得有必要做好准备。上星期在莫纳基尔村,有个小组一问三不知,一点儿都不脸红。如果你问他们二加二等于几,他们那表情像在说这是个爱因斯坦的问题。"

"我觉得他们是来逗乐子的。"

"无知是福。"菲丽丝说。

"我相信当中有些人很好。"诺拉说。

"嗯,人和你一样好,但笨得跟木头似的。"

她们在芬奇格右转,直到开到巴拉夫对面都没再说话。诺拉能感觉到菲丽丝对眼前的任务非常认真,决定不随便评价无法回答她问题的参赛者。她现在明白为何南希·布罗菲想找算术好的人来计分。

"顺便说,"菲丽丝说,"我有一本带格子线的笔记本,还有几支好笔给你。我们先来两轮小孩都会做的二分题。热身后再来两轮三分题,然后是四分题,接下来的五轮六分题就有选拔性了。前几轮六分题,只有个人选手能回答,后几轮六分题全组都能回答。"

"准备这些问题一定费了不少工夫。"诺拉说。

"我喜欢题材多样,一个好的小组,比如欧耶斯特那个,会花几个星期准备,阅读他们可能不太了解的科目。"

"所以这很长知识。"

"对一些人来说是,另一些人则不是。"菲丽丝说得很严肃。

菲丽丝没提到莫里斯,也没暗示自己是否知道这是莫里斯过世后诺拉第一次出游。但诺拉觉得菲丽丝全都知道,想必南希·布罗菲提醒过她,菲丽丝决定什么都不说,这颇为得体。这意味着诺拉也不能说她熟悉黑水村,她少女时代曾骑车来此,婚前那些年与莫里斯在这里约会,每年夏天都在附近度假。她得把一切都藏在心底,与菲丽丝一起严肃对待知识竞赛,准确无误地写下每组的分数。

她们到后,菲丽丝说她很意外埃彻汉姆酒吧老板会同意这样的安排,她不是和往常一样进酒吧,她们会尽早去教堂隔壁的大厅。她不要饮料。

"我们得保持头脑清醒,"她说,"一壶水,加点冰就行了,再来两个杯子。大厅里的桌上也放这些。"

小组来自黑水村和凯尔穆克雷奇。诺拉忙着在菲丽丝给她的笔记本上划横线,没看到古虚来的汤姆[①]·达西站在吧台后。他穿着工作服,朝她们桌子走来。

"诺拉,你怎么会在这?"他问。

"汤姆,我没看到你,"她说,"你来参加竞赛?"

[①] 汤姆是托马斯的昵称。

"我们可能会凑热闹,"他说,"但不能参加。我们当然知道所有的答案了,诺拉。"

诺拉一度想把汤姆介绍给菲丽丝,但从菲丽丝身上觉察到某种僵硬的气氛,诺拉明白她不想被介绍给一个穿着工作服又像汤姆·达西这般态度亲昵的男人。

"达西太太怎么样?"诺拉问。

"挺好,"他说,"我告诉她遇到了你,她一定很高兴。我认识你旁边的女士吗?我得把出去遇到的人都告诉我老婆。"

"菲丽丝·朗顿,这位是汤姆·达西。"诺拉说。

菲丽丝点点头,但没向汤姆伸出手。

"噢,菲丽丝·朗顿,"他说,"就是问问题的人。她是蒙纳齐村最怕的人。"

诺拉感觉到身边的菲丽丝不太想搭理汤姆·达西,而汤姆不搜集到足够带回家的信息是不会回吧台的。

"我听说蒙纳齐村什么都不知道。"他说。

汤姆显然是在对菲丽丝说话,但她没回应。

"我听说他们就和猪圈地上的那些东西一样无知,我说的可不是稻草。"他继续说。

"古虚的人都好吗?"诺拉问。

"有几个出去赚钱了,"汤姆说,"我跟你说一件事。大家非常想你。我们那天还在说呢。你是游泳最好的,一直都是。"

"不好意思,"菲丽丝打断说,"我们得去大厅了,让参赛者知道他们的座位。"

"凯尔穆克雷奇的那伙人肯定连取款机都不知道,"汤姆说,"问他们GAA①怎么拼写。那会让他们端正态度的。"

"端正态度?"菲丽丝尖声说。

"你们两位要喝一杯吗?"

"我们不喝。"菲丽丝说。

诺拉看着汤姆走到吧台,让侍者注意到她和菲丽丝。

"你们要喝梨子酒、雪莉酒还是白兰地?"他大声喊道。

诺拉摇摇头,然后转向菲丽丝,菲丽丝正在检查问题。她两侧脸颊都浮现一抹红晕,像是遇到汤姆·达西后才有的。

侍者端着梨子酒、白兰地加苏打水过来。

"我们没说只要水吗?"诺拉问,"而且我们没时间喝。"

"顾客是这里的老板,太太,"侍者说,"你们可以带去大厅喝,只要我能把玻璃杯收回来。"

"当心砸你头上。"汤姆·达西大声说。

"你认识这人很久了吗?"菲丽丝问她。

"我从小就认识他。"她平静地说,一边倒梨子酒,"我不能喝白兰地,对我有不良效果。"

想到白兰地她笑了。嫁给莫里斯前,她从未喝过酒。起初尝试过雪莉酒,但不喜欢。一天晚上,就在这家酒吧,有人给她点了一杯白兰地,因为和莫里斯在一块,她就喝了三四杯。那晚快结束时,她笑得停不下来。从恩尼斯科西来的弗朗基·多利站在

---

① GAA:爱尔兰的盖尔运动员联盟(Gaelic Athletic Association)的缩写。

吧台旁,他妻子坐在吧台椅上。她看了看他们,觉得这对夫妇以为她是在笑他们。弗朗基个头太矮,没法当骑师,她想,他可能对此敏感。而且,他和妻子单独在一块,没人邀请他们加入恩尼斯科西来的一大群人。无论如何,每次她抬眼看去,他们都望着她,每次她触及他们目光,她都笑起来,怎么都停不下来。自从那晚过后,他们再也没和她说过话。从那之后她知道自己不能喝白兰地。

"你好像沉浸在你自己的世界里。"菲丽丝说。

"是啊。"诺拉笑着说。

"我们该走了,就算赞助商是健力士啤酒,我想拿着酒在村里走也是不对的。这是我最后一次答应在酒吧碰头。"

她大口喝下白兰地加苏打水。

她们到时,厅里已经人满。一些人诺拉知道名字,一些人只是面熟,还有一些人她并不认识,不过他们站在门厅和后墙附近的样子,环顾左右的眼神,却有几分熟悉,既腼腆又随意,既友好又有所保留。这使她觉得,她和认识其他人一样认识这些人。

小组各就各位后,菲丽丝更有权威感了。她不时站起来调整他们桌子之间的距离,确保参赛者将要坐的座位上没有堆放东西,并且一再说当参赛者答题时,任何人不可走过去提示他们。

每组有三男一女。菲丽丝解释规则时,从包里拿出一只闹钟,调整到十秒钟后作响。诺拉打量着这些参赛选手。其中一个黑水村的她知道是退休教师,他旁边的女子曾当过爱尔兰农村妇女联合会的委员。接下来那位她觉得像是中学生,最后那位她想是个农民。菲利斯一开口，肃穆的氛围就笼罩了这些选手。诺拉想这就好比牧师站上了圣坛，老师走进了教室。

第一轮问题太简单，几乎像在侮辱人了。但菲丽丝提问的样子仿佛这些问题很有挑战性，需要调动大量脑力。她的语音像是电台里的播音员，说到某些词时有英国口音。诺拉发现计分很简单，但在第二轮和第三轮分数开始有差距时，注意到菲丽丝会扫一眼她写下的数字。

到了四分题，有人又送了一份白兰地加苏打水给菲丽丝，一份梨子酒给她。她不知道是谁买的饮料，托马斯·达西并没有跟着她们进大厅。

六分题开始时，黑水村稍稍领先。菲丽丝提了一轮体育问题，有几道题与GAA有关，厅里观众发出欢呼。菲丽丝让大家下一轮安静，那是古典音乐的题目。

"勃拉姆斯创作过多少部交响曲？"菲丽丝问。

诺拉看着凯尔穆克雷奇村的人。他在等待时机，似乎正在思索他曾经知道的知识。菲丽丝宣布要按闹钟时，他说："二十五。"

菲丽丝轻蔑地环顾大厅，全场沉默。诺拉低头看着计分纸。

"大家都知道，"菲丽丝说，"勃拉姆斯创作过四部交响乐。怎会有二十五！"

一片肃静中，提出下一个问题。

"舒曼写过几部交响曲？"

这次轮到黑水村的那位退休中学教师。

"我猜是九部。"他平静地说。

"错，"菲丽丝说，"他写过四部。"

随后她问了海顿、莫扎特、舒伯特、马勒、西贝柳斯和布鲁克纳，每说出一个名字，就有一个参赛选手没猜对交响曲的数目，厅里鸦雀无声。当她念出歌剧的名字问剧作家，黑水村的退休教师和年轻小伙都知道答案，如此一来黑水组就领先十五分了。这时到了参赛选手可以互相商量的最后几轮。有人要求上厕所，菲丽丝同意了。又一份白兰地、苏打汽水和梨子酒到了桌上。

诺拉望向门口时，发现那里聚了几个人。他们用怀疑和憎恶的目光盯着她和菲丽丝。其中一个棕色头发、晒黑脸膛的小伙子发现诺拉在看他们，就朝同伴使了个眼色。他朝她走过来，面露凶光。

"那个大嗓门的，"他朝菲丽丝点点头，说，"希望她今晚不要想开车经过凯尔穆克雷奇，因为有几个伙计对她很生气，还有她的声音。我说，她以为自己是什么人呢。"

诺拉移开视线，没理睬他。

"我告诉你，"他对另一人说，"要是有人把她的一部交响曲塞进她嘴里，她会吓得屁滚尿流，到时候就问不成了。"

菲丽丝对诺拉小声说，她们得尽快继续这场知识竞赛。

"好了，"她大声说，"开始最后几轮最兴奋的比赛。韦伯斯特太太会给我们看目前的得分。"

那人还在那里转悠，直到菲丽丝盯着他。

"我想你是挡着道了，"她说，"你不能站这么近。你能退后坐下吗？"

那人犹豫了一下，朝她甩了一个鄙夷的眼神，然后回到门厅同伴那里去了。

一个凯尔穆克雷奇的参赛者显然为这几轮的问题做过准备，都是关于各国的首相和总统。他能说出挪威和瑞典的首相名字。问到苏联的首相时，他们先一致认为是勃列日涅夫，然后又变作波德戈尔内，问题来了。

"是哪个呢？"菲丽丝问。

他们商量了一会，直到菲丽丝按下闹钟。

"是勃列日涅夫。"其中一人说。

"我想你们两个答案都错了。苏联的总理是柯西金。"

"你问的是首相的名字。"一人说。

"就是柯西金。"

"你刚才说他是总理。"

"那和首相是一样的。我有最终裁决权。你想争论的话请随意。好了，下一个问题。"

周围响起嗡嗡声，菲丽丝提高了嗓门。

"不要再打断比赛了。"她说。

诺拉盯着计分纸，不敢抬头看。最后一轮接近尾声时，由于黑水村组有几道题没答出，两组只有三分差距了。诺拉明白，她觉得厅里很多人也是这么想的，如果苏联那个回答被认可的话，那么凯尔穆克雷奇就会领先。最后一轮是关于著名战役，两组全部答对。知识竞赛结束时，诺拉已经算出了总分，黑水村以三分获胜。菲丽丝站起来要求大家安静，用傲慢的声音读出最终结果。

她还没来得及坐下,人群中挤出一人,朝她走来。他戴鸭舌帽,穿格子夹克衫。

"你是打哪来的?"他咄咄逼人地问菲丽丝。

"与你有何关系?"她回应说。

"你连恩尼斯科西人都不是,"他说,"你是外来户,没资格在这里指手画脚。"

"也许这时候你该回家了。"菲丽丝说。

"我至少知道我家在哪。"

"你欺骗我们。"另一个人嚷嚷,"所以才会这样。"

这时候,汤姆·达西从人群中出来。

"我,还有我一个凯尔穆克雷奇郊区的朋友想请你们两位女士到埃彻汉姆去喝一杯,以感谢你们的辛勤工作。"

"我们跟他去吧。"诺拉对菲丽丝说,菲丽丝答应了,诺拉放下了心。

"你是莫里斯·韦伯斯特的太太?"他们到了酒吧,与汤姆·达西在一块的人问道。

一瞬间她不确定此人是否知道莫里斯已经过世。

"我和他很熟。"这人又说。

诺拉张望着找菲丽丝,菲丽丝正端着满满的白兰地加苏打水,热烈地和汤姆·达西聊天。

"你是很多年前认识他的吗?"她问。

"是他带着兄弟和其他几人来这儿的时候。我们去钓鱼。那位兄弟还在世吗?"

"他还在。"诺拉说。

"是有一位身体弱的过世了?"

"是的。"

"玛格丽特,那个妹妹,结婚了吧?"

"没有,她没结婚。"

"她是好女人,大家都喜欢她。"

他喝了一小口饮料,看着诺拉。

"总之我很遗憾听说莫里斯的事。上帝,我们这边的人听说了都非常遗憾。"

"谢谢你这么说。"

"你永远不知道人会怎么走的,有时候简直想不到。"

他们沉默地站在柜台旁。

"你要喝好一点的酒吗?"那人终于问。

诺拉看了看手头的梨子酒,犹豫着。

"我听说那个不错,"那人说,"伏特加拼一点白柠檬更适合你。现在我老婆和女儿出去喝酒就喝这个。"

他替她点了伏特加拼白柠檬,饮品上来后他倒了一杯给她。她看到那群之前站在大厅门口的人此刻也在这儿点饮料。知识竞赛之后,酒吧里都是人,有种明亮的气氛。发生了不同寻常的事,大家有话可聊,这个夜晚来了精神。酒吧里这群人兴致勃勃,更像是刚从橄榄球赛或足球赛回来。

菲丽丝一直在与汤姆·达西聊天,汤姆回家可有话和他妻子说了。片刻后过来不少人,他们和菲丽丝说话的样子像是认识她。

菲丽丝加入讨论，不时对各种评价点头示意，目光从这个移到那个。诺拉想，她丈夫是兽医，想必她习惯和农民相处，知道何时该使出傲慢的语气。不过也可能是因为喝了白兰地。

没有人让菲丽丝或诺拉去买饮料，每回他们为自己买一轮酒，也会捎上菲丽丝的白兰地、苏打汽水和诺拉的伏特加拼白柠檬。

诺拉看到菲丽丝朝门口打招呼，就一眼瞧见刚进门的蒂姆·赫加蒂和他妻子菲罗梅娜。蒂姆是老师，也是莫里斯中学同学。她知道他们夫妻俩周末会在乡间闲逛，找人玩，但没想到会来黑水村，还带了两个孩子。诺拉从菲丽丝的神情觉察出她不喜欢他们。

蒂姆因相貌英俊、歌喉动听而声名在外。他妻子没喝多的话，会和他一起唱歌。有一次诺拉去梅西修道院的一场音乐会，包括父母和六七个孩子的这一大家子表演《音乐之声》中的冯·特拉普一家。人人都说只要蒂姆和菲罗梅娜不再喝酒，他们就能成职业音乐家了。

酒吧要求肃静。她看到蒂姆·赫加蒂独自站着，闭着双眼。他一头鬈发，戴着薄领结，穿一件红白条纹的夹克衫，像是美国电影明星。他仍然闭着眼，头朝后一仰，唱出柔和然而足够全场听到的声音：

"蒙娜丽莎，蒙娜丽莎，人们这么称呼你。

你多么像面带神秘微笑的女子。"

起初诺拉觉得似乎曾有人在她婚礼上唱过这首歌，她努力回想那人是谁。然后她觉得不对，是后来的事，那时候她已不是众人焦点。是在费奥娜出生之后,那时她的快乐与费奥娜息息相关,费奥娜身体好不好,怎么学走路,怎么开始说话。蒂姆唱到第二段时,她想起来是在什么时候了。那天白天,或许还有晚上,她和莫里斯把费奥娜交给她母亲照管,自己去参加莫里斯的表弟艾登和提莉·奥奈尔的婚礼。婚礼在韦克斯福德的塔尔伯特酒店举办,南希的儿子皮尔斯·布罗菲——就是后来去英国发了财的——是男傧相。皮尔斯站起来唱那首歌时,她觉得一定是当年头条新闻,大家都想不到他居然知道歌词。他唱得很慢,正如此刻蒂姆唱得那样,莫里斯不爱这类歌,诺拉却很喜欢,喜欢那缓慢忧伤的调子,吐字清晰的韵脚。但更重要的是,她喜欢莫里斯在她身边,穿着新衣服一起参加婚礼,在场每个人都知道她是嫁给他了。

一曲终了,酒吧里的人群为蒂姆喝彩,只有菲丽丝似乎不为所动,她看了看诺拉,又抬眼望天花板。诺拉发现她手里端着一满杯的白兰地加苏打水,有人也给她留了一杯伏特加拼白柠檬。她听到菲罗梅娜·赫加蒂在屋子的另一头调吉他弦。

嘈杂的声响和人影中,她无比希望离开这里。虽然她待在家中时常害怕夜幕降临,但至少她独自一人,可以控制自己的行为。安静和孤独是一种奇特的抚慰,她心想家里的事情是否在她不知不觉间有了改善。自她少女时代,她就未曾独自像这样处身人群之中。莫里斯总是会决定何时离开,逗留多久,他们也有彼此商量的方式。她从不考虑这等事。其实她经常因莫里斯变化莫测的情绪而着恼,前一分钟还急着要回家,后一分钟就毫无阻隔地融入同伴之中，热切地攀谈起来，她则耐心地等夜晚过去。

她想，这就是孤独的感觉了。那不是她体验过的孤单，也不是他的死亡给她的感觉——犹如一场车祸冲击她的身体，而是已经起锚，徘徊人海中，莫名地漫无目标，不知所措。酒吧中再次肃静，吉他试着奏起乐曲，蒂姆·赫加蒂唱起《温柔爱我》。他唱到忧郁情绪的方式，那种渴望，使她觉得他是在戏弄她，盯着她大笑。但很快她听进去了，他的嗓音随着乐曲或柔或强，有时留下空白让吉他独奏，乐音便声声入耳。一曲结束，她也一同喝彩鼓掌。赫加蒂似乎并不在意掌声，接着唱起一首节奏快得多的歌，她和大家一样意外地听着。蒂姆·赫加蒂模仿着美国歌手埃尔维斯·普雷斯利的口音：

"今天来了一个老朋友，

他要告诉镇上每个人，

他刚刚找到了爱情，

他最后的火焰，名字叫玛丽。"

菲罗梅娜拨出响亮的琴音，蒂姆唱着歌，人群中掌声雷动，口哨四起。诺拉仰着头闭上眼，享受曲调中的丰满、急促的声音。她记得那首歌刚出的那个夏天，也可能是这首歌传到古虚的第二个夏天，晚上有人拿出播放机，摆在崔西公司大巴车前面的桌子上，大巴车已经固定不动，用水泥改成了夏屋。他们从附近有电的房子引来一条长电线。

她记得曾经和莫里斯沿着卡瓦纳家门口的小路晚间散步回来，发现孩子们围坐在暮光中，少男少女们正和着埃尔维斯的歌曲翩翩起舞。她看到几个腼腆的男孩,费奥娜可能也在跳舞,帕特丽夏·崔西、埃丁·布莱恩,还有几个墨菲家、卡罗尔家和马甘家的孩子。那并没有远在十年前,也许只是六七年前,假如有人以前告诉她,她此刻会站在这里听这首歌,彼时与此刻之间发生了那么多事,她是不会相信的。

歌曲结束后,汤姆·达西走到她身边,一手搂着脸红彤彤的菲丽丝。

"他说你会唱歌。"菲丽丝说。

"她当然会唱。我们第一次遇到她,她正住在加拉赫酒店,那儿一直有聚会。"

"从那之后我就没唱过歌。"她说。

"哦好了,"菲丽丝说,"你会唱哪些歌?"

"我母亲会唱歌。"诺拉说得仿佛对方认得她母亲。

"诺拉唱得很好。"汤姆·达西说,"或者她那时候唱得很好。"

"你会什么歌?"菲丽丝又问。

诺拉思考片刻。

"勃拉姆斯的摇篮曲,我想我会这个。"

"德语吗?"

"我以前会唱德语,不过一直会唱英语的。"

菲丽丝把饮料放在吧台上。

"现在我们好好地来干这事。我把最后一段用德语写出来,我们一起唱。第一段我唱德语,你唱英语,然后我们一起用德语唱最后一段,再一起唱英语。"

她看到菲丽丝很兴奋。

"我们能简单些吗?"她问,"我很多年没唱了,结婚后我就没唱过。"

"给我一张纸,我把德语歌词写下来。真的很简单。"

酒吧的另一角,有人在用颤音唱着《布拉维格》。菲丽丝用清晰的字迹飞快地写歌词,让诺拉在旁看着,她边写边哼着调子,不时喝一口白兰地。

那人唱完了《布拉维格》整首歌,诺拉注意到酒吧里有种烦躁。歌声平添了色彩和气氛,但现在大家想要安静地喝酒聊天。她觉察到一种对卖弄的不信任,要是现在有人站出来大声唱歌,可能会遭到嘲弄,或者唱完后被取笑。

但菲丽丝已下定决心。她写好了德文歌词,准备站到酒吧中间让大家看到自己和诺拉。诺拉知道酒吧里会有人认出她,会心想为何莫里斯过世还不到一年她就在酒吧唱歌。

汤姆鼓掌要求安静,菲丽丝和诺拉望着他,希望他介绍一下,但他耸耸肩快步回到原先的位置,把她们留在众人的目光中。

菲丽丝大声宣布她与韦伯斯特太太将要表演二重唱,酒吧中一阵笑声。这让菲丽丝挺了挺胸,比在知识竞赛时更斗志昂扬。诺拉庆幸是菲丽丝先来独唱,因为她不知道该唱多高的音调。菲丽丝用颤巍巍的德语唱起来了,诺拉一下明白,她的嗓音要么曾经训练太多,要么就是太少。她能看到周围毫无怜悯的脸色。任何炫耀都会让他们感觉不适,甚至是一辆新车或一台新联合收割机,或女人第一次穿休闲裤。然而糟糕的唱腔,糟糕的用高音唱外语，是会让人没齿难忘的，能被议论上好几年。如果菲丽丝在知识竞赛时还没在黑水村留下印记的话，那么她此刻必定做到了。

诺拉尽量认真。她知道酒吧里一些人知道这个曲调，或至少听过，因此觉得从菲丽丝那里接手唱英语时，应该唱得普通些。她想应该放低声音，不让任何高音出现，同时也要让大家都听到。

周围人看到她要接着菲丽丝唱，像是排练好的聚会段子，她发觉有几个年纪较大的坐立不安，感到尴尬了。他们晚上出来不是想听这个。但角落里一群人，包括好几个女人，似乎觉得这很热闹。

"唱起摇篮曲，道一声晚安。"她开始唱了，为自己音域之低感到吃惊。她瞟了一眼角落里的那群人，他们互相推推搡搡，冲着她笑。她继续柔声歌唱，尽量使曲调接近真正的摇篮曲，像是她会唱给孩子听的歌。她清楚如果到了这段末尾她还不能把角落里的人赢过来，那么当她和菲丽丝用德语合唱时，他们就会无法无天。她唱到最后一句，一直看着他们，只有两三人还在笑。

接下来一段，她让菲丽丝领唱，自己尽力跟着她，先一起唱，随后轻声跟唱，但她们一起唱错了一个调，两人都走了调，她只好放弃。菲丽丝面露惧色地看了她一眼，她让菲丽丝独自唱最后一句，不敢再朝角落看一眼，盯着地板，祈祷快点结束。

英语最后一段她最熟悉。她听到菲丽丝放缓节奏，声音安静下来，就更有信心了。她挨近了些，唱到最后两句时让自己的声音与菲丽丝融合在一处，依然低唱着，随着菲丽丝的唱腔，声音渐渐松弛又响亮起来。她不敢看角落的方向，但看到这首歌接近尾声时她对面的人认真听着。

掌声更像是一种安慰而不是什么愉悦，她发誓有生之年再也不干这事。她扫了一眼那个角落，其中一人正在模仿乱跑调的高音，其他人都乐不可支。

酒吧准备打烊，叫上最后一轮饮料，菲丽丝坚持要请汤姆·达西，他的一群朋友，还有诺拉喝酒。汤姆不想让她付钱，甚至从她手中夺过钱，但最终她赢了。诺拉看着她大口喝下一杯原本放在吧台上的白兰地加苏打水，然后等另一杯上来。她想这样开车回家是否安全。她看出菲丽丝随时都可以再唱一首，心想接下来几分钟不惜一切代价也要阻止此事发生。

他们终于和每个人说晚安，到了车上，诺拉发觉菲丽丝喝醉了反而清醒。她倒车时非常认真，驾驶得似乎也不错，直到诺拉注意到她没开前照灯。经过提醒，她似乎记不起来该如何开灯，最后还是想起来了。诺拉心想，开回镇上一路和菲丽丝聊天，是否能吸引她的注意力，这样她或许会关注路况，而不是想着心事或睡过去了。

她们开到埃利斯堡的十字路口时，菲丽丝说了许多遍她多么喜欢汤姆·达西，他多么绅士，她又多么喜欢埃彻汉姆酒吧，在蒙纳齐村的知识竞赛过后，她和南希多么不受欢迎。她想在竞赛季过后，她丈夫迪克或许会在星期六晚上来埃彻汉姆酒吧，如果诺拉能和他们一起来就太好了。这些话她说到第三遍时，诺拉发现她正横穿戈里至韦克斯福德的主路却没有张望一眼是否有车过来。她想该如何对菲丽丝说，才能让她集中精力开车，什么话题能让她放慢速度，谨慎驾驶。

当她们平安驶上卡斯特里斯通往巴拉夫和芬奇格的窄道时，诺拉又开始唱勃拉姆斯的摇篮曲。她唱得愈发低沉，这样菲丽丝的声音加进来后就很合拍，但她是领唱。她们唱了两段英语。

"你差不多是女低音。"菲丽丝说。

"不是，我是女高音。"诺拉说。

"不对，不对，现在你是女中音，接近女低音。你的声音比我低多了。"

"我一直是女高音，我母亲是女高音。"

"有可能是这样，时间一长，你的声音低沉下去了。"

"我多年没唱歌了。"

"嗯，就在你不唱的时候变成这样了，只要稍加练习，你的声音会相当棒，非常独特。"

"我不知道。"

"有时他们为韦克斯福德的唱诗班做试音。那是挺好的唱诗班。我们一般唱弥撒。"

"我不知道是不是有空。"

"嗯，我会和他们说你的，然后看看吧。或许你参加留声机社团？我们每周四在墨菲·弗拉德酒店碰面。我们各自挑一张唱片带去。"

诺拉不想告诉她自己没唱片，那台老播放机只给孩子放流行歌曲。菲丽丝又唱起摇篮曲，这次唱得更慢，留出空间让诺拉加入,衬着她的声音,然后每句的最后一拍都在诺拉可能的范围内拉长调子。

她们一路唱到恩尼斯科西,穿过镇子时菲丽丝还在哼着调子。行驶在狭窄的街道上,菲丽丝唱着唱着就心绪平静了,她盯着路况,那开车的样子和温柔的举止,像一个送朋友回家的冷静女子。到了门前,诺拉下车时谢了菲丽丝,并说她也希望能很快再见面。

十三

在克拉克劳租期两周的房车里,第一天早上,诺拉不得不叫醒多纳尔和康诺,让他们在半小时内把床腾空,好让她把床折叠起来,在座位间支起桌子。她、费奥娜和艾妮的床在这辆小型房车的另一头,她在那里摆开早餐用品,去店里买来面包牛奶和晨报。她回来时他们还在瞌睡,不管她怎么说都不愿起床,直到她说要把毯子扯掉,把桌子放在他们躺的地方,他们才不情不愿地挪开。但过了几分钟,康诺就高兴起来,不过多纳尔吃饭时几乎一言不发。他拿到报纸,全神贯注地读有关月球航行和宇航员的新闻,吃饭都不看食物。

然后他躺在靠垫上盯着天花板,过了一会儿拿着相机出去对着东西,眯着眼仔细对焦,认真拍下一张照片,拍的多是最小最不起眼的东西。他似乎在思考,但她觉得也可能只是不想惹她生气。

她知道他心头只有两件事。第一,他想知道他们何时能去沙滩,这样他就能独自留在房车里。他观察着他们是否在准备野餐,那意味着他们会出去一整天。她已经放弃了劝他一起去的种种努力。他会耸耸肩说他晚些过去。诺拉知道他会整个上午默对着他的摄影杂志,那是玛格丽特姑妈订的,每月都有,也有用他自己的零花钱买的。这些能让他开心几个小时,然后他又去翻尤娜给他的大本摄影手册。

他也盯着时间,因为月球航行每天在不同的时段报道。他们一到,他就去沙滩酒店的电视厅,立刻对着电视屏幕拍照,使用诺拉给他的圣诞节礼物广角镜,还有她不太明白的长曝光。她知道他深深沉浸在里头,若有任何对其目的的质疑,他就生气。

尤娜和谢默斯头一天晚上来访时,诺拉看着他激动而热切地解释摄影的事,他的结巴比平时更严重了。她发觉他们困惑不解。

多纳尔难以接受大多数人在假期携带相机去沙滩拍快照。他们家里床底下有个盒子,装满过去假期拍的黑白照片,从古虚悬崖后面的田野到那里的沙滩,全都和底片一起装在一个个小袋子里。当谢默斯问多纳尔为何不拍些他们开开心心的快照,多纳尔几乎对"快照"这个词拧起眉头,结巴了一阵才说他只对酒店的电视机还有电视上的空间画面感兴趣。然后飞快地解释说他每张照片拍的都是电视屏幕和屏幕上的空间,回家后在玛格丽特姑妈给他的暗房中,用特殊的方式把这些照片洗出来。

"你拍人物照,"谢默斯问,"不是更好吗?"

多纳尔耸耸肩,露出无聊感和明显的鄙视。

"多纳尔!"诺拉说。

"我……"多纳尔开口,但他结巴得没法说下去。他努力说话时他们都安静下来。接着他抬起头,一脸勇敢决绝。

"我不会再拍人物照了。"他静静地说。

第二天早晨,雾气笼罩了一切。他们在沙丘里找了个地方,铺上两块毯子,躺在惨淡的阳光下。诺拉让多纳尔一起来,可以帮他们提野餐篮,并且如果他想找他们,就知道地点了。

"海水很美,"她说,"至少昨天是的。"

"什么都看不、不到,"多纳尔说,"整天、天都会这样吗?我要拍、拍下来。"

"不会,雾气一两个小时后就散了。"

他回房车拿相机。他回来时他们开起玩笑,费奥娜和艾妮不准他拍她们的照片,直到她们被晒黑的皮肤好转。多纳尔一言不发,转头就朝海边走去。

"这种光线他什么都拍不到,"艾妮说,"肯定什么都看不清。"

"他要的就是这样,"费奥娜说,"你看过他洗出来的照片?那些大照片?几乎就是空白的。"

"照片在哪儿?"诺拉问。

"他把它们放在某个文件夹里。"

"好吧,他没给我看过。"

"他不给人看的,"费奥娜说,"有一天这些照片掉在地上,我想帮他捡起来。他差点打了我。我觉得他还在学怎么洗照片,但他说他是故意这么做的。"

诺拉望着多纳尔下了沙丘朝海滨走去。她笑着看他脱了外套围在腰间,一直举着相机,好像那是贵重物品。他继续朝水边走,她已经看不清他了。

海比她记忆中更汹涌。她心想古虚有没有更多的避风处,浪涛是不是更温柔地碎开。还有,那里的沙滩更短,海滨的尽处有石头。这边有沙丘和长沙滩,没有石头,没有避风处,没有泥灰岩岸崖。她朝北望向凯丁斯，但一无所见，她倒是高兴这样，也高兴无论视野多好，从这里都没法望见古虚。她想，在古虚这样的上午，是不大会有人的，雾气消散之前，不大会有人跑到崖边去。

姑娘们已换好泳衣，她也慢慢地换上了。

"你没带书来吗？"诺拉问康诺。

"我烦透看书了。"

"我不希望你一整天就坐在这儿仰着头看我们的脸。"费奥娜说。

"听我们说话。"艾妮加了一句。

"听你们说男朋友？"康诺问，"妈，你真该听听她们昨晚说的，全是亚当镇和怀特仓。"

"我讨厌亚当镇。"艾妮说。

"费奥娜喜欢。"康诺说。

"闭嘴，康诺。"费奥娜说。

"康诺，如果哪天下雨，我们就去韦克斯福德给你买几本书。"诺拉说。

"他有他的网球拍。"费奥娜说。

"别管他了。"诺拉说。

费奥娜自己去试水了。

"浪挺大的。"她回来说，"而且直到近前才散开，所以只能弄湿身体。"

她们劝说康诺换上泳裤，四人一起下了沙丘，朝水面走去。突然，远处传来雾号。

"一定是罗斯莱尔,"诺拉说,"以前没听过这么响的。"

猛烈的浪足够把她打倒。她把康诺交给姐姐们照看,自己游进碎开的浪花,试着钻到浪下,但被掀翻过去,顷刻间在水中不知所措。第二个浪击来之前,她游了出来,游到远处平静的地方,找到一个沙洲。她站起来朝其他人招手,但他们等着一个浪碎开,康诺跑回岸上,边笑边朝姐姐们嚷着。

她想,他们还有十二天。如果天气都像今天这样,姑娘们大概会忘记她们曾要她答应一旦无聊或天气不好,她就开车带他们回镇上,把她留在家里。就在买下古虚的房子、多纳尔和康诺出生之前,他们租了在凯丁斯河上的科尔小屋。每天都下雨。雨水太多,最后她都没有费奥娜和艾妮的干衣服了,什么衣服都没了。小屋里没电,没暖气,只有两个做饭的煤气灶。有一天,或许不止一天,他们全都没法外出。她教会女儿很多牌戏,一起玩拼字游戏,但当她们厌倦这些游戏后就无事可干。他们没法回家,因为这是他们仅有的假日。如今看来,那些日子多么奇怪而遥远,所有人都被关在两室的小屋中,潮气不断渗透进来,到处晾着衣服。

康诺到了水里就欢呼雀跃。她看着他冲进浪里,又被冲回岸上。他爬起来,张望了一下,呆呆地站在那里,似乎要哭,但接着她看到他笑了,叫姐姐们留神有更大的浪来了。他在两个姐姐之间来来回回,浪头打来就拉住她们的手。诺拉从沙洲上望着她们,听到罗斯莱尔传来更厚重的雾号。她感觉到空气中雾的冷意,阳光的热量正在减弱。如果下起雨来,雨势不减的话,他们都得

十三

回家，就别去想已经支付的房车租金了。

后来几天，天气变化不大。上午有时阳光飞快地穿透雾气，其他时候天地间灰蒙蒙的，一丝风也没有。待在沙滩上总是温暖宜人，自从第一天找到沙丘那块地方后，他们没再挪过位置。多纳尔有几次去找他们，带着相机走下沙丘。然而他们鼓动他下水的努力都以失败告终。

每天他都去海滨酒店的电视厅。他说，那里总有许多人在看宇航员去月球的新闻。有时候他们还带上自家孩子。孩子一说话叫嚷，凯文·奥凯利的评论就听不见了。他希望可以有不受打扰地看电视的地方。还有一个都柏林来的人一直建议他如何对焦，如何拍出好照片。

"没有什么是完美的。"诺拉对他说，"这世界就是由这些人组成的。你就微笑着谢谢他，然后别理他就是了。"

费奥娜的面试结束了，只要通过期末考试，就能确保在镇上找到一份中学工作。费奥娜从村里的电话亭打电话给职校时，得知成绩已经出来，她够格当老师了。她约了一个朋友来接她，并向诺拉借了钱，保证拿到第一份薪水就还。她说会在假期结束前回来和他们住房车，但诺拉没指望再见到她。

现在她与其他三个孩子一起了。艾妮用自己的图书馆卡和两个弟弟的卡，借了一大摞历史和政治方面的书，那是莫里斯会感兴趣的书。一天她从村里的小店买了张便宜的折叠椅，开始带着椅子和书去沙滩。她和诺拉、康诺一起去游泳，也尽量表现得礼貌，但姐姐一走，她就莫名地疏远了。她不看书时大多沉默不语，诺拉觉得她不想别人打断她的思绪。他们经过网球场时，诺拉问艾妮是否想去看场比赛，那里有和她同龄的少男少女，但她不感兴趣。

一天多纳尔得到特别准许能在酒店待晚些，因为那天可能会有登月漫步，他不想错过。他已经拍了四卷胶卷，都收在一个袋子里，诺拉知道这个夏天余下的时日，他会在暗房里洗照片。他们说好，诺拉在凌晨两点去接他。房车营地距离酒店很近，但她不想他那么晚独自回来。

她等在酒店门外，按了几次门铃，守夜人才来，同来的还有她去找多纳尔那几天晚上经常看到的年轻经理。他们开了门，面露疑色，年轻经理问她有何贵干。她轻声说是来接儿子，她儿子在电视厅里看登月新闻。守夜人陪她留在门厅，他的同事把多纳尔找来。经理和守夜人都不太友好，她觉得是因为她打扰了他们睡觉。

次日，她和两个孩子都在沙滩老地方坐定了，艾妮读书，康诺看用吉姆伯伯给的钱买的漫画书，于是她独自下水了。浪头仍然很高。要是康诺也下水，她就不得不留神看着他，没法心无旁骛地游向深水。现在她可以游到海浪之外的平静水域，尝试多年前学会但从未精通的仰泳，浮在水上看天空。

她什么都没注意，但翻过身来蛙泳时，望见艾妮正站在岸边朝她挥手。她想，康诺呢？康诺去哪了？她朝一脸焦虑的艾妮游去。沙滩上还有其他人，她不明白为何艾妮不叫他们帮忙。

她喘着气游回来。

"是多纳尔,"艾妮说,"我不晓得他怎么回事。"

"他出事了?"

"没有,但酒店出了点事。"

艾妮说,酒店的人告诉多纳尔,他不是住客,不能使用电视厅。

"他就这点事?"

"你应该看看他。"

"我还以为有人淹死了呢。"

"他像是发狂了,反正我离开他时是这样。"

多纳尔坐在毯子上,离康诺远远的,康诺警惕地看着她过来。他双手抱膝,前后摇晃,相机挂在脖子上。

"出了什么事?"

"昨、昨夜在那、那里的经、经理,今、今天等着我。他说、说那厅只给住、住客使用,房车营、营地的人、人不能用。到昨、昨晚之前,他都以、以为我是住、住客。"

"你照片还没拍够吗?"她问。

"我要看不成登月了,"他说着抽噎起来,"我拍的所有照片都、都是为、为了那个。"

"多纳尔,你不能什么都想要。"她说。

"我不、不是什么都想要。"他回应。

她拿了毛巾开始擦干身子。她想,假如莫里斯还活着,多纳尔就不会对相机这么着迷,自然也不会有一间专用的暗室。她回忆着在那之前他是什么样子。想起来他很依恋莫里斯,他从小学跑到中学，找到莫里斯的教室，坐在后排等他父亲，或者在允许之下在黑板上画画。他记得莫里斯的课程安排，哪些日子他会早早下课，哪些日子他上毕业班的课，不能被打扰。

她换下湿漉漉的泳衣，叹了口气。她的妹妹们会让她不要这么做，乔希大概也会，还有她母亲，如果还活着，会用严厉的话说她。但她确定即便大家都反对，还是应该这么做。她想费奥娜正在家里。这意味着可以把多纳尔送到镇上，留给费奥娜照管。他不会惹事，因为他感兴趣的只有电视机和暗房。她知道费奥娜会不高兴，她想独自待在家中并邀请朋友过来。但她觉得别无选择。她会先到村里，给玛格丽特打电话，知道玛格丽特会乐意在傍晚给多纳尔做饭，陪他看电视上的登月新闻。但他不能在玛格丽特家里睡觉，那儿没有他的房间。他得睡在自家床上。诺拉会让他保证不弄得乱七八糟，不让自己遭人讨厌。她想过给隔壁的汤姆·奥康纳打电话，请他转告费奥娜，让她知道他们要过来，但她决定还是直接送多纳尔回家，把他留在那里。希望费奥娜不会太过吃惊，但她可以拒绝她所有的要求，诺拉想。直到登月报道结束之后。

在车上，她严厉地看了一眼正把相机对着前挡玻璃的多纳尔。

"多纳尔，把相机放回盒子。我要开车了，你不要把相机对着任何东西。"

"我可、可以坐到后、后排。"

"坐在你现在的地方，不要惹我。"她说。

十三 | 203

她刚把钥匙插进大门，就闻到一股隔夜的酒味。她看了看前厅，没有弄乱。她不得不打开后厅的灯，因为窗帘都拉着。显然这里有过一场聚会。无论她此刻怎么做，都要扮演一种角色。她觉得费奥娜还在楼上的床上，可能还睡着。诺拉可以愤怒地叫醒她，命她起床，交待昨晚来家里的都是哪些人，待到什么时间。也可以自己清扫残局，让费奥娜出来后更加羞愧。她继续检查房间，与惊呆了的多纳尔四目相对。在一个伏特加空酒瓶边，是装得满满的烟灰缸。她拉开窗帘，打开窗子，这时听到楼上房间有动静，是费奥娜和艾妮的卧室。她飞快做出离开的决定，装作没看到这些。

"费奥娜会把这些清理干净的，"她说，"你就找把椅子，在那批人去另一个星球之前打开电视机。我留了买食物的钱，但你今天可以去你玛格丽特姑妈家吃饭。我会打电话告诉她，尤娜小姨也会来看看的。"

"怎么对费、费奥娜说？"他问。

"你可以告诉她酒店的事，说你为什么需要电视机。再告诉她我回克拉克劳了，假如有人找我会知道要去哪找。"

"但我们怎么联、联系呢？"

"我不知道。让你的宇航员帮忙送个信吧。"

他们听到楼上房间的声音。费奥娜下床了。

"我要对费、费奥娜怎么说这些？"

他指了指房间里的残局。

"告诉她这房子最好……不，就告诉她要确保家里有足够吃的，然后别管她的事。"

多纳尔不解地看着她。然后点头笑了笑。他们听到楼上的开门声，诺拉在唇边竖起手指，交给他房门钥匙。

"你确定自己想待在这里？"她小声说。

"是的。"他回答。

她走到他身边，亲热地抚弄他的头发，他笑着往后一缩。

"如果你改变主意……"

"我不、不会的。"他轻声说。她悄悄地溜走了，毫无声息地关上大门。

此后数日，房车中三人相安无事。康诺开始去网球场，与住在库里顿口附近草棚小屋里的两个韦克斯福德男孩交上了朋友。傍晚诺拉去接他。早晨房车里又热又闷。诺拉一醒，就去营地冲澡，然后走下沙滩。有些早晨雾气浓重，即使她听到闷雷般的浪涛声，不走到水边还是看不见海水。

假期最后几天，她对离开他们独自一人的多纳尔感到歉疚。她来到村里，站在电话亭中，想给玛格丽特打电话。她把硬币塞入投币口，玛格丽特的号码才拨了一半，突然意识到自己并不想听玛格丽特质疑她把多纳尔留下是否明智。她放下话筒，按了B键收回硬币，转而打尤娜的工作电话。她迅速问她能否将多纳尔带来房车过最后的周末。当她觉出尤娜的冷淡，就假装硬币快用完了，时间刚够她听到尤娜说周六会送多纳尔去克拉克劳。

尤娜带多纳尔来时，诺拉发现他开始需要刮胡子了。她思索着哪里有修面刷、剃须膏和男用剃刀。然后想起来如果还没扔掉的话，她应该尽快把它们和所有还在衣柜中的莫里斯的衣服一起扔掉。她想，一到家就该给多纳尔买新的剃须用品。

听到艾妮说要和尤娜回镇上，她并不意外。她的考试成绩即将出来，如果成绩好，她就要准备去都柏林上大学。前几天她都没怎么说话，比以往更沉浸在书中。她去沙滩的时间与诺拉错开，在傍晚六七点钟当一切都安静下来后独自去游泳。她经常在房车一侧支起她的沙滩椅，对谁都不理不睬。

尤娜说费奥娜是多么理智多么安静，诺拉能信任她让她独自在家是多么幸运，诺拉只在心里一笑。她对诺拉将多纳尔留给他姐姐照顾表示惊讶，并说他的结巴更严重了，她不知道他该怎么办。

最后一天早上，诺拉让孩子们睡觉，自己打包了车里的一些物品。走向沙滩时，感觉到昨夜吵醒她的风。雾气全散。云在天空移动，遮住太阳，一会儿太阳又露出来，热度已经减弱。她迎着早晨寒冷的海水游出去了，发现浪高日子里一直在那儿的沙洲不见了，在潮水的力量下消解了。她找到喜欢的水深，开始自由泳，游得既快也累。当胳膊酸得没法再游，她翻过身漂浮，闭着眼让脑中空白一片。每日数次的游泳让她强壮起来。她会在交还房车钥匙之前回去。她想康诺也会来游最后一次，他们让多纳尔做他爱做的事，如果他愿意待在房车里拿相机对着墙。

费奥娜从未提起她在家举办的那次聚会，诺拉也没说起。她想，她和自己母亲曾经的矛盾已够多，不要再与女儿制造不必要的麻烦了。艾妮的毕业考成绩出来，相当出色，这意味着艾妮要上都柏林大学。诺拉在街上遇到的人都恭喜她，她对此很受用。她本想说两个女儿的成功与她关系不大，但又觉别人可能会误解。

她回去工作后的一周，吉布尼忙得不可开交，一部分员工忙于办理农务，记录小麦的湿度，计算每份库存托管的价值。诺拉多留了两个下午，确保自己这边的事都及时有序地处理完毕。傍晚天还没黑时，她开车去克拉克劳游泳，谁想同去都能搭车。康诺去了网球俱乐部，不想去海边。艾妮和多纳尔满脑子都是贝尔法斯特和德里持续不断的暴乱，不想错过新闻。只有费奥娜和她同去。她已得知自己的薪水，每月十日与二十四日会收到支票，比诺拉在吉布尼的工资以及她的退休金加起来还多。诺拉谨慎地没有流露出她觉得这不合理的想法。她觉得会在某个时候与费奥娜谈一谈她要为家庭开支贡献多少的问题。

她们开车回家的次日，费奥娜说："我想问你再借一笔钱。我拿了工资立刻就还。"

"你缺钱吗？"诺拉问她。

"我想在夏天结束之前，在我开始工作之前去伦敦过一周。很多职校女生今年都又去了，我会有地方住的。"

"伦敦？只是去度假？"

"是的。"

诺拉差点要说她也想去伦敦，还没去过呢，但她忍住了。

"你需要多少钱？"

"我想大概一百英镑。我会从薪水支票中还你的。那些姑娘都说今年的服装店和卖场更物美价廉了。我快工作了,需要衣服,还有,嗯,我周末约会很多。我需要衣服。"

诺拉心想费奥娜这是否在暗暗批评自己迄今得到的物质条件,但她没说什么,只是专心驾驶。她想过许多话,包括她得每天早起上班,为费奥娜的开支挣钱,她每花一分钱都精打细算。她并不关心费奥娜拿到薪水就会还钱,而是这笔钱花得愚蠢,钱被花掉了。

周末她盘算着与费奥娜谈谈钱的问题,但不知如何开口。周六早晨,她躺在床上得出结论,如果费奥娜再提起这话题,最好就是拒绝,但随着时日过去,她的心软了。她想,只要别再谈这事,不去想费奥娜在伦敦挥霍。然而一想到不得不谈这个问题,或者听到有关这个问题的议论,她就生出一股无名之火。

那天下午很冷,天阴欲雨。她坐在前厅窗口看报时,瞧见多纳尔提着一口大箱子朝家走来。她已经习惯让自己不要过多询问孩子的事。如果她带着一包什么东西回家,她母亲就会想知道包里装着何物;如果她收到一封信,她母亲就会想知道是谁写的信、内容是什么。诺拉以前就觉得这很讨厌,对待自己孩子便尽量不多问。

后来她朝后厅瞧了一眼,看见艾妮和多纳尔正坐在地上,地上放着一堆照片,旁边就是她先前看到多纳尔提着的箱子。

"这是多纳尔拍的德里暴乱和贝尔法斯特火烧的照片。"艾妮说。

多纳尔聚精会神看自己的作品,都没抬头。

"他是怎么拍到的?"诺拉问。

"从电视机上。"艾妮说。

照片很大。她看了一眼,就挨过去坐下来。很难看出照片上发生什么事,不过她看到火烧的痕迹和奔跑的人影。照片很模糊,黑乎乎一团。

"这是我叠印的。"多纳尔像是在自言自语。她注意到他没有结巴,心里一高兴,就下定主意不去评价这些照片。

"你应该把日期写在每张背后,"艾妮说,"即使有两个不同的日期。"

"我会去哥德福瑞商店买些标签。"他说。

诺拉蹑手蹑脚走出房间去厨房。她心想玛格丽特或吉姆是否看过这些照片,是否想过相片纸的成本,还有多纳尔在他们为他建的暗房里花费的时间。

那天晚上他们看了九点钟新闻。新闻播放德里和贝尔法斯特的录像时,就连康诺也安静坐着,神色严峻。这一星期诺拉没看过任何新闻。此刻贝尔法斯特的人逃离着火的房屋,在街道上奔跑,像是她多年前在阿斯特电影院观看的关于战争或战后的新闻影片。但这些就发生在当下,发生在附近。

"你觉得这事会在这儿发生吗?"费奥娜问。

"什么事?"诺拉问。

"暴力,暴动。"

"我希望不会。"她说。

"那些人离开自己家后怎么办呢?"费奥娜问。

"他们会穿过边境。"艾妮说。

多纳尔拿出相机,对准电视机。

接下来的周日,诺拉邀请吉姆和玛格丽特,尤娜和谢默斯来家中吃晚饭,庆祝费奥娜毕业,艾妮考出好成绩。六点钟,这个大家庭打开桌子折面,坐下来吃饭,像是过圣诞节。谢默斯坐在康诺旁边,和他聊天,讨论足球规则。诺拉发现谢默斯几乎不和其他人说话,想必很紧张。姑娘们做了沙拉,桌上还有冷肉、酸辣酱,以及诺拉烤的新鲜黑面包。尤娜率先提起北部的话题。

"我觉得这很可怕,"她说,"一场火把那些可怜人从自己家里赶了出来。"

大家点头同意,一片沉默。

"我觉得我们政府和英国政府一样有责任,"艾妮说,"我是说,让这种事发生的责任。"

"哦,我可不会这么说。"吉姆说。

"这些年我们什么都没做。"艾妮说。

"一定很难知道该做什么。"玛格丽特说。

"我觉得我们一次次给了新教徒信号,让他们可以为所欲为,"艾妮说,"我是说有着各种歧视,包括不正当划分选区。"

"什么是不正当划分选区?"康诺问。

"是一种划分选区的方式,让一部分人的投票没有另一部分人重要。"艾妮说。

康诺面露困惑。

"我记得德夫林医生是库克镇人,"尤娜说,"他告诉我天主教教徒没法在那里找到正当工作,即使是医生。所以他才到南部来。"

"他们还是找不到工作，"艾妮说，"我觉得这是我们政府表明立场的时候了。"

"我们能做什么？"尤娜问。

"我们的军队是干什么的？"艾妮问，"谁不让他们挺进德里？距离边境只有几英里而已。"

"好啦。"谢默斯打断她说。

"我觉得这不是明智的做法。"吉姆说。

"人们正为性命担惊受怕，怎样才是明智的做法？"艾妮问。

"哦，我想我们这边应该三思而后行。"玛格丽特问。

"当人们被杀掉的时候吗？"艾妮问。

"总之是桩坏事。"吉姆说。

"噢，这很滑稽，不是吗？"艾妮问，"爱尔兰军队能去刚果，能去塞浦路斯，但不能去德里帮助我们的人民。"

诺拉想给艾妮使个眼神，表示最好不谈这个话题，但艾妮没看她。她盯着吉姆伯伯。

"好吧，我不知道这事该怎么了结。"尤娜说。

"啊，会很快结束的。"谢默斯说。

"哦，我可不确定，"玛格丽特说，"真是太可怕了。吉姆和我昨晚在新闻上看到。很难相信这发生在我们自己国家。"

艾妮欲言又止。餐桌上沉默了几分钟。

"费奥娜要去伦敦了。"康诺说着环顾左右，寻求赞同。

"康诺！"费奥娜说。

十三

吉姆、玛格丽特、尤娜、谢默斯齐齐看向费奥娜。从她的反应看，显然康诺说的是真的。

"伦敦，"玛格丽特轻声说，"是吗，费奥娜？"

"我想过今年再去一次，就在开始当老师之前去几天，"她说，"这小鬼头一定听到了我们说话。"

"伦敦会有很多新教徒，"康诺说，"他们会烧掉你房子，让你在大街上跑。"

"他们不是伦敦真、真正的新、新教徒。"多纳尔说。

"伦敦很不错，"玛格丽特说，"你住哪里呢，费奥娜？你知道，我写过我们以前住过的地址，是一家很欢迎爱尔兰人的酒店，小酒店。或者你住在去年住过的地方？"

"职校很多女生夏天去了那里，在酒店打工，她们有公寓的。"费奥娜说。

"去玩几天挺好的。"尤娜说。

费奥娜赢了关于钱的斗争。随着讨论进行到伦敦，住在哪里，去了那里要照顾好自己，不知怎么费奥娜的伦敦之行就铁板钉钉了，吉姆、玛格丽特、尤娜和谢默斯都认为她辛苦读书之后应该去玩一趟，一旦开始教书，就会庆幸已经玩过了。

夜晚结束时，吉姆装了一个信封的纸币给费奥娜和艾妮，又给了男孩每人十先令。后来他们收拾桌子时，诺拉对费奥娜说，明天下班回家路上，她会从银行取到钱，她会开车送她去罗斯莱尔，如果她准备从那走的话。

"那太好了，"费奥娜笑着说，"我查查轮渡的班次。"

十四

诺拉从前窗看见菲丽丝正在倒车,自信地在狭窄的地方腾挪。她没想到她会来,但礼貌起见,觉得应该打开前门,站在那里迎接她。

"我不进来了。"菲丽丝说,"我讨厌不速之客,也不准备不打招呼就闯到某个地方去。"

"欢迎你来。"诺拉说。

"我想对你说的是,韦克斯福德有个唱诗班可能有空位。我不知道他们的计划,不过一定会是很妙的体验,我认识唱诗班的指挥,他人很好,或者至少当他心情好的时候很好,所以我自动加入了。我跟劳丽·奥基夫说过了,她说她会帮你准备,所以你备好几首歌,准备参加试音。"

诺拉点点头。她不想说费奥娜和艾妮去过劳丽·奥基夫那里学钢琴,结果才一节课就都回家来发誓说再也不去了。

"她不是……?"

"小声点,"菲丽丝说,"她不是所有人都接受的,不过肯定会接受你。她喜欢你,她人非常好,对你非常感兴趣。"

"她不认识我。"

"她丈夫比利认识你,反正他是这么说的,他俩都说会为你做任何事。不要问我他们具体是怎么说的，但我一提你的名字，他们就兴奋得不得了。"

"我要做什么呢？"

"给她打电话，约时间，让她听听你的嗓音。接下来可能你会学上两三首歌去韦克斯福德参加试音。"

"会花很长时间吗？"

"哦，要知道劳丽……"

诺拉心想她是否能立刻做出决定，让菲丽丝告诉奥基夫夫妇她忙得很。她犹豫着，看到菲丽丝正望着她。

"别隔太久，"菲丽丝说，"我不想让她不高兴。她很有才华，反正她曾经是那样。我要说她觉得这镇子有点无聊。"

诺拉想起来有一晚在献主修道院的新集会厅，莫里斯和她还有吉姆去参加为圣文森特德保罗协会举办的筹资音乐会。是劳丽·奥基夫指挥管弦乐队。她的指挥风格渐趋勇猛有力，莫里斯和吉姆暗笑起来，她捅了捅莫里斯以示反对。音乐会进行到一半，吉姆去上厕所，一路上不吭声地笑到打战。诺拉严厉地瞪了莫里斯一眼，莫里斯也跟着吉姆去了。他俩都没回座位。她记得后来看到他们不好意思地站在大厅后面。

菲丽丝离开之前，诺拉答应会与劳丽·奥基夫联系，但之后几天她推迟了此事，心忖为何要对突然前来表示他们比她自己更明白她该如何生活、该怎样做的人那么来者不拒。她知道菲丽丝是要帮她，但又想或许这样才好——把所有新来的客人都拒之门外,把时间花在照顾多纳尔和康诺上,白天让莫里斯的回忆来到身边,任其逗留,直到它们自行淡去。

想到唱歌,母亲的歌喉鲜活地进入她脑海,高音是如此自豪和自信。即便母亲年老时,诺拉仍然能够在教堂唱诗班中把她的声音和其他声音区分出来。她喜欢别人告诉她,她母亲年轻时,声音能充满整个空间,大家去参加十一点的弥撒就为了听她唱歌。

在莫里斯临终的那段无眠的日子里,她知道即将面对独自带孩子的生活。她记得似乎想过母亲就在身边,或在某处等她,还是母亲知道有一种祈祷文可以起作用,改变处境。此刻想起母亲,就是一种安宁地盘旋在医院上空的力量。

这很自然,或至少在医院的那些日子里自然觉得尽管母亲和她关系冷淡,母亲会想去那里,想待在莫里斯身边。母亲只比他早走七年。在诺拉尽可能让自己忘却医院经历的那段时间,她也努力把母亲驱逐出脑海。母亲飘渺的存在没有追着她进入眼下没有莫里斯的生活。

菲丽丝来访数日后,她去了镇中心,正从威菲街往后街走时,发觉此地距离奥基夫家不远。她想是不是最好转身回家,改天再去,但她稳住了自己,想如果她此刻这么做了,那么就到此为止。她知道劳丽·奥基夫以前住在法国,还当过修女。她是比利的续弦。比利的第一任妻子过世了,那次婚姻留下的孩子已长大离开。诺拉知道一些关于他首任妻子的事,但记不清楚了。她能肯定的是,那人生活简朴。她模糊记得听人说起,她总去参加星期天的七点钟弥撒，这样就没人会看到她衣着很差，外表寒酸，尽管她丈夫生意做得不错。

她推开奥基夫家的大门，发现庭院打理得很好，老房的每扇窗子都亮闪闪的，看起来很是不同寻常，几乎可说豪华。比利已经退休。他以前开一家保险公司，或是涉及保险业。正如她对镇上人了解甚详，她知道他每天晚上在同一时间拄着拐杖去法院街的海耶斯酒吧喝一瓶健力士。走向房子前门的台阶时，她想起来莫里斯曾告诉她的事，比利讨厌音乐，劳丽弹琴和教课的那间屋子，他给做了隔音，房子里一有音乐，他就戴上耳塞。这是莫里斯津津乐道的那类琐事。

比利打开前门，立刻请她进去，一边拉紧一条拉布拉多犬的项圈。门厅宽敞而幽暗，墙上挂着古画。有股装修味。比利开始朝楼下喊他妻子，没有回音，他就示意诺拉留在厅里，他把狗关进左侧房间，走下吱呀吱呀的楼梯去地下室。

"她从来听不到我。"他说，似乎觉得这想法有趣。

比利·奥基夫很快又出来了。

"她说要你下去。"他说。

他领着她走下狭窄的、堆着一排排书的楼梯，进入铺地砖的小过厅。打开门后，是个亮堂的空间，显然是在老房后面增建的。劳丽·奥基夫从钢琴边站起来。

"比利会给我们沏茶，除非你想喝咖啡，"她说，"还有饼干，比利，用我买的好饼干。"

她朝他笑了笑；他关上门。

"这只是一架小型琴，"她说道，仿佛诺拉问了钢琴的事，"当然我还有一架，是普通的老竖式琴，给学生们练手的。"

房间里除了几把旧椅子，没有其他家具。地板上有张地毯，乐谱四下散乱。四壁刷成白色，抽象版画高高低低地挂着。

"我们在这里喝茶。"劳丽带她进入另一间屋子，有两张扶手椅、录音机、喇叭，还有装满唱片的箱子，从地板堆到天花板。

"从来没人同情一个嫁给音盲的女人，"劳丽说，"没人！"

诺拉不知此言何意，或者不知该如何回应。

"嗯，我们本来有些话要和你说，"劳丽继续说，"我们给你寄弥撒卡时，我差点给你写了一封信，但后来我想不要，等我见到你再说。"

她们在扶手椅上坐下。诺拉望了一会儿庭院，再把视线移回到劳丽。

"当时我们开车去了都柏林，我们不在镇上。哦，是侄子侄女那些事！后来回镇上整个交通都堵了。我们不知道得在布莱克斯托普斯等多久，以为出了交通事故，但没想到是葬礼。我不知道原因。最后我摇下车窗问别人怎么回事。哦，他们告诉我们时我们呆住了。我们是知道莫里斯病了。但还是深受震撼。比利说莫里斯在学校里对他儿子很好，他是非常出色的老师。然后我们想如果可以为你做什么……"

"你真好。"诺拉说。

"后来比利说……"

"我不确定我的音色是不是够好。"诺拉打断她说。

"要平复心情，没有比在唱诗班里唱歌更好的法子了，"劳丽说，"所以上帝才发明音乐。你知道我也有自己的麻烦。五十岁离开修道院，在世上几乎没有朋友。是唱诗班让我重新振作。我有我的声音，还有钢琴，虽然我最初是在大键琴上练习的。那是我的初恋。"

比利端着托盘进了房间。

"至于这位，"劳丽指着比利说，"我想是最后的爱。"

"你是说我吗，劳丽？"他问。

"是啊，但你现在让我们单独待着吧，我们有些事要谈。"

比利朝诺拉笑笑，轻手轻脚地走出房间。

"你知道我曾为娜迪亚·布朗热唱歌，"劳丽继续说，"她说过一件事，唱歌不是你做的事，而是你生活的方式。这是不是很有道理？"

诺拉点点头，没有表示她并不知道娜迪亚·布朗热是何方神圣。她记下了这个名字，回头可对菲丽丝说。

"不过在我们开始工作之前，我得对你的声音有个感觉。你能读谱吗？"

"我能，"诺拉说，"但不太好，我多年前在学校学的。"

"最好从你了解的东西开始。"

她去了另一间屋子，拿着几本乐谱书回来。

"喝茶吧，然后看看这些，挑一首你熟悉的。我去另一间房间弹琴。我不知道弹什么，应该是心里记得的。也许音乐会让我们热身。四点之前没有学生来，时间足够。"

诺拉抿了口茶,然后放下杯子,把头靠在椅背上。她觉得劳丽演奏的曲子太快又嘈杂,无论是谁作的曲,音符都太多了。这是一支演奏曲。她觉出劳丽是在炫技,便有些替她遗憾,她不必这么做。这样做可没法放松。如果莫里斯还活着,她会兴致勃勃地告诉他这些事,他会说比利·奥基夫戴耳塞是多么正确。设想一下娶了个弹钢琴的前修女!她会听到莫里斯的嘲讽语气,看到他的愉悦神色。

她翻看这些乐谱书。大多是从未听闻的德语歌,心想菲丽丝是否让劳丽觉得她懂得很多,而事实并不如此。她翻到一本爱尔兰歌,但都傻气,不仅老旧,还是爱尔兰舞台风①,现在没人唱了。这摞书最底下的一本,是几首摩尔曲的谱子。她看了看《相信我,即使你所有可人的青春魅力都已飞逝》,但觉得太造作。接着又找到《夏日的最后玫瑰》,开始细看曲谱,哼出熟悉的调子,这时劳丽回到房间。

"你找到了吗?"

"噢,我找了这首。"她递过去《夏日的最后玫瑰》的谱子。

"我以前认识个阿尔萨斯来的实习老教师,她以前叫我最后的夏日玫瑰,即便我正当盛年。哦,她是个老悍妇。和上帝很近,我想,但还是个老悍妇。"

劳丽回到另一间屋子坐在钢琴前。诺拉跟她过去。

---

① 爱尔兰舞台风:一种在舞台上塑造爱尔兰人形象的典型方式,人物一般含贬义。

"这对你声音不好,"劳丽说,"我们应该做些练习,热热身,不要直接唱歌。但你身上有些若隐若现的东西,你进门的时候我看到了,你有……"

"什么?"

"你和那一边有联系,是吗?"

"你是什么意思?"

"别说话。让我听听你的声音。我先弹一遍这首曲子。"

她弹了弹,又停下。

"我低一个音阶弹下去,看看会怎么样。"

劳丽专心地弹着,曲调出来了。

"我想我明白了。我们真不该做这个,但你的音色今天特别好。让我弹一会儿,我给指示的时候,你加入进来。"

她双手悬在琴键上,没有弹下去。房间里的沉默太过强烈,诺拉觉得这确实是隔了音的。因这死寂的沉默,还有劳丽想要制造戏剧性,诺拉感到不安,甚至有点惊慌。

劳丽轻柔地触摸琴键,踩着踏板,钢琴中出来新的低音。她弹得十分柔和,接着做了个手势,诺拉看着歌词,开始唱:

"这是夏日的最后玫瑰,

独自盛开。"

她不知道自己的嗓音能这么低沉。不管劳丽如何拉长节拍,她就是会慢上一拍。她呼吸没问题,也不害怕唱到高音。她觉得钢琴控制了她,一直拽着她向前,这节奏意味着她每个词都得重视。由于劳丽的停顿,她觉得歌声没入了沉默。她对静音就像对节拍一样有感觉。有几次她声音打战,因为劳丽加入了急促的段子,她不知道要怎么做,直到劳丽抬起手,往下一挥,示意她要更快地结束这几句,让钢琴奏出优雅的曲调。

歌唱完后,劳丽有一会儿没说话。

"你为什么不训练你的歌喉呢?"她终于问。

"我母亲一直唱得更好。"诺拉说。

"如果我们在你年轻的时候……"

"我从来不喜欢唱歌,后来就结婚了。"

"他听过你唱歌吗?"

"莫里斯?度假时有过一两回,但很多年没唱了。"

"孩子们呢?"

"没有。"

"你把它留给自己了,你把它保存起来了。"

"我从来没想过。"

"我能训练你去唱诗班,唱诗班也会需要女低音,他们一直需要。但我无法为你做更多了。你开始得太迟了,但你不在意这点,是吗?"

"不在意的。"

"我们可以过各种生活,生活是有界限的,你永远不知道界限在哪。要是有人以前告诉我,我七十岁时会和一个保险员生活在爱尔兰小镇上!但现在我就在这里。几分钟前我们刚开始时,我知道你不想再回来这里,但现在你想了。我知道你想。你会再来的,是吗?"

"是的,我会再来。"诺拉说。

此后几星期,她每星期二下午两点去劳丽·奥基夫家。她早晨醒来想到要去上课,有时会害怕,等到出门,从后街前往威菲街时又害怕起来。她希望菲丽丝和奥基夫夫妇没有告诉别人她正在学唱歌的事。她也没有告诉同事,包括伊丽莎白。镇上会有些人,包括吉姆和玛格丽特,会想她在应该工作、照顾家里和孩子的时候,去上什么课呢?

上课的第一个小时,劳丽不让她唱歌,而让她躺在地上呼吸,或者站着发一个音,能坚持多久就多久,或者来来回回唱音阶。然后她专心唱《夏日的最后玫瑰》的第一句,劳丽让她和以前一样在"夏日"之后不要呼吸,一直屏到第二句末尾,唱得要自然,就好像是在讲述一个故事。

她有时想,这是一种消磨星期二下午的方式。走出房子,干些新鲜事,进入一个隐秘的世界,听不到一切正在发生的事。劳丽将两幅带框抽象画支在钢琴上,叫她看,强调说只要看着画,就会有变化,不是声音的变化,而是某些她不确定的东西。

"你一定要看看它们!"劳丽发号施令,"用心去看。"

"谁画的?"

劳丽笑了笑,没回答。

"只是图案?"诺拉问,"是什么意思呢?"

"你得看,就看着。"

一幅只有线条，另一幅只有方块。线条画是棕色的，另一幅蓝色。有些线条凸起，像是浮雕。

"不要想，只要看。"劳丽说。

她对用色不能肯定，两幅画似乎都充满阴影和色彩。她看着阴影，端详着每幅画较暗的一端，然后视线随着一条线条或是某个起点，从右到左，挪向较亮的部分。

"我想让你知道的是，"劳丽说，"唱歌时只要看着这些颜色，不用想词，不要想我和其他事情。从你看到的东西里唱出声来。"

这节课结束时，诺拉觉得摆脱了劳丽，接下来六天可以不用站在钢琴前听从指令。她和菲丽丝约了星期六在墨菲·弗拉德酒店的休闲厅见面，问问她关于劳丽的事。

"她要么认识所有人，包括戴高乐和拿破仑，"菲利斯说，"要么一个人也不认识，住在修道院里。我从来不知道哪个是她。要么是在无休止的崇拜中发出沉默指令，要么就是在唱歌、聊天。"

"她让我做各种练习。"诺拉说。

"她给自己定规矩，也自立自足。比利为她建了那几间屋子，买了钢琴，"菲丽丝说，"她确实会演奏。一天我听她用法语打电话，至少那部分是真的。"

"你为什么让我去找她？"

"是她请我这么做的。她说在葬礼那天，她允诺说她会为你做任何力所能及的事。她有一颗善心。我觉得当过修女的都有善心，离开修道院对她们来说是种解脱。或许这么说是不对的。"

"她让我看她的两幅画。"

"在你唱歌的时候?"

"是的。"

"她很少对人那么做。她是不是说过唱歌不是你做的事,而是你生活的方式。"

"说过了。"

"一天她告诉我,即使我能唱所有我喜欢的歌,也没用,我没得到它,她说。"

"得到什么?"

"一些很重要的东西。但我不知道叫什么。"

下一节课,劳丽又让诺拉看着画上的颜色,想象它们有了生命。

"本来不在那里,然后一个音符接着一个音符,渐渐地在那里了,浮现,浮现。"

劳丽说到最后几个词,几乎是在细声低语,接着她用锐利的目光看着诺拉,诺拉则看着阴影和渐次变化的色彩。

她走到钢琴前弹了序曲。诺拉知道得等到每句的最后才呼吸,跟着钢琴的调子,找到一个又一个节拍。现在她唱歌的声音已经比说话声低沉得多,这使她用模糊的颤音唱最后几拍时信心大增。她知道劳丽不时查看她是否看着那些颜色,她也已经信任劳丽的弹奏、技巧,还有她的反应能力。

她唱歌时就使劲想着一小块颜色。深处悸动着某些东西,瞬间能看清，一眨眼就消失。琴声停下，歌曲终了时，劳丽没有动。诺拉也不动。

一个月后她上完了四五节课，这时才意识到音乐引领她离开莫里斯，离开她与他一起的生活，以及她和孩子们的生活。这不仅因为莫里斯对音乐缺乏领悟，他们从未分享过音乐，更因为她在此处时间的分量，她独自待在一个他从未跟随过来的地方，哪怕在死后。

当菲丽丝再次提到留声机社团，诺拉点点头，摆出严肃表情。莫里斯、吉姆，有时还有玛格丽特，会把每周镇上发生的他们认为最有趣的事，编成每周要闻。其中一个重要人物托马斯·P. 诺兰，他通常和另一个来自格伦布莱恩的 M.M. 罗伊克罗夫特一同出现，后者有一栋老房子和一个大庄园，菲丽丝说老房子是乔治王朝时代的。据说，他独自居住，拥有两千张唱片和满满几屋子的书。莫里斯和吉姆乐此不疲地把托马斯·P. 诺兰叫做"汤姆·尿尿·诺兰"，把 M.M. 罗伊克罗夫特叫做"疯子·罗伊克罗夫特"①。两人会哈哈大笑，玛格丽特也跟着笑。两个姑娘若是在屋里，就会瞟一眼诺拉，欣然发现她觉得这并不好笑。她认识托马斯·P. 诺兰，喜欢此人彬彬有礼的样子，她也多次见过 M.M. 罗伊克罗夫特开着一辆古怪的老车，好奇他在格伦布莱恩的

---

① 托马斯·P. 诺兰和汤姆·尿尿·诺兰的发音相近，M.M. 罗伊克罗夫特曲解为疯子·罗伊克罗夫特的简写。

生活，想他的书和唱片是去都柏林买的还是函购。

现在菲丽丝要她每星期四去墨菲·弗拉德酒店参加社团聚会。她说，每周都有一个会员选音乐给他们听。

"因此你了解每个人的品位，当然也包括他们的坏品位。拉德福德医生品位最差，那些老长的大型现代德国曲子能让你一蹶不振到下星期四。品位最佳的是卡农·基欧，他只放女高音。他比西方世界任何一个神父都更懂女高音。"

"我没有唱片，"诺拉说，"或者说我很多年没听唱片了。"

"那就更要去了，他们喜欢新成员。"

那些人她都半生不熟，包括一名老师，还有一个银行工作人员。她发现卡农·基欧是管唱片盘和扬声器的。

此前她没有进过酒店的这间房间，或没在像现在一样到处是沙发和扶手椅的时候进来。她心想这番布置是否专为了留声机社团，或许这也能说明卡农·基欧有本事。他告诉会员，本周音乐是格伦布莱恩的 M.M. 罗伊克罗夫特先生挑选的。罗伊克罗夫特先生鞠了个躬，递给每人一张纸，语气沉重地说，他不会对音乐加以评论，而会让音乐自己说话。他开始播放一首完整的舒伯特钢琴奏鸣曲。诺拉想到莫里斯和吉姆，不由同意他们对留声机社团的看法。她知道随时会在这种肃穆的氛围中笑出声来。没人交头接耳，没人动弹。罗伊克罗夫特先生播放下一支管弦乐时，诺拉注意到，曾在新教学校教书多年的贝蒂·罗杰斯，开始单手指挥音乐，接着上了双手。诺拉觉得自己应该告退才是。她闭上了眼。但无论怎么做，闯入她脑海的是工作场景，曾经发生的事以及她要做的事。中间休息时分，她发觉音乐一点儿都没听进去。

菲丽丝在吧台说："下半场会好些的，我保证，老贝蒂·罗杰斯一直冲着罗伊克罗夫特先生傻笑。如果她把注意力转向卡农·基欧，运气会更好，这不好说，但至少他喜欢女高音。"

"贝蒂是女高音吗？"

"不是，她压根不会唱歌。"

"她一直指挥？"

"她觉得马特兰德·罗伊克罗夫特正看着她时才会这样做。"

赏乐会的下半场是大提琴音乐，曲子全都缓慢忧伤而优美。诺拉都没听过，虽然作曲家的名字耳熟。有几次她睁开眼，看到大家都听得很认真。她环顾屋子里的男人，看看罗伊克罗夫特先生、卡农·基欧、拉德福德先生、托马斯·P.诺兰，所有人的表情不仅哀伤，还有种说不清道不明的脆弱感。

赏乐会结束后，贝蒂·罗杰斯率先讲话。

"卡萨尔斯[①]当然是最棒的，你是这么想的吗，罗伊克罗夫特先生？"

"对于巴赫来说，可能是的。"他回答说。

"我丈夫觉得卡萨尔斯太急躁，是吗亲爱的？"拉德福德太太说。

"可能因为这是录音吧，但在贝多芬的奏鸣曲中他丧失了美

---

① 卡萨尔斯（1876—1973），西班牙大提琴家，指挥家。

感，去追求另外一些东西了，你知道那种美感。"

"我们的新成员怎么想呢？"卡农·基欧问。

"我觉得都很美，"诺拉说，"所有的曲子。"

由卡农·基欧领头，他们慢慢地走去酒店大堂。

"哦，那些贝多芬的卡萨尔斯录音是现场录的，"拉德福德医生大声说，"我觉得录得不好。"

"但你得到了现场效果，"罗伊克罗夫特先生说，"我觉得那就能弥补了。"

"我完全同意你的看法，"托马斯·P.诺兰插话说，"觉得自己就在那间演奏厅里，不是吗？"

他看着大伙儿，寻求他们的赞同。

正在这时，诺拉看到吉姆正和一个共和党人在一起喝酒。他们貌似听到了关于大提琴家的对话，毫不掩饰自己的好笑神色。吉姆发现诺拉时，脸色一变。她不知该怎么办。显然她是在参加一次留声机社团的活动，这可是莫里斯和吉姆专门嘲讽过的组织。她转向菲丽丝，问她是否喜欢这场赏乐会。

"我喜欢歌曲，"菲丽丝说，"不过那只是我的趣味，下星期是卡农·基欧，我们能听很多歌。"

诺拉靠近菲丽丝，希望能避开此刻正与同伴倾心交谈的吉姆。

"这样很民主，"菲丽丝说，"每个人都能轮到。不过你还是会为某些人喜欢的音乐而感到惊讶。"

当她把留声机社团的事告诉劳丽·奥基夫，劳丽笑着摇头。

"有人告诉我那有个女人挥着手指挥。"

"你可以闭上眼睛。"诺拉说。

"我会拧断她的脖子。没受过训练就去指挥！"

"噢，音乐不错。"诺拉说。

吉姆和玛格丽特又来拜访，诺拉准备好他们要问她去留声机社团做什么。她想多纳尔是否已将这事告诉玛格丽特姑妈了，他是会把她感兴趣的新闻都一股脑儿说给她听的。但吉姆和玛格丽特只字不提。他们聊着镇上的事，孩子们的事，问艾妮在都柏林的情况。费奥娜来后，他们讨论大学校之于小学校的优势，自由教育的优势。好几次诺拉发现吉姆看着她，她疑心他想的是在酒店大堂看到她的事。但大家都没提起。

下星期四，参加留声机社团活动前，她与菲丽丝在休闲厅喝酒。

"真不知道该说卡农什么，"菲丽丝说，"他说起女高音的样子好像他认识她们似的。"

大多数会员已来到房间。卡农递给大家一份他选好的曲目。

"首先我们听两首玛丽亚——玛丽亚·卡妮莉雅，我认为是最好的威尔第歌手，然后是玛丽亚·卡拉斯，她水平更好，如果能比最好更好的话。在那之后，我们听乔、伊丽莎白、罗萨和丽塔。我们将有一场盛宴。"

十四 | 229

一天，诺拉在拉夫特街的克劳克电器行买熨斗，看到一台立体声音响贴着降价标签。

"这台有问题吗？"她问店员。

"没有，"他说，"它一切正常，不过正有新款要来。像这样的卖了许多，没有不良反馈。这台是展示机，我可以很快地设置好，让你听一下。"

诺拉朝街上望了一眼，希望她说要试听一下时不会有熟人经过。

"看看那些唱片，"店员说，"找些你喜欢的来听，我把它装配起来。得把喇叭隔开老远放，或者距离唱片盘一样远。"

她翻看唱片，考虑是拿歌唱家的还是交响乐的来试音。最后她选了一张《你最爱的音乐》，递给店员。

"有指定要放的曲子吗？"他问。

"没有，随便放几首吧。"

诺拉站在暗处，免得街上有人看到她。这是格里格钢琴协奏曲的一个乐章，音量虽然调得不高，听着已经像是钢琴家就在店里，就在身边。每一个音符她都听得清清楚楚，不止如此，她还能感觉到演奏中令声音显得切近的那种力量。

预算中的遗孀抚恤金又增加了，而且也得到补发。她的银行账户中还有其他补发的支票。尽管如此，吉姆、玛格丽特、尤娜，甚至费奥娜都会认为买这个东西是浪费钱。她心想是不是可以把立体声音响放在自己卧室，不让人看到，但这样一来，也就不值得买了。

第一首放完时，她差点要告诉店员，她需要时间考虑。接着第二首开始了，是德沃夏克的《露莎卡》中的《月光曲》。她曾听过德沃夏克的《诙谐曲》的小提琴独奏版，这是女高音版。她想，卡农·基欧会知道歌手的名字，但这对她没有意义。歌声随着音乐平稳上升，然后超了过去。此刻她只觉一阵悲哀，活到现在才听到这个。但她仍然可以下决心买这台立体声音响。她想，把它搬到车上，再在后厅弄一张矮桌，让它工作起来，可是一番大麻烦。她不知道有谁可以帮忙又不会觉得她乱花钱。这首歌结束时，她对店员点点头，示意可以了。

"我得考虑考虑。"她笑着说。

几周后的傍晚，她早早地去酒店参加协会聚会，但发现厅里除了她只有拉德福德医生夫妇。多年前他曾借给莫里斯一本书，她忘了是什么书，但莫里斯给弄丢了。他们翻遍了整个房子，一无所获。拉德福德医生多次要求归还后，在一个星期六早晨开车来家里，说他需要为一篇正在写的文章查询此书。莫里斯还穿着睡衣，诺拉穿着睡袍。拉德福德医生高大威武地站在门厅里。他说，书不找到他就不走。诺拉记得她端上茶时他那种傲慢的口气。莫里斯翻找了前厅的书架，也请拉德福德医生来看。接着莫里斯又找了后厅放他所有文件的大橱柜。当拉德福德医生明白此书找不到时，莫里斯带他慢慢走出房子，在他身后关上门，一整天都心事重重。

"你最近忙吗？"她问拉德福德医生。

"哦,等待室里早上就挤满了人,整天都有人。"拉德福德太太说。

诺拉想,拉德福德医生是否会问她那本书找到了没有。他应该不会忘记多年前那个星期六早晨的事。

赏乐会结束后,拉德福德太太把诺拉拉到一旁,与她私下说话。

"我们注意到你非常喜欢听音乐,"她说,"播放唱片时你不发出一点声音。我们想邀请你晚上去河畔居。哦,我们经常在晚上放唱片。"

"哦,我说不准,"诺拉说,"你看,我家里有小孩,我不太爱在晚上出门。"

"好吧,你想来时可以跟我们说。"

诺拉上班时意外接到电话。是拉德福德太太问她下星期是否能来,可以任选一晚。她过于吃惊,竟然答应了星期一晚八点。星期四在留声机社团,拉德福德夫妇坐在她身边,好几次播放唱片间隙,拉德福德太太碰了碰她,对音乐做出评价。出门时,拉德福德医生对她说:

"星期一我们一定会放你喜欢听的唱片,可能再介绍你一些新的东西。"

她将这些事告诉菲丽丝,菲丽丝极力要她打电话取消约会。

"他们是一对超级无聊的人。他忙的都是三一学院和爱尔兰教会。你都会奇怪他是不是还有病人。"

"他们为何邀请我?"

"他们喜欢讨好人。"

"他们要讨好我?"

"他们发现留声机社团里每个人都喜欢你。"

"我都不知道有人注意到我。"

"毕竟你一直都去,大家都觉得你……"

"觉得我什么?"

"噢,有格调。那很重要。"

房子坐落于米尔公园路与河畔之间。小小的入口前竖着一块牌子"诊所"。另一扇大门通往一栋两层楼的老房子,房前有个花园。

开门的是拉德福德太太。

"叫我阿莉,"她说,"我们不必拘礼。特雷弗在楼上。有个从布莱克斯托普斯来的老病人身体很弱,铃一响,特雷弗就得去。我不会说那人是谁,否则特雷弗会杀了我。你知道,我们这里的事是保密的。"

特雷弗穿着红色套头衫、敞领白衬衫来了。

"我想在我们开始之前,"他说,"先来点舒伯特。你觉得呢?要么来一杯杜松子酒加汤力水。"

他领着她从大厅来到右侧的长屋。其他人或许会在房间四周布置中国式橱柜或书架,但拉德福德家全都是唱片。音响放在架子上,壁炉两边各有一个大扬声器。

"老罗伊克罗夫特对自己的收藏颇感自豪,"拉德福德医生说,"当然咯,他确实有些珍品,但他走进这房子,看到楼上我们放大部分唱片的房间时,就瞠目结舌了。我工作很努力,别人喜欢打高尔夫球或者旅游,我就喜欢这个。音乐。"

诺拉点头微笑。真不知道该如何回答。拉德福德太太端着装了杜松子酒加汤力水的高脚杯过来,她丈夫把一张唱片放在了转盘上。

"我觉得这是最吓人最悲伤的曲子之一。我每次都听得脊背发寒。是《魔王》。"

拉德福德医生放了一个多小时的德国和法国音乐,有些节奏快,有砰砰响的钢琴伴奏,有些较为舒缓忧郁。每放一首,他都会介绍一番,仿佛是在电台播音。他从转盘上取下唱片,他妻子就尽职地把唱片放回盒套,归回架上原位。拉德福德太太还不时为他们的玻璃杯添酒。

"你喜欢理查德·斯特劳斯吗?"他问。

"我不确定。"诺拉说。

"我想我们先听几首他的早期作曲,非常细腻的,然后就有足够勇气以《最后四首歌》来结束了。当然,它们不是一直叫这个名字。嗯,我觉得他在制造紧张度方面胜过其他人。"

音乐放起来了,这音乐对诺拉没有意义,太多回旋,起起伏伏,旋律太少。诺拉所感到的是,拉德福德夫妇是多么寂寞。他们的孩子已长大离家。夫妇俩独自待在一个喜欢他们的人不多的地方。他们在都柏林或伦敦也许会更快乐。但更要命的是,拉德福德医生在杜松子酒的刺激下,把音量开得太大,她心想她到底是怎么啦,这样一个夜晚,为何不待在家中,而要在这房子里和这两个人在一起?她加入留声机社团的主要目的是什么?假如有认识的人发现她和特雷弗、阿莉·拉德福德待了一晚上,他们会觉得她头脑出问题了。

歌曲放完后,诺拉起身要走,拉德福德医生问她最喜欢的作曲家是谁。

她犹豫着,感觉酒后微醺。

"我想是贝多芬。"她说。

"有特别喜欢的时期吗?"

"安静的时候。"她说着,目光锐利地看了看他俩。

"噢,我知道了。我们从麦克考拉夫·匹格高兹音像店买来的三重奏套装。"拉德福德太太说。

"是的,我们还没放过呢。我们一直收集最新的唱片。"

他找到唱片后,把唱片套给诺拉看。图片上有两个年轻男子和一个女子。女子一头金发,笑容浅浅,神情坚毅。诺拉认出此女是大提琴家,她无比地想成为唱片套上的这个年轻女子,此刻就化身为她,身边放着大提琴,有人给她拍照。拉德福德医生开始放唱片,她想,以前要成为另一个人是多么容易,留在家里等她的孩子,床和床头灯,还有她明早的工作,都只是某种因缘巧合而已。从喇叭中流淌出来的大提琴的清晰的音符,比这些坚实得多。

诺拉只顾倾听大提琴低低的倾诉声。演奏中透着悲伤之情,但不只是悲伤，仿佛那里有些什么，三位演奏者都明白，都朝着它而去。旋律更为优美地扬起，她相信有人受过苦，曾离开痛苦，又回转来，让痛苦留在身边，和他们生活在一起。

诺拉抬起头时，发觉拉德福德夫妇都累了。拉德福德太太开始捅壁炉。诺拉现在想离开他们，独自走回家，穿过米尔公园路，从小路走上约翰街，沿着约翰街回家。第一乐章结束时，她站起来。

"很美，"她说，"而且这几个演奏者都很年轻。"

"你为何不把这张唱片带回家去呢？"拉德福德医生说。

他把唱片放回套子，交给她。她知道不能说自己没有唱片机，也不想成为他们怜悯的对象。如果她拿走唱片，那么下次再被邀请，就盛情难却。

"但你们自己还没听过呢。"她说。

"没错，"拉德福德医生说，"我们还有很多没听过的唱片，这张你能拿去就太好了。"

他们在门厅取了她的大衣，拉德福德医生开门时说："你听上几次，告诉我们你的看法。"诺拉笑着感谢他俩，然后走路回家。她胳膊夹着唱片，夜晚深重的寒气让她头脑清醒。她想，即使没法听，也能看看唱片套，试着回想曾听过的乐曲。也许此刻这样就足够了。

十五

她怕花钱。支票寄到,补发的款项增加了,她把钱小心翼翼地存进银行。需用钱时,钱就在那里,这种感觉不一样,但她仍然靠吉布尼的薪水、退休金和费奥娜给她的钱生活。

她对查理·豪伊感兴趣了,此人是发起这些预算的财政部部长。尤娜和谢默斯很不喜欢他,吉姆和玛格丽特一直对他很是怀疑。

"我认为他是很优秀的财政部部长,应该给他一次机会。"诺拉说。

"我们听说过一桩传闻,"玛格丽特说,"深夜在格鲁米酒店喝酒。"

"但政治家向来都有传闻,特别是优秀的政治家。"诺拉说,"据说德·瓦莱拉和妻子互相不说话,还有肖恩·勒马斯欠过赌债。"

"没错,但那些传闻不是真的,诺拉。"玛格丽特说,"而这事千真万确。"

豪伊因军火走私而被捕后,米克·辛诺特带着新闻跑来了,后面跟着伊丽莎白。自从米克·辛诺特当上工会领导,他就经常出现了。

"托马斯说他在拘留所,"伊丽莎白说,"戴着手铐,他进口军火,如果你不介意的话。"

她激动不已,似乎没有意识到与诺拉说话的同时,也在与米克·辛诺特说话,而她一贯是不搭理此人。

"进口军火干什么?"诺拉问。

"送到北方去。"米克·辛诺特说。

"哦,他要让我们紧张了。"伊丽莎白说。

办公室里都在讨论被捕的事。伊丽莎白叫来一个女员工,让她去自己家里取来她的便携收音机。

"也许其他人现在该清醒了。"米克·辛诺特说。

"抱歉,辛诺特先生,"伊丽莎白说,"韦伯斯特太太和我还有工作。"

"哦,那我不打扰工作了。"米克·辛诺特说着走出办公室,没关门。

伊丽莎白砰的一声关上门。

"托马斯说可能会有选举,"她对诺拉说,"老威廉会高兴看到这届政府下台的。还有米克·辛诺特脸皮也太厚了,居然到这里来。可惜没人逮捕他。"

吉姆和玛格丽特来访时,诺拉留意到吉姆心情很好。他脚步轻快,像是年轻好几岁。

"起初我们大吃一惊,"玛格丽特说,"我是说在任何国家,部长被捕、吃官司都不是好事。"

"不管怎样,情况已经控制住了,"吉姆说,"嗯,有些人觉得杰克·林奇[1]不敢解雇那些部长,不过在橄榄球场上见过他的人都对他没有疑虑。他是个绅士,但一旦被冲撞了,打都打不倒。我不会和这样的人唱对台戏。"

"哦,我想不出他为别人做过什么事,"诺拉说,"假如我在北部,有人到我家里来烧了房子,我也会想要拿枪的。"

"他们可以拿到自己的枪,"吉姆说,"但我们不希望我们国家的内阁大臣走私军火。"

"豪伊一直为弱势群体花时间。"诺拉说。

"他一直毛毛躁躁,"吉姆说,"升迁得太早,问题就在这里。他需要在后席待更长时间。太野心勃勃了。"

"吉姆从来没信任过他。"玛格丽特说。

"他很照顾寡妇,虽然他不必这么做。"诺拉说。

一天乔希姨妈毫无预兆地来了。她和费奥娜说话,历数从前与她共事的老师名字还有她的早年职业,当时世道更艰难,班级人数更多。费奥娜告退时,诺拉明白她不打算回来了。

男孩们进来和乔希打招呼。

"他们看起来好多了,"他俩走时乔希说,"你真了不起,大家都这么认为。"

---

[1] 杰克·林奇:曾任两届爱尔兰总理(1966—1973、1977—1979)。

"这不好说,"诺拉说,"多纳尔的口吃问题很严重。"

"但他看起来快活多了,"乔希说,"我记得你父亲过世后,你、凯瑟琳还有尤娜的情况,你花了更长时间才恢复过来。那真是一个悲惨的家,但孩子们好起来了,这太好了。"

"我不觉得他们恢复了。我从没恢复。"诺拉说,"无论在什么年纪,都会把事藏在心底。我正在考虑要不要带多纳尔去都柏林看语言治疗师。"

"最近就随他去吧,多一事不如少一事。"

诺拉叹气。

"我真想知道该对他怎么办。"

"我来是想告诉你,"乔希说,"我投资了一笔钱。现在不多,但会持续增加。上周我拿到了分红,觉得应该花钱做点开心事。我想,等夏天过后那几个月,等一切都安顿下来,我想和你一起去西班牙,辛苦这么久你该休息一下。"

"西班牙?噢,我不确定。"

"我和尤娜说过了,她会照看孩子,你只要能从吉布尼公司请假就行了。"

"他们忙起来的时候,我得上整日的班,不确定能否请假,还有休假也是。但不管怎样,我会带孩子们去克拉克劳和罗斯莱尔过两星期。"

"你考虑考虑吗?"

"嗯,你太慷慨了。"

"好好去度个假,晒晒太阳,你一直很能游泳。"

"我还没坐过飞机。我和莫里斯去过一次威尔士,但那是坐船。我连护照都没有。"

早晨醒来时,诺拉觉得自己不会去。得做太多安排,也担心要远离仍然为小事而沮丧的孩子。一周后,她收到乔希关于可行日期的信。她推迟了回复。最后从吉布尼公司得到确认,可用请假来代替奖金,她差点回信给乔希,同意在九月的前两星期去西班牙的锡切斯。但她忍住了,想到在家两星期,不用每天上班会更好,还有这段时间孩子们会去上学。

之后两星期,诺拉听说乔希联系了尤娜、玛格丽特,让她们和她谈谈。当玛格丽特提起这话题时,她一言不发,尤娜开始对她说度假对她有好处时,她想该不该让她们别打搅她。

"这是你在电视广告上看到的事,"她说,"去西班牙度假对你有好处,但我没见过这话有什么根据。"

"你一早醒来,就知道整天阳光灿烂,"尤娜说,"海水暖洋洋的,还有人给你做饭。"

"要坐飞机可怎么办?"

"我在飞机上睡觉,"尤娜说,"我相信你也会的。"

她写信给乔希说她愿意去,却又撕了信。有时晚上她想要去,一早醒来又觉得太麻烦了。当她意识到她的沉默太失礼了,乔希会生气,才决定无论如何上班时给乔希写封信,回家路上寄出去。甚至提笔写信时,她还不知道要说什么。她写到同意去时,也不确定这是否正确。但次日她申请了护照。

十五 | 241

有几次玛格丽特、尤娜甚至费奥娜和她说起度假对她多么好，她烦透了。但她知道乔希已付了钱，没法取消。与孩子们在克劳克拉的假期结束时，她周六独自去都柏林，为西班牙之行买了轻薄的衣服，但当尤娜问起时，她不由否认自己买了东西。费奥娜似乎明白过来她不想别人提起行程，于是什么也不说了。当乔希寄给她一份备忘录时，她差点回信说能安排好自己的事。

然而她不介意飞机上狭窄的空间，也喜欢看着乔希在飞机起飞降落还有空中颠簸时喃喃祈祷。她最意外的是到达时虽然已是夜间，天气却还是很热，空气里有股奇怪的腐臭味，像是什么东西烂了。机场巴士上，乔希开始叹气抱怨，但诺拉心情舒畅，想着明早会是什么样。

那天夜里，她听着乔希在旁边床上打鼾，觉得自己睡不着仅是因为天热和兴奋。早晨在海边她睡了一会儿，乔希和她聊天才把她吵醒。乔希不去游泳，她意识到自己可以甩开她去海里，想在温暖的海水中待多久都行。她每次回去，乔希就重拾她离开时的话题。

第五天她们从沙滩回来时，诺拉回想着度假以来的四个不眠之夜，心烦地听着乔希絮絮叨叨讲着一个神父没去临终病人的家里，当天却被看到在看球赛。诺拉逐一回想那些夜晚，打起精神，不让自己躺下来，躺在这条繁忙的街上，靠在商店的墙上，蹲在人行道上，不管天还大亮，商店还开着。乔希还在说个不休，有一瞬间，她从乔希的说话声中辨出一丝她的鼾声，那是一种介于重呼吸和气管咕哝之间的声音。

诺拉认为乔希是上了年纪打鼾才如此沉重响亮。就算诺拉拧亮床头灯，轻轻地把灯光对着乔希，或者下决心弄醒她，她还是很快又睡过去。诺拉躺在她旁边的床上，等着，每次鼾声又来，起起伏伏，有时变成一连串尖锐刺耳的声音，而且持续到晨光透进百叶窗。诺拉窝着火，精疲力竭地躺在那儿，第四晚过后，她意识到还有十个白天和十个黑夜要和她姨妈共度，直到锡切斯的两周假期结束。

她们转到酒店所在的林荫大道时，诺拉看到卡洛尔正走进一家店，此人是她们的导游。她本以为卡洛尔已回都柏林，不禁想自己是不是也去而复返了。

如果她不是那么累，就会立刻走向卡洛尔。但等到她想到这些，已经人在卧室，乔希在花园里。她想，把这问题告诉卡洛尔是否明智。再过几天，如果乔希继续整夜打鼾，诺拉或许会装病买机票提前回家。告诉卡洛尔真相，她就不能那么做了。她觉得卡洛尔的意思会是，这是她自己的问题，她睡眠浅，也没考虑到旅伴——她姑妈夜鼾严重。她知道再开一间单人房，即使有的话，也会比乔希已付的费用贵很多。

乔希去酒吧时，诺拉在酒店大堂遇见卡洛尔。
"你还好吧？"卡洛尔问她。
诺拉没回答。
"早先我在街上看到你。"卡洛尔说。

"我没法睡觉。"诺拉说。

"天气太热?"

"不是,我喜欢热天。"

卡洛尔点点头,等她说下去。诺拉环顾左右,然后压低声音说:

"我姨妈整夜打鼾,房间里好比雾号在响。"

"你跟她说过吗?"

"我试过了。我觉得她不知道这打鼾的情况。我已经四个晚上没合眼。我快崩溃了。"

"我们没单人房。"卡洛尔说。

"那么别操心了,"诺拉说,"别管了。我会整夜躺那儿,直到回家。"

"真抱歉。"卡洛尔说。

他们正面对面站着,诺拉听到姨妈的声音,紧接着一阵大笑,乔希来了。她似乎很有兴致。

"噢,你在这里,卡洛尔,"她说,"啊,我正要说这房间太好了,好得不能再好,我刚刚还跟酒吧里一个人说,我不知道我们回家后怎么才能习惯整理床铺,自己烧饭。但我不会想念这热天。噢我不会想念这热天!"

诺拉冷冷看着她,发现卡洛尔也瞪着她。一瞬间他们眼神相交。乔希穿着宽松的海军蓝连衣裙,显得身形庞大,头发乱蓬蓬的,浑身都在淌汗。她朝这两位咧嘴而笑。

"过来和我们喝杯杜松子酒,"她对卡洛尔说,"或者来点烈的伏尔加？"

"谢谢，不用，我真的得走了。"

"诺拉，我已经在柜台给你点了一杯，"乔希说，"哦，天好热！"

她拖着脚步朝吧台走去。诺拉朝卡洛尔点点头，然后拿了钥匙上楼。她洗了冷水澡后又下楼去酒吧找到姑妈。不知怎么，想到能喝杜松子酒，尤其是添加少许汤力水，还有食物，给了她继续过下去的勇气。但晚餐一结束，她想，得求姨妈让她独自在房间待几小时，尽量在夜鼾响起之前睡一会儿。

梅塞送上甜点，给两个女人添了白葡萄酒，她指了指门外的大堂，示意诺拉跟她来。她带她走下吱嘎响的窄楼梯，到了地下室。她们经过的走廊的天花板低低的，两侧墙面油漆剥落。空气凉丝丝的，掺着湿气和陈腐气息，诺拉觉得很是提神醒脑。她们挤过从地板堆到天花板的纸箱，梅塞打开右侧一扇门，亮了灯。诺拉发现，这是一间类似牢房的屋子，一张单人床，后墙顶部的小窗上装着铁栏杆。灯泡光秃秃的。床已铺好，在天花板照射的光线下，床单雪一般白。这里的空气更潮湿，有股霉味。有个老旧的浴室，水龙头接着一截塑料管，旁边挂着莲蓬头。有厕所和洗漱池。浴室也装有铁栏杆的小窗。梅塞看看她，双手一摊，像是在说条件就这样，不过只要她想要，就归她了。她努力用英语表达无需多加费用。诺拉激动地点头。梅塞口袋里有一套钥匙，她试了好几次才找到卧室门的这把。她把钥匙从锁孔拔下，交给诺拉，然后和她一起从走廊和楼梯走上大堂。

晚餐结束后，诺拉把乔希独自留在酒吧，带着自己的手提箱和洗漱用品去地下室。然后回来告诉姨妈，他们给了她一间单独的房间，她累了，现在要去睡觉。她看出乔希快要生气了，但她没留给她生气的时间，转身就走。想到能睡觉，能沉入睡眠，她就无比宽慰，此刻什么都不重要了。她走进地下室的套间，关上自己房间的门，脱下衣服，欢喜地发现小床上的床单挺括又干净。她关了灯，尽量让自己醒着，享受独处和长长的不受打搅的睡眠。

醒来时她知道已是早晨。小窗一直有淡淡的光线，但周围悄无声息。她觉得自从嫁给莫里斯并与他同床共枕之后，就没睡得这么香过，更别提初次怀孕之后了。她记得艾妮还在襁褓中时，有一次哭叫了一整夜。不管她怎么喂她，怎么抱着她安慰，她就是哭个不停。诺拉把费奥娜交给莫里斯，带着艾妮和两天的饮食用具，没打招呼就去了母亲家，不顾母亲紧张的抗议，把艾妮留在楼下交给母亲，自己上楼足足睡了十二还是十四个钟头。她想，那是她此生第一次如这般醒来。整晚无知无觉的睡眠，使她在一片空白中彻底满足，神清气爽。

她现在精神振奋，对接下来的一天满怀期待。她去浴室冲了凉。看了看时间，发现才五点钟。她穿上泳衣，套了裙子，趿了拖鞋，把毛巾和内衣塞进包里。她蹑手蹑脚地走出酒店，仿佛要是遇到什么人，这一夜的魔咒会被打破。

清晨时分她踏着朝阳从小巷走向沙滩，巷子在教堂后面，比其他地方更安静。当她在街上遇到几个正在上班途中的人，不由感到意外。大海进入视野，她眺望海平面上灰蒙蒙的晨空。她走过嵌着深蓝色卷帘门的白色建筑物，朝海滨广场行去。

她来到拐角的一家咖啡屋时，店主正在拉起金属卷帘门。他随意地打个招呼，像是认得她。她等游泳后会来这儿，在店主摆出来的桌子旁休憩片刻，待到快十点钟，乔希下楼用早餐时再回去。

大型机器正在推平沙滩，到处都弄得平平整整，为这一天做好准备。男人们在整理遮阳伞，摆放沙滩用具。海面吹来的微风还有夜的残余，尚有一丝凉意，海水则比她料想的更冷，海浪比前几日更高。她迎着一个海浪扎了进去，游出来时一阵沁寒。

她闭上眼，不太费力地游着，慢慢地游到浪头之外。她躺着漂浮时，注意到阳光开始有了温度。她懒洋洋的，有点累，但之前的活力还在。她想要在水中尽可能待久些，把力气耗尽。她明白像这样的早晨不会再轻易到来，如此美丽宁静的晨曦，汹涌的大海，还有可以期待的漫长白昼和随之而来的黑夜，到那时无人打搅，她会再次独处，能够入眠。

假期的最后几天，乔希安静下来，讲的事也更有趣了。诺拉喜欢上了地下室的床，尽管她更爱用乔希卧室的那间浴室。她每天游泳数次，喜欢泳衣在阳光下迅速晒干的感觉。她和乔希不介意为沙滩椅和遮阳伞付钱。乔希从不厌倦对每个经过的人指指点点。一天她俩找到一家市场，诺拉买了便宜的衣服，又给家里每个人都带了礼物。

她端详着沙滩和酒店之间沿路的建筑，想着住在里面的人，他们的生活是什么样,如果她住在这里,生活又会如何。最后几天,她想到早晨去上班的路、穿着的红色风衣、随身携带的伞,这些似乎遥远而陌生,距此万里之遥。

最后一天她给梅塞买了瓶贵重的香水,感谢她救了自己。

她到家很晚。孩子们已入睡,她小心地没弄出声音吵醒他们。费奥娜去舞会了,艾妮一个人在家。她从艾妮身上觉察到发生了一些事,当她悄悄地在楼上整理行李时,又觉得无非是出门在外的新鲜感和回到家中的陌生感罢了。但总觉得哪里不对,于是她下楼问艾妮,在她离开期间有没有什么问题。

"就是康诺被换到了 B 班。"艾妮说。

"B 班?谁把他换到 B 班?"

"赫林修士把他还有另外两个人换到了 B 班。"

"哪两个人?"

艾妮提到的两人,诺拉知道是和康诺一样在 A 班名列前茅。

"他说过理由吗?"

"没有,他直接这么做了。"

次日是星期天,早晨在去做弥撒之前,她和康诺说了话。他似乎担心她以为他换班是因为他干了坏事或搞砸了什么。

"他直接把我们换过去了,"他说,"B 班的人我们都不认识。"

做弥撒时她没法集中注意力。当教堂前排的一个女人后来赞美她被晒黑的皮肤时,她几乎没有回应,回家路上感到愧疚。随着时间过去,她越来越坚定,于是那天傍晚她敲响基督教兄弟会修道院的门铃,决定要让康诺回归他所属的 A 班。终于一个年轻修士前来开门,她请求见一见赫林修士。

"我不知道他有没有空。"他说。

"我等着。"她说。

他没请她进门厅。

"告诉他我是诺拉·韦伯斯特,莫里斯·韦伯斯特的遗孀,我现在要见他。"

年轻修士警惕地打量她一番,请她进来,并关上门。

等待时,她发觉修道院格外沉寂,如同废弃一般。她不知道有多少修士生活在此,猜想是十个、十五个。她想,他们就像囚徒都有各自的单间,但这地方的感觉比监狱更糟,地板上裸露的瓷砖,楼梯井的彩色玻璃长窗,一切都锃亮、刻板、拒人千里,这地方的每个声音、每个动作都被注意和倾听。

赫林修士来的时候满面喜悦,带她来到右侧的接待室。

"韦伯斯特太太,我有什么可以帮你的吗?"他问。

"我的儿子康诺·韦伯斯特,刚上五年级。前段时间我不在家,刚回来就发现他被换到了 B 班。"

"噢,其实那不是真正的 B 班。"

"那不是他先前的班级。"

"是的,我们在做一些改动,想让两个班级平衡一些。"

"哦,我希望你把他换回 A 班。"

"我想那恐怕不行。"

"为什么?"

"点名册已经做好,名字都提交上去了。"

"那不是问题。你改一下不难。"

"韦伯斯特太太,是我在负责这个学校。"

"赫林修士,我相信你把学校办得很好。但你知道,我丈夫以前当过多年的中学教师。"

"是的,大家都很怀念他。"

"如果我丈夫还在教学,你是不会把康诺换走的。"

"噢,韦伯斯特太太,这个决定是经过多种考虑的。"

"我一种都不感兴趣,修士。我只关心康诺的教育。"

"已经到这一步,我想恐怕做不了什么了。"

"赫林修士,我来不是请你把康诺换回 A 班的。"

"哦?"

"我是来让你这么做的。"

"我已说过,是我负责这个学校。"

"我希望你听到我说的话了。"

"我听到了,韦伯斯特太太,但不行。"

他把她送出接待室。在门厅里,他把手放在她肩上。

"你家里怎么样?"

"那不关你的事,赫林修士。"

"噢。"他含笑说,搓着手。

"你会收到我的消息。"他给她开门时,她说,"你会发现,把我惹火了,我可是不好对付的。"

她回家找了信纸和信封，写了封信：

亲爱的赫林修士，如果到下星期五，康诺还没换回 A 班，请恕我要对你采取行动了。

她签上名，再次去修道院，再次按铃，把信交给之前来应门的年轻修士。

当天晚上，她写下所有她认识的修士老师的名字，包括小学和中学的。有些她还记得他们的家庭地址，其他人就寄到学校。

她给每个人写了同样的信：

您或许知晓，我的儿子康诺·韦伯斯特就读小学五年级。在没有任何通知和解释的情况下，他被从 A 班换到 B 班。您一定知道，如果他父亲尚在世并在学校教书，这种事是不会发生的。此信是知会您，我不会对此善罢甘休。如果康诺在下周五之前还没有回到 A 班，那么周一早晨我会去学校竖标语牌。如果您开车上班，我会站在您车前，不让开进学校。如果您是步行，我会站在您面前。我会将标语牌竖到康诺回 A 班为止。

您真诚的，
诺拉·韦伯斯特

她的信封不够，打算下班回家路上买一些，并在邮局的桌子上写好地址。她有十四位教师的名字，于是就把信写了十四遍。

早晨醒来时，她活力充沛，觉得并不介意在假期过后回去上班。她从衣橱里挑选认为能让自己显得尊贵的衣服。她走过镇子，想到手提包里的信就心情愉快。办公桌上有几封在她离开期间发来的询问信，她火速逐一处理，到十点半，开始着手一堆需要录入分类账的发票。

"我觉得你能把我的活一起干了。"伊丽莎白·吉布尼说，"只要我们让你干就行了。"

"有些上午，"诺拉回应，"我的头脑比较清醒，你发现了吗？"

"星期一可不是，我没发现。"伊丽莎白说。

她下午寄走这些信，等待着，但什么都没发生。之后数日她步行上班途中，期待会遇到一个收信的老师，但没遇到。这周后几日，学校放假后她在镇中心走，一个人也没看到。

星期六早晨，她去了拉夫特街的吉姆·谢汉商店，买了又长又薄又扁的木条和一些钉子，然后去集市广场的哥德福瑞商店买了一支黑色记号笔，一大块厚纸板、白纸和图钉。她思考着要在标语牌上写什么，得出结论是最好不要说A班B班的事，不用说太细。她想最好是"我要公平"，然后又觉得"我要求公平"更好。她决定让多纳尔和康诺星期一别去上学，尽可能对他们解释她正准备去学校外面示威，这当口他们在家自学比较好。但她不确定他们会如何反应，想要不要试试其他法子。她想等到星期天晚上再告诉费奥娜她的计划。

星期天傍晚七点左右，一辆车开到门口。两个中学老师，瓦尔·登姆普西和约翰·克里根从车里出来，这两位都是她写过信的。她头一次感到害怕，前一周的勇气似乎消失殆尽，只剩她的骄傲和发出的威胁。她没等两位老师敲门就开了前门，把他们请进前厅。

"我们很担心你写的信，"瓦尔·登姆普西说，"你知道，我们非常敬重莫里斯。"

他们都站着，她也没请他们坐下。不知怎么，瓦尔·登姆普西的语气让她重拾决心。

"我能理解你很失落。"他继续说。

"我一点都不失落，"她打断说，"你怎会这么想？"

"哦，你的信里……"

"我的信里只说如果康诺不能回 A 班，我会守在学校。所以我已经把标语牌放楼上了。你想看看吗？别以为我明早不会站在你面前，我会的。"

"这不明智。"约翰·克里根说。

"我不需要任何人的建议。如果我丈夫还活着，赫林修士不会像这样把康诺挑出去。"

"哦，其他的父母……"

"我对其他父母没有兴趣。"

"我们想你能否取消明早的标语牌，"瓦尔·登姆普西说，"然后我们想想有什么办法。"

"已经过了三四天，你们什么都没做。"

"哦，老师们对此议论纷纷。"

"我相信议论是好事,但明早就不光是议论了,如果今晚你们和同事说话,或许可以跟他们提到我会诅咒任何一个经过我标语牌的老师。我想你可能听说过寡妇诅咒的威力。"

"啊,好了好了。"约翰·克里根说。

"我会诅咒每个从我身边经过的人。"

两人面面相觑,然后看着地板。

"要么我们今晚去见见赫林修士。"瓦尔·登姆普西说。

他们默然站了一会儿,然后她打开房门,送他们到门厅。

"如果有消息,我们会告诉你。"约翰·克里根说。

她神色凝重地看着他,没有笑容。

一小时不到,瓦尔·登姆普西和约翰·克里根回来了。如果费奥娜或男孩们问起,这个时间很难为他们的来访找到借口。她会告诉他们,她要把莫里斯用过的书和笔记捐给学校。费奥娜和康诺都到门厅来看,诺拉领着两个老师进前厅,关上门。

"我们在修道院惹恼了一个基督教修士。"瓦尔·登姆普西说。

"他说不能对他指手画脚胁迫他,"约翰·克里根说,"我们告诉他,你和你的家庭在镇上非常受尊重。但他还是不肯让步。"

"于是我们只得告诉他,"瓦尔·登姆普西说,"他和其他修士在学校里就要被孤立了,因为没有老师会从标语牌前走过。他听说标语牌的事就气疯了。没人对他说过你信上的内容。"

"他说的那些话我不想重复,"约翰·克里根说,"一个基督教修士会说出那种话来让人有点惊讶。"

听到这话，看到两个老师这么着急，她微微一笑。但瓦尔·登姆普西说话时她就严肃起来。

"于是我们坐下来，告诉他事情不解决，我们就不走。上帝，他的脸血红血红的。他说那是他的学校，他爱怎么做就怎么做。所以我们就坐在那里看着他。"

"最后我对他讲明，"约翰·克里根说，"他可以轻易摆平此事。他问要怎么做，我说公平起见他就把小伙子换回另一个班，这样就没人会觉得他不好。"

"他告诉我，他是不受威胁的，但如果我们把这事交给他，他会考虑考虑怎么做。"

"我们告诉他不行，我们现在就要一个决定。他在房间里走来走去，最后停下来说他明天什么都不会做，明天他不会受胁迫，但会在这周把小伙子换到 A 班。我们说这样很好，决定就此离开，事情进展不错。"

"我希望你觉得这样可以了？"瓦尔·登姆普西问。

"比可以好多了，这样很完美，"她说，"非常感谢你们二位。"

她差点要为诅咒的事道歉，但转念决定不要。这会显得她的某些话并不当真。她送他们到门厅，道了晚安，然后去前厅望着他们开车离开。她不知该如何想。觉得若是说出来她在楼上卧室备好了标语牌材料，还用诅咒威胁基督教修士学校里所有的老师，没人会相信的。

星期三康诺回家吃饭，在厨房找到她。

"我回到 A 班了。"他说。

"太好了。"她回应说。

"我进去时大家都欢呼起来。赫林修士把我从那个班叫出来，让我收拾书包说要换班。我还以为他要把我换到 C 班。"

"可是没有 C 班啊。"诺拉说。

"噢，他们可以编排一个啊，"他说，"总之，他和我一起走进 A 班，问我去年坐在谁旁边，于是我又坐回安迪·米歇尔旁边了。"

次日他放学回家，又来找她。

"我回 A 班这事跟你有关吗？"

"你怎么这么问呢？"

"因为我看到菲尔加·登姆普西的爸爸星期天晚上来了，今天一上午巴瑞特修士都怒气冲冲的，课间休息时，菲尔加说我们应该把韦伯斯特的妈妈叫去他那儿。"

"我不知道他什么意思。"诺拉说。

这周的星期五晚上，费奥娜和一群老师出门，有人给她看了诺拉写的信。星期六上午，诺拉在前厅看报时，费奥娜进来了。

"要不真是你的笔迹，"她说，"我是不会相信的。"

"嗯，事情已经解决了。"诺拉说。

"你可能是解决了，但他们有些人觉得我跟这事有关。"

"哦，我希望你说跟你无关。"

"我以后要是应聘其他工作,这封信会在我档案上的。"

"我觉得大家会忘掉这事的。"

"我还听说你诅咒了基督教修士学校里的所有老师。"

"我威胁要诅咒从我的标语牌前走过的人。"

"好吧,我还得在这里生活工作呢。"

"是的,我也得让康诺回到 A 班。"

"我觉得你应该来问问我。"

"你会让我不要寄信。"

"我当然会。"

"那么我还好没去请教你,不是吗?"

她记得多年前,费奥娜有个修女老师阿格尼斯脾气暴躁。她越来越暴躁,费奥娜都不敢去上学了。诺拉隐藏了自己的笔迹,写了很多匿名信给阿格尼斯修女和修女院院长,威胁要起诉她们,除非修女不再大叫大嚷,不再无故打女学生。修女院院长把这些信给一个世俗教师看,此人又把信给莫里斯看,说他们认定信是一个叫南希·谢立丹的女人写的,她丈夫在集市广场开一家超市,她有个女儿在阿格尼斯修女的班上。莫里斯对诺拉说起此事,口气十分不满,诺拉什么都没说。但费奥娜很快汇报说阿格尼斯修女变得安静和善了。

她差点想把给阿格尼斯修女写信的事告诉费奥娜,但觉得费奥娜不会认为这有趣。她也想说她和父亲还有吉姆伯伯越来越像,但还是没说。她想到,如果那天傍晚她不让那车子去韦克斯福德的怀特仓,费奥娜或许会说更多。

与赫林修士的斗争给了她力量。她发觉自己早晨醒来时会带着轻松的心情思考这一天,不想再睡回笼觉。她开始计算存款。快轮到她挑选唱片去留声机社团了,她觉得真该买一台音响,甚至买几张唱片。她决定请菲丽丝陪她去克劳克电器行选一台音响。

菲丽丝带了好几张自己的唱片,以便用她熟悉的音乐来试音。有两台音响在降价。她听过一张玛丽亚·卡拉斯唱的威尔第后,两台都否决了。诺拉提醒过她,不想买太贵的东西,菲丽丝琢磨展示品时多次说价格她记在心里。她说,不会太超支,但也最好不要买几年内就得换的东西。她在角落里发现一台转盘和两个很小的音箱,只比降价的那两台稍贵。

"这台我直觉感到不错。我想这就是我妹妹的那台,她把它夸上天。不要介意音箱很小。"

店员用这台音响给她们放了一张唱片,诺拉不确定该如何评价音色。菲丽丝却对音深、低音和高音很是肯定。她说,虽然这一台比降价的贵,但她能肯定要好得多。

菲丽丝和诺拉一起回家,帮她把音响系统架设在后厅。她留下了玛丽亚·卡拉斯和另一张她买的钢琴唱片。诺拉想,现在所有的客人都会看到,会认为她奢侈。她得坚定自我,无论他们怎样评价都不介怀。这是她想要的,现在她得到了。

几周后的一个星期六,她和费奥娜还有儿子们坐火车去都柏林。他们在乡村商店见到艾妮,一起吃了一顿晚午餐,然后她问两个女儿能否照顾弟弟一两个钟头,她得自己去购物。她说会和费奥娜及男孩们在艾米斯街火车站碰面,坐火车回家。菲丽丝给过她三家唱片店的名字。她说,一家门面小,容易错过,就在巴高特街的道亨尼和内兹比特酒吧对面。另一家叫五月,在斯蒂芬绿地公园旁,靠近格拉夫顿街南端。第三家她听拉德福德医生说起过,叫麦克考拉夫·匹格高兹,在苏福尔克街上,格拉夫顿街北端。

她要买十张唱片。她的兴奋之情与往常不同,像是结婚后买了一条连衣裙还是一件大衣的感觉。菲丽丝建议她不要买汇集版,除非唱片上的歌曲和独唱曲是她知道名字的歌手唱的。菲丽丝告诉她,最好买全是协奏曲,或只有一部交响曲,或一部三重奏、四重奏的唱片。在留声机社团听过赏乐会后,她写下她喜爱的作曲家和单曲名字。但没有时间全部搜寻一遍。

她找到巴高特街那家店,就觉得什么都想买。得迅速移动,做出选择。在这儿选三四张,另两家店各选三张,那么就够了。

背景音乐放的是唱诗班音乐,她觉得很美,想问柜台的人这是什么曲子,但又没问。最后,虽然吃不准是否选错,还是挑选了两张贝多芬的交响曲,勃拉姆斯的《匈牙利狂想曲》,还有一张玛丽亚·卡拉斯的歌曲集。在五月店中,她想多买几张歌曲,甚或是歌剧选段,虽然菲丽丝对此不建议。然后在麦克考拉夫·匹格高兹,她要买室内乐。

正要离开麦克考拉夫·匹格高兹,她注意到一堆没标价的唱片，像是刚从厂家的箱子里拿出来。最上面那张，是她在拉德福德医生家里听过后，拿回家又归还的《大公三重奏》，封面上的照片还印在她记忆中，年轻女子带着坚强而羞涩的微笑，蓝眼，金发。她把唱片拿到柜台，问多少钱。

"哦，这些还没标价呢。"店员说。

"我没很多时间，"诺拉说，"不是很贵的话我就买了。"

"很多人来找这唱片，"店员说，"我们都得续订了。"

此刻她发现，买唱片是兴奋，但随之而来的可能是气馁，甚至失望。

"经理不在，"店员说，"他星期一回来。"

"我今天就坐火车回韦克斯福德了。"诺拉回应说。

她尽量表现出谦卑而坚定的样子。这张唱片的价格区间很明显。她扫视了一排唱片，找到一张相同厂牌 EMI 的《他的大师的声音》，拿给店员，指了指价格。

"我想价格已经上去了，"店员说，"抱歉，我得查一下。"

此时快五点半，诺拉知道很快就得朝艾米斯街火车站走。但她决定买这张唱片。

"我常来都柏林，"她对正在查看目录的店员说，"如果比另一张 EMI 唱片贵，下次我来这儿付差价。"

店员抬头，表情似乎柔和下来。

"我能让你付一英镑买这张，下次你来这儿，如果能来问我，那么多付了钱我会退给你，少了的话就补给我，我觉得会是少了。"

诺拉从钱包里找出一英镑,谢了女店员就离开了,快步朝火车站走去。

周日上午,孩子们去做弥撒,费奥娜还在床上,她放了唱片,端详着封面上的照片,看看黑皮肤的英俊男子,又看看两个男子之间的女子,越看越觉得她幸福。第一首曲子她听了一遍又一遍,享受歌声中的不确定感,似乎有人在努力说着一些更为深沉而艰涩的东西,然后犹豫着,转向简单的曲调,最后又脱开这种曲调,突然进入奇怪的孤独时刻,小提琴或大提琴奏出悲伤,她寻思,这些年轻人是怎么了解这种悲伤的呢?

从那时到新年,她一得空或是独自在后厅,就放这些唱片。两个儿子、两个女儿还有尤娜送给她三张她没有的贝多芬交响曲作为圣诞节礼物,那是艾妮在都柏林买的。玛格丽特给菲丽丝打过电话,发现诺拉也许喜欢更安静的音乐,于是就买了加诺斯·斯塔克演奏的勃拉姆斯大提琴奏鸣曲给她。这意味着她有足够的唱片可挑选去留声机社团的初次赏乐会了。

吉姆和玛格丽特常在星期六晚上来家里。等费奥娜去怀特仓的舞会,康诺也睡了,他们和诺拉、多纳尔一起看深夜秀节目。节目每周播出北爱尔兰的相关讨论,间有妇女自由和天主教教堂变化的讨论。吉姆很不喜欢节目上出现的很多团组,但诺拉经常赞同那些让事情发生改变的人,她觉得莫里斯也会这么做的。

二月的一个周六晚上,争论开始集中到共和国和北爱尔兰一样缺少民权上。吉姆非常愤怒,几乎要让她关掉电视。

广告间隙,她去厨房做了茶点,端着托盘进房间时,节目又开始了。

主持人盖·拜恩在休息期间显然和观众说过话了,摄像机镜头正对准一群前排的妇女。诺拉认出了其中几个,是经常组团上节目的女性主义者。诺拉把托盘放在茶几上,其中一人说起都柏林的贫民区住房状况,当日都柏林住房行动委员会的游行示威,最后说到奥康奈尔桥上的静坐。

"你要对都柏林的普通老百姓怎么说,"盖·拜恩问,"那些因为你们静坐而交通堵塞了几个小时的?"

摄像机移到了下一名女子身上,诺拉立刻认出来是艾妮,多纳尔也喊出她的名字,吉姆和玛格丽特迟了几秒钟才认出她来。

"哦,上帝啊。"玛格丽特说。

"声音开响。"诺拉喊道。

艾妮正说到一半,如果南部的人如此关心北方的天主教歧视问题,他们也许应该把自家先打理好。

"不要走私军火,"她继续说,"都柏林的公寓房也许可以有正常的管道系统和正常的用水供应。"

她最后说对自己参加了静坐感到骄傲,会邀请北部的人过来看看都柏林劳工的惨况。她还要再说一句,盖·拜恩抬起手,把麦克风给了别人。

"哦,上帝啊,"玛格丽特又说,"我们的艾妮!"

"她、她是、是那、那些组织里的吗?"多纳尔问。

"我相信她这一星期学习非常努力。"诺拉说。

"她、她应、应该告、告诉我们。我们可、可能会没、没看到她。"多纳尔说。

诺拉发现,奇怪的是吉姆,他面带微笑。

"不要走私军火,他们可能会有正常的管道系统。"他说,"这正是我的感觉。我自己都不能说得更好。"

"她说得很好,"玛格丽特说,"她一定很紧张。我听说在电视上谈话很难。"

"还坐在这些女性主义者身边,"诺拉说,"我要说明天的弥撒后会有很多人谈论她的。"

"她要上下一个节目了,"玛格丽特说,"但我不知道她对住房条件感兴趣,也许她的课程里涉及这个。"

诺拉瞟了一眼玛格丽特,沏了茶。显然她非常吃惊,也不赞同,但诺拉很高兴看到她掩饰自己的感情。

他们接着看节目,看艾妮是不是还会出来,有一次镜头扫过她一侧的观众,她举手要求发言,但麦克风没有给她。

"看完了,"节目结束时玛格丽特说,"难道不是个好节目吗?"

"她、她是、是一个社、社会主义者吗?"多纳尔问。

"我不知道,"诺拉说,"也许她下次来会告诉我们。"

十五

十六

一周又一周,劳丽继续和诺拉练习《夏日的最后玫瑰》,并建议增加一首德语歌。

"得是让听众感到意外的歌,也许一首舒伯特的歌能最好地展示你的歌喉。你知道,我在法国的时候,德国人来了,他们甚至占领了修道院,我们只得转移去农庄,但我一直崇拜舒伯特,听他的音乐。现在我知道有一首歌会让你与众不同。"

她翻找自己的唱片。

"噢,找到了。我来放这张。就这首歌,我要你听一听,品味一下,然后我们看看英文歌词,再逐行学德文歌词。"

劳丽从封套中取出唱片,放在转盘上。诺拉闭上眼倾听。

"先跟上钢琴,然后我们听人声。"

起初钢琴声畅快直率。随着女声——深沉而丰满的女低音开始,钢琴安静下来,弹奏微妙,有时几不可闻,但随时都能填满沉默,以更复杂的姿态回到曲段之间。

"再听一遍,"劳丽说,"这次听人声。"

她注意到音符间流连着一种柔情,是轻柔地接近旋律的方式。调子既不甜蜜也不急促,而是奇怪地盘旋在两者之间。她想,歌声很真诚,唱腔则完美无瑕。

"这是舒伯特的赞美诗,"劳丽说,"写词的是他的一个诗人朋友,一直活到高龄。想象一下如果舒伯特也活到高龄,我们还能有这样的音乐吗!但万事都是如此。德语歌词很美,翻译过来就损失很多。英语的第一段是这样的:

> 你可爱的艺术,多少次灰暗时刻,
> 当生命狂野的轮回将我诱入圈套,
> 你以融融爱意,点燃我心,
> 将我带入更好的世界。

"舒伯特将这些词谱成曲真是很美。这当然是一种爱情行为。他和那位诗人是爱人,或者他们是那么想的。"

"舒伯特和另一个男人?"诺拉问。

"没错,是不是很了不起?但也很糟糕,因为舒伯特年纪轻轻就死了,而另一个一直活着。好在我们有这首歌纪念他们,它来自对音乐的爱和对另一人的爱。"

"歌手是谁?她的声音很美。"

"她是凯瑟琳·费瑞尔。是兰开夏郡人,也年纪轻轻就死了。"

劳丽让诺拉读德语歌词,让她把音读准。她告诉她德语中动词通常出现在句子末尾。她们再次倾听录音,下一周劳丽让她学习第一段德语歌。

多纳尔为自己买了些唱片,一遍遍地放。她不想禁止他使用她的音响，但有几次她很想坐在后厅的躺椅上听些东西时，发现多纳尔已经在那儿了。

多纳尔和康诺对费奥娜的社交很感兴趣，她去哪儿，见了什么人，她为周末外出做的准备，穿的衣服，用的化妆品，还有她朋友们过来后充盈房子的一股新鲜劲。艾妮在深夜秀节目现身后第一次来访时，装着这事并不重要，似乎不想谈论。费奥娜把艾妮也带入她的新社交生活，她们一起在星期五晚上去镇上的休闲酒吧。

复活节临近，费奥娜在韦克斯福德的一场舞会上遇到一个叫保罗·惠特尼的人，是戈里镇的律师。诺拉和莫里斯认识他的父母，吉姆和玛格丽特也是。他三十多岁，当伊丽莎白·吉布尼听说此事，就对诺拉说她听说此人能当上地区法官。

"他业务很棒，"她说，"是他自己树的口碑，大家都对他评价很高。托马斯有个朋友曾经请他处理一桩保险案子，那朋友对结果非常满意。"

费奥娜开始邀请保罗·惠特尼来家里。周五和周六傍晚，周日经常也是，他来到后厅和全家人聊天，费奥娜则为外出做准备。他对一切事物都发表意见，不仅对政治所知甚详，对教堂也很了解，他为许多教区办理法律事件，对主教都直呼其名。

"他很怀念罗马，"一天傍晚他对诺拉说，"他一辈子都害怕当上主教，被送回到爱尔兰。主教教区有些神父就是一个卢布缺了几个戈比①，如果你知道我这话的意思。不是说最聪明的那些。"

---

① 卢布和戈比均为俄罗斯货币单位，一卢布等于一百戈比。

诺拉从没听别人这么谈论神父，甚至是主教。

他还懂音乐和立体声音响。一天傍晚他答应诺拉，要把他的一整套贝多芬四重奏借给她，她想借多久都行，他则回去听巴赫。

"他是他们当中最具天才的，"保罗说，"如果上帝曾在德国——我对此表示怀疑——那么他一定托生在巴赫身上了。"

他与康诺聊橄榄球和足球，和多纳尔聊各种型号的相机。他为人开朗友善，即使周六他也穿夹克衫戴领带来家中。每周的夹克衫都不同，领带也不同。在查理·霍伊的话题上，他有诺拉从未听过的信息。

"如果他远离女人，"他说，"他幸甚，我们也幸甚。但要我说，他有一堆聚会等着他呢，他总是还没来的那个人。"

初夏的一天傍晚，吉姆和玛格丽特在那儿，保罗来了，开始与他们聊政治。诺拉发现保罗和年长者相处非常自在，也看得出吉姆对他很热情。她想知道他和费奥娜独处时聊什么。

诺拉开始期待他的来访。有几天晚上，多纳尔和康诺在另一间屋，吉姆和玛格丽特不在，保罗在她对面的椅子上坐一会儿，讲讲新闻，和她还有费奥娜聊聊当天的事。保罗与诺拉说音乐、宗教和政治这些诺拉擅长的话题时，费奥娜就安安静静的。他和莫里斯一样对政治感兴趣，但他所知更多，他也对音乐感兴趣，而这点莫里斯是从无兴趣的，后来发现他还对剧院感兴趣。他读小说，对作家们能评头论足。在那些晚上，保罗和费奥娜最后一起去休闲酒吧或舞会时，诺拉觉得自己几乎是心怀满足地独坐着。她喜欢他来做客，发现他也显然喜欢与她说话。

一天在集市广场,她经过艾希商店时在橱窗看到一条觉得适合自己的连衣裙,她盘算着价格是否合适。裙子好像是用轻羊毛做的,红黄相间。她多年没穿这样的裙子了。她一进店门,就开始试穿其他几件同样轻羊毛质地,但颜色她更喜欢的裙子。她同意把三件裙子送去家中试穿,觉得需要在自家的光线下看看它们什么样,再看看她是否有鞋子可以配裙子。价格比她以前买的裙子都高,但她想如果等到促销,恐怕这些裙子都没了。

送货员带着包装好的裙子过来时,是费奥娜开的门。后来她对诺拉提到,艾希送来三件裙子,她以为是给她的,因为她最近曾在艾希商店里找新裙子,但不是尺码不对就是款式不合。诺拉走进前厅,打开的包装放在那里,然后她回来告诉费奥娜,这些裙子其实是给她自己的。

"为了什么特殊场合吗?"费奥娜问。

"不是,不是,"诺拉说,"我正好经过,看到橱窗里有一件喜欢的裙子,就走进去试了几件。"

"明白了。"费奥娜说。

其他人都睡了,她在楼上试这三件裙子,每穿一件就走下楼梯,在门厅照镜子,还拿下多双鞋子,看看能否搭配裙子。她走进后厅坐在常坐的椅子上的样子,仿佛还有其他人在房间里。她喜欢那件有腰带的、颜色更浅的裙子。她再次走到门廊,在镜中瞅着自己的脖子,看到这件裙子的领子比另两件更好地遮盖脖子。她决定买这件,但也要买新鞋,她想,是更时髦的、有鞋跟的。

次日她将另两件裙子还给艾希商店,付款买下那件有腰带和领子的,但她不想穿它,除非要去什么地方。这是一件收在衣橱中的好裙子。然而星期五用过茶点后,她决心在卧室中穿起来。穿上裙子,坐在镜前,梳好头发,她找了找自己的化妆包,找出浅色睫毛膏和黑色眼线笔。她听到汽车声,走到窗口去瞧是谁,不过只是两个邻居,她下楼给自己沏了一壶茶,放起音乐。

厨房里,她遇到费奥娜。

"你这样子太棒了,"费奥娜说,"准备出门吗?"

"不是,"她说,"我只是觉得既然买了就要穿起来。"

几分钟后,她听到费奥娜出门了。她坐在后厅,听莫扎特的钢琴协奏曲,这时费奥娜回来了。

"我今晚要用车。"费奥娜说。

"你要去韦克斯福德?"

"我还不确定我们要去哪儿。"费奥娜说。

诺拉本想问保罗的车是不是有故障,但费奥娜说话匆匆忙忙的,她就没问。后来,她听到车子发动,觉得有些奇怪,费奥娜居然没有进来告别。

接下来几星期,费奥娜闷闷不乐的,不出门的晚上早早上床睡了。艾妮周末回家,诺拉问她费奥娜与保罗·惠特尼的关系是不是结束了。

"没有啊,"艾妮说,"我觉得正好着呢。"

"但他好几星期没来家里了。"

"我觉得是她想要这样的。"

"你这话什么意思呢?"

"我想她是觉得这里每个人都对他太友好了。"

"谁是这里的每个人?"

"你最好去问她,但她说过有些晚上,她觉得自己被排除在聊天之外了。"

"我们只是跟他正常聊天而已。"

"别问我啊。我又不在那儿。"

"有些事你没告诉我。"

艾妮盯了她一眼。

"一天晚上她看到你梳妆打扮。"

"所以呢?"

"所以她出去打电话告诉保罗,他们去本内特酒店碰面了。"

"她以为我梳妆打扮是因为他要来?"

"别问我。去问她。"

"但她是这么想的?"

"你得去问她。"

"我还有更重要的事要做。"

她与劳丽伴着钢琴努力练唱。劳丽确保她知道每个德语词的含义,发音准确无误,有时进展不顺。

有几次她想到劳丽,劳丽说的那些事,她用熟稔的口吻谈论诺拉不知道的人物,包括那些早已故世的。她喜欢活在自己创造的环境中,距离她真实生活的小镇越远越好。有时她们练唱,劳丽制造出一种氛围,仿佛她们在巴黎或伦敦,而这种氛围十分重要。在劳丽认真的监督下,诺拉学会了两首歌,并尽己可能用德语唱其中一首,而劳丽从未有过片刻松懈。

夏天到来,劳丽说服韦克斯福德的唱诗班主席弗兰克·雷德蒙,让他听听她最近收的学生诺拉·韦伯斯特,看能否将她吸纳入唱诗班,尽管他并不需要一个女中高音。他们说好让诺拉周六下午去洛瑞托修道院,那时可用音乐室的钢琴。

她前一天去做了头发,染了新发色,穿上艾希商店买的连衣裙,还有从马哈迪·布瑞恩商店买的一双新鞋。她约好试音结束后和菲丽丝在怀特咖啡馆喝咖啡。她一到修道院门口,见到弗兰克·雷德蒙,就立刻被请入演奏厅,这让她吃了一惊。钢琴师身边还有两人没有介绍给她。她给弗兰克·雷德蒙和钢琴师看了她带来的乐谱。钢琴师说他可凭记忆弹奏第一首曲子,只有舒伯特的歌需要乐谱。他试谱时,她去了洗手间。

她希望能有时间做发声练习,劳丽让她唱歌之前总是这么做,否则就要毫无准备地开唱了。台上连杯水也没有,她觉得嘴干巴巴的。显然这些人还有其他事要做,想尽快了结此事。她站在钢琴边,面朝大厅。先是双手贴在身侧,但在众人目光中感觉不适,便把右手放在钢琴上,但钢琴师说这样不行。劳丽只在她完全自在时才让她唱,但此刻别无选择,她已经觉察到钢琴师的不耐。

他一开始她就知道不对。他没有弹旋律的开头,却弹了更复杂的东西。她不知道该在什么时候跟上。弹奏声比旋律声低,好像钢琴师在和其他人合奏,然后他来了一连串的颤音,又回到起初的旋律。她不知道该怎么办,只好唱起来。然而她进入的时刻不对，一开口就知道，但也没办法了。唱到"百花都已凋零"时，她的呼吸乱了，在高音停留太久。

到了第二段，钢琴师几乎不弹了，这就简单许多，但她没唱出自己音色的深度来。她竭尽全力，有几句非常用力，找到了调子。她放松下来，用劳丽教她的方法唱，到最后完全控制好自己的呼吸。

她唱完后，三个听众都沉默了。她看到弗兰克·雷德蒙对钢琴师做了个手势，她朝他转过身，看他手头是否有《致音乐》的谱子。他却关了琴盖。她不知道这是不是意味着他第一首曲子弹得不好，第二首舒伯特要让她无伴奏清唱。她不知该怎么找到正确的音高，这时弗兰克·雷德蒙两步并一步地走上台来。

"我们去外面吧。"他说。

她一脸困惑，他从钢琴上拿过曲谱递给她。她以为他是要带她去更小更私密的房间，减轻她的紧张程度。他带她下了舞台，走出大厅到了走廊。

"非常感谢你，"他说，"我们对你大老远来此深表谢意。"

"我还没唱舒伯特。"她说。

"是的。"他回应说。

"所以，还有一间有钢琴的房间吗？"她问。

"那首是我最喜欢的歌曲，"他说，"我想现在先不要听。真的，如果我们还需要听你唱，我们会通知你。"

"那首歌我开头不好。开头的伴奏我不熟悉。"

"可不是嘛。"他说。

猛然间,她发现他几乎是在嘲讽她,她被拒绝了。虽然她知道最好什么都别说,却停不下来。

"我想他用的是另一个版本。"她用权威的口吻说道,好像她知道所有的版本。

"是的,整首歌听着就像一头老母牛快死了的调子,你说的没错。"

他公然侮辱。

"谢谢你。"她说,他为她打开前门。

她把车停到怀特酒吧,买了些东西再去见菲丽丝。

"自从简妮特·贝克尔之后还没有谁唱得如此动听。他是这么对你说的吗?"菲丽丝问。

"老母牛快死了的调子是什么?"诺拉问。

"我不知道。"菲丽丝说。

"我确定不是任何一种优美的旋律。"诺拉说。

"诺拉,你没通过吗?"

"钢琴师弹了他自己版本的《夏日的最后玫瑰》的前奏,他们甚至都不让我唱舒伯特。"

"钢琴师是谁?"

"一个穿着西装的长着一张鼠脸的人。"

"那是拉·福隆。我知道他以前对一个我认识的人干过这事。"

"哦,我希望再也不会见到他。"

"他是出了名的怪人。"

"是吗?"

十六 | 273

"是的。好了我们喝咖啡吃蛋糕吧,然后想想怎么对劳丽·奥基夫说这事。你可是她的重大发现啊。"

她回到家时,吉姆和玛格丽特也在,正与费奥娜在后厅聊天。

"我们正在聊多纳尔,"玛格丽特说,"因为我遇到了菲利西蒂·巴瑞,她是语言治疗师,在许多学校工作过,包括韦克斯福德的圣彼得学院,他们有良好的设施,有洗照片的暗房和一个照相俱乐部。有些孩子的毕业成绩非常好。"

"你是说寄宿学校?"诺拉问。

"嗯,我很高兴付学费,特别是那里有语言治疗师。"

"多纳尔的口吃有时候会好的。"诺拉说。

"然后又变糟了。"费奥娜说。

"有人和他商量过这事吗?"诺拉问。

"哦是的。"玛格丽特说,然后发现诺拉恼火了,"我是说他会和你谈这事的。"玛格丽特说。

"我不确定寄宿学校是不是适合他。他有些方面比实际年龄大,有些方面又幼稚。"

"哦,和同龄人相处也许对他有好处。"玛格丽特说。

诺拉想,如果多纳尔没有直接参与此事,是不会有这样的对话的。他去玛格丽特家洗照片时,已经和她说过很多,也和费奥娜说过。她们问过他关于他自身的问题,这些她是不问的,然而她却觉得她与他更亲近,他在某些方面很依赖她,这些旁人不懂。他有一种其他人所没有的观察和理解事物的方式,诺拉觉得他只是待在家里陪着她就会明白她的感觉。他十五岁了。再过两年要去都柏林上大学。也许他需要更快离家，去经历一些事，从对她的担忧中解脱出来，但她并不这么认为。他喜欢她给他的自由，在家中被当作一个大人。她知道他有自己强烈而私密的爱好，不会那么轻易在众目睽睽下按部就班，适应缺乏自主性和独处的生活。

第二天，她和他谈这事时，觉得这正是他想要的。他想要一个语言治疗师，照相俱乐部也吸引着他。她想让他设想一下在一间寝室睡觉是什么感觉，遵守一大堆琐碎的条条框框又是什么感觉。但他拒绝她让他产生对寄宿学校的负面想法，她知道得小心了。她不想让他或任何人以为她依赖他，还想让他和康诺在隔壁房间待两年。如果她不反对他的想法，那么他更容易做出不去的决定。周一，她找到菲利西蒂·巴瑞的电话号码，从后街的电话亭给她打过去，但没人接。她想是否可以写信给她，请她私下见一见多纳尔。她早就该这么做。

诺拉看着多纳尔和寄宿学校的问题渐渐地脱出自己的掌控。她想知道这问题是怎么开头的，谁率先提起此事。她没明说自己反对，但觉察到玛格丽特知道她不赞成，玛格丽特在此话题上变得沉默了，把这事交给吉姆去说，说他在盖尔运动员联盟会议上遇到那所学校的校长多勒神父，吉姆问多纳尔能否去上圣彼得学院，多勒神父说他很高兴莫里斯·韦伯斯特的儿子进校。诺拉后来发现，多纳尔比她还早知道与多勒神父碰面的事。

他们再次去克拉克劳，住进房车。最后一晚吉姆和玛格丽特来了。诺拉看到多纳尔留在房车中听他们谈话。此时是七月下旬，如果九月初他要去寄宿学校，那么很快就得安排了。他们谈着，暮色暗下来，诺拉明白此事已定。她从未公开与玛格丽特对抗，但此刻很想这么做，想让吉姆带多纳尔和康诺去胜利柱公园吃冰激凌，待他们走后她要告诉玛格丽特让她别再插手她孩子的生活。但玛格丽特会对这些指责表示无辜，也会说她给多纳尔付学费，还给艾妮付学费，只因这样做是最好的。于是乎诺拉会被放在一个不想让多纳尔受更好教育的处境中，且不感激玛格丽特的慷慨大度。

吉姆和玛格丽特离开前，说吉姆会给多勒神父写一封正式的信。这听起来似乎对方的反馈还不明朗，但诺拉知道不是这样。那所学校会接收多纳尔，这点多勒神父已经告诉吉姆。而多纳尔也会离家去上寄宿学校。诺拉寻思着本可以做些什么来阻止此事，或者此刻还能做什么。

早晨他们整理行装准备离开时，她让多纳尔和她一起散会儿步。他们沿着几乎铺满了沙子的栈道朝沙滩走去，她能看出多纳尔浑身不自在，知道他们要谈严肃的事。

"你确定要去圣彼得学院？"到了沙滩上，她问他。

"我想、想是、是的。"他说。

"这是一个大行动。"她回应说。

他们沿着海岸线走着。

"我讨厌基、基督教修、修士。"他说。

"是吗？"

"我希、希望我不、不要去上、上任何学校。"

"只有两年了。你和艾妮说过都柏林大学吗?"

他点头。

"你在那里可以随意挑选你爱学的东西。"

"我想学、学摄影。"

"那不是问题。那里一定有好地方。"

他们沉默地走着。多纳尔从海边捡起小石头,扔到水里去。

"修士有什么问题吗?"她最后问。

他耸耸肩。

"都是问、问题。"

"寄宿学校会更好吗?"

她听到他的呼吸声,发现他正在苦恼。

"圣彼得学院会更好吗?"

"爸、爸爸没有在那儿教、教过书。"

他看了她一眼,目光中有种她从未见过的桀骜。

"那不好吗?"

"那些房间都是他上过课的房间。我坐在他每天进来的教室里。"

他的语气直率而坚硬,没有结巴。他哭起来,她抱住他。

"他们都看、看着我,为我感、感到难过。我没、没法学、学习。我什么都干、干不成。我恨他们所有人。"

她用胳膊搂着他,直到他似乎感觉好了,然后他们慢慢地朝房车走去。

九月初，诺拉和费奥娜、康诺陪多纳尔去圣彼得学院，她立刻感到他将会格格不入。所有的男生都在这儿上五年学，而多纳尔只来上最后两年。大厅里都是男生和他们的父母，诺拉的感觉是这些孩子像是回到了家，或至少来了一个熟悉的地方。她看到几个东奔西跑忙碌的神父。只有多纳尔不知所措，诺拉只好找了一个神父，说这孩子是新来的寄宿生，上四年级，不知道他寝室在哪，东西该放哪。

"如果你让他站那桌子旁边，我马上处理他的事。"牧师说。她没来得及问她要陪多纳尔一起等着，还是应该把他和箱包留下自己开车回去，那神父就消失了。她也不知道这儿的访问制度，觉得早该查问一下，现在就能安慰多纳尔她能经常来探望他了。最后她看到其他家长都走了，就对多纳尔说，她和费奥娜、康诺也得跟他们一起走，这让站在那儿不安的多纳尔好过些了。她知道不能去抱他或说出让他难过的话。

"我弄清楚探访时间，"她说，"就写信告诉你，你需要什么也写信来。"

他点点头，不看她、费奥娜和康诺，好似不认得他们。

被韦克斯福德唱诗班主席拒绝后一周，她去拜访了劳丽·奥基夫，详细诉说了当时的情形。劳丽建议继续学唱歌，诺拉说她想过一段时间再说。她把多纳尔留在圣彼得学院后一天晚上，她又去找她聊天，只有劳丽家能让她想些别的，否则她的头脑就被多纳尔占据，他孤独一人，没有朋友，口吃被老师和同学发现，使他比以前在家时更孤单，在家里他至少能走出房间，带着相机去姑妈家，在暗房里洗照片。

劳丽带她下楼到乐室。

"我去找过弗兰克·雷德蒙了。"她说。她口气严峻，拿腔作调，好像是正在宣战的首相。

"我认为他不会再和我们联系了。"

"你做了什么？"诺拉问。

"我让比利开车送我去韦克斯福德，"她说，"我们找到弗兰克·雷德蒙的家，我让比利待在车里。雷德蒙先生住在城郊的一栋平房里。他可怜的妻子来开门，说他在院子里。于是我对她说，叫他立刻从院子里出来，我没工夫等。他过来后，我直接问他是不是侮辱了我的学生。哦，他支支吾吾地让我跟他到客厅。那里挂满了他孩子的毕业照。有六七个孩子，都拿着毕业证书。我又问他是不是侮辱了我的学生。哦，他解释了好久他们那天有多忙，压力多大。于是我问了他第三遍：'你是不是侮辱了我的学生？'他说如果他说了一些让人误解的话，那么对不起了。于是我对他说，那么他可以随意误解我接下来要说的话。我说，他住的这套平房，外墙清一色的白，铺了瓦的屋顶跟墨西哥似的，窗户的形状也不对。家里没有一本书，壁炉上的装饰糟糕透顶。我告诉他，他就是无知的化身，没资格评判任何事，更不用说美好的事物。我说，在法国是有个词来形容像他这种人的。然后我就走出去了。比利说从没见我发这么大火。"

"噢，天哪！"诺拉说。

"今年冬天会很冷，我能感觉到。我一直都知道当年冬天是不是会很冷。我们应该做好准备。我想让你学一首法语歌。我想可能是弗雷的歌。然后我可能会关注一下你的朋友菲丽丝。她有一把好嗓子，练得很好，也许练得过头了，但她……"

"她人很好。"诺拉打断她说。

"嗯，你发现她那一面了。我也在考虑一首马勒的歌。如果我现在能找出来，就弹给你听。这首能用女高音和女中音唱。是《少年的魔号》里面的，我把谱子放在什么地方了。也许是格瑞特·伊万斯的版本，他是男中音，菲丽丝可以唱他的词，然后你作为女中音加进来。这是一首军乐歌，但内容是关于失去。哦，我觉得马勒预见到了未来要发生的事，第一次世界大战然后是第二次世界大战。有时你能从他的音乐中听出来，混乱、邪恶，还有可怕的失去。是的，他感受到了失去。"

开头的音符响起时，诺拉知道曾听过这首歌。人声进来时，她觉得自己再次坐在拉德福德医生夫妇身边了。她几乎能尝到杜松子酒加汤力水，闻到壁炉里新鲜的柴火混着烟的味道。然而这首歌这次不一样。音乐更柔和，曲调更哀美。这个调子她觉得很难学唱。她想是否应该告诉劳丽，弗兰克·雷德蒙说他不想让他最喜欢的歌被不会唱的人毁掉时，他大概是有道理的。

"好了，我会给菲丽丝打电话。"一曲终了，劳丽说，"不过你或许可以提醒她一句。你可稍稍暗示她，让她不要抢声。她就有这个毛病。"

诺拉微微一笑。

"我相信她会很高兴接到你的电话。"

"到了春天,我们要为一个小型音乐会做准备,我有几个学生会作为嘉宾上台表演。我们会请拉德福德医生夫妇,可能还有几个韦克斯福德的人,如果到那时我还跟他们讲话。"

"哦,拉德福德医生?"诺拉问。

"别担心,我知道你在他们家有过一个可怕的夜晚。他们真的是好意。因为我说起过你,他们想给你留下好印象。他们说从那之后,你在留声机社团对他们很冷淡,你还了之前借走的唱片,说你没听过。但让我们邀请他们来我们的小音乐会吧,我会让他们老老实实的。"

下周五,她正要下班,小威廉·吉布尼拿着一张纸条等她。

"你知道我们的新规定是不给任何人接私人电话,"他说,"但他们一再说这很紧要,我就送消息来了。"

他递给她的纸上有多勒神父的名字和一个韦克斯福德镇的电话号码。她立刻知道是多纳尔有事。她想回办公室打电话,但不想伊丽莎白听到,于是她火速去了邮局的电话亭,那里可以有点隐私。

她立刻打通了多勒神父。

"我不想让你太担心,"他说,"但多纳尔的英语老师拉金神父认为我应该给你打电话。你看,多纳尔适应得不好,我知道他想和你联系。我想拉金神父给你打过电话,但被告知你很忙。"

"多纳尔是……"

"哦,他在床上躺了几天了,不吃饭也没法去上课。我们以前见过这样的。我是说,他可能正在适应。"

"我应该去看看吗?"

"拉金神父觉得你应该来。"

"什么时候?"

"嗯,我们想是在明天的正常探访时间。你可带他去市中心。他可能会宽慰些。"

"神父,太谢谢你了,也谢谢拉金神父让我知道这事。"

"哦,我们看看他明天怎么样,韦伯斯特太太,我们会在这边祈祷的。这通常只是个时间问题。我们总有一个阶段会经历此事。"

"再次感谢你,神父。我明天两点去。"

她挂了电话。

诺拉决定对费奥娜和康诺,甚至玛格丽特都只字不提。次日她开车去韦克斯福德,多纳尔正等在学校的前门大厅。他穿着黑色校服西装,似乎更高瘦,脸色更苍白,也更像大人了。

"我想、想你需、需要出、出入证才能出门。"他说。

"没事,"她说,尽可能让语气平常,"昨天我从多勒神父那里拿到了出入证。"

他们在沉默中驶向市中心。她觉得他快要哭了。她不知道他是哭好还是不哭好。她想,有人会知道,但她不知道。他们在主街上走着,她满心想的是多纳尔明明可以不用去圣彼得学院。周六他可以在自己愿意的时间起床,吃自己喜欢的早餐。只要他高兴,就可以不搭理她、费奥娜和康诺。他可以看报,然后带着相机和胶卷去玛格丽特家。他可以在任何时间回家。这家是他的。大家都已习惯他沉默寡言,评论刻薄,说话结巴。如今除了在假期,他再也无法拥有这些自由,好比参军了一样。他每时每刻做的事都被一系列的纪律所决定。她想,他失去的一切,所有平常随意然而再不可得的自由,是否在他心中一一穿过,正如她此刻一般。但她只是想想而已,他必有切身感受。

他们进了怀特咖啡馆,还是没有搭话,他说他在这儿什么都不想吃。她喝了一口咖啡,不知道该怎么办。如果她装着像普通日子里的聊天,就会是对他感情的侮辱。如果她柔声细语,充满同情,但最后还是得将他送回学校。至少在目前,什么都不说还比较简单。

她问他想要什么,他摇摇头,但他跟着她进了主街的水果店后,说可以吃些橘子和苹果。她付了钱后,他说想要浓缩橙汁和几支牙膏。这时候才三点。她差点想对他说,他们可以回学校,收拾好他的衣服书籍,对谁也不做解释,直接开车回家,再也不提圣彼得学院。

她问他是否饿了,他点头。

"我没、没法吃那些饭菜。"他说。他们朝塔尔伯特酒店行去,她定下心,不能给他一条轻松的路走,让他现在回家,回他离开过的那所学校,那样除了惨败就无以形容。如果给他一段时间,一星期、一个月,或到圣诞节为止,也太有商榷余地了。他们会在塔尔伯特酒店的休闲厅里吃一碟三明治,他不想说话那就可以保持沉默,但她此刻的目标是让他五点前回圣彼得学院。如果将来情况没有改善,她或许会考虑带他回家,但她要他明白这不可能。当他觉得没有更轻松的选择时,就能更快地习惯新环境了。他不告诉她新的日程安排,不说他不喜欢什么事情,她对他的沉默几近愤怒。

等待上餐时,她想过要打破沉默,但忍住了。三明治送上来后,他们默默无言地吃起来。她问他还要不要再吃点,他只是点点头。她看得出他心里痛苦,在家的生活被摧毁了,再也要不回来,但在他此刻的行为中,还有一种粗鲁甚至是敌对的情绪。也许他已用尽全力没有哭出来,没有求她带他回家。也许他知道喋喋抱怨,描述自己的感受,她只能无言以对。

突然,她想到了什么。

"我每周六都会来,"她说,"就算不能来市中心,你也可以出来坐在车里,或者我去会客厅。我会带来每周你需要的生活用品。周日也会有人去看你,我知道玛格丽特会去探望你是否一切安好。所以是周六和周日。而且我想有些日子你或许可以下午回家。这么一周周过下来,不知不觉就到了圣诞节,然后你就可以天天去玛格丽特家的暗房了。"

他郑重地看着她,点点头。有一会儿他似乎在思考她的话,然后又点点头。她突然明白,他一直在等她表态,而他此刻终于明白她不会对他说,他只要愿意就能和她一起回家。她说的每句话都表明他得留在圣彼得学院。他瞪了她一眼,像是在确定她不会放他走,她允诺的这些探望并不是一种选择,没有其他选择可供考虑。她让自己面露同情,但同时也表明不会再有什么了,他得回圣彼得学院好好学习。

她去了一趟洗手间,回来时发现他有了一种微妙的变化。他的情绪中少了些空洞和黑暗。

"你知道我想要怎样吗?"她问,"我想要你每周给我写信,哪怕寄一张你印的照片也好。如果我还能做什么,告诉我。如果事情好起来,我也想知道,那就不会太担心了。你觉得你能办到吗?"

她说着自己的事、自己的需求和担忧,他似乎更在意了。她便想到在过去几年,他对她,比她对他更关心。她寻思着这是不是真的呢。她知道自己的感觉能影响到他,而此刻是第一次,他的感觉似乎更急迫,比她的感觉更需要关注。而她所能做的是令他知道,让他相信,她会说到做到。

他们坐到车里,她又说。

"每周六,风雨无阻。"她说,"你想要我们带什么吃的,或者想要别的东西,都写信告诉我。"

他点点头,移开视线。她刚才的语气过于情绪化了。她发现他要哭了,觉得自己最好别说了,直接发动汽车开往圣彼得学院,这样他会感觉好些。如果他要她半路停下,她也会的。他们五点前回去即可,眼下还有一刻钟。但直到她把车停到学校门口,他都没再说话。

十七

康诺问她在圣诞节他能否要一台相机,她就知道他看了多纳尔的摄影杂志。她说他得把杂志放回原处,这很重要,他似乎能理解。自从多纳尔离家,她注意到他有所改变。她还没吩咐,他就上床睡觉了,她还没开口,他就从煤库里取了煤塞进壁炉。玛格丽特和吉姆来家里,他会在后厅坐一会儿,听他们说话,虽然他不会像多纳尔那样独自去他们家。但他经常去尤娜家,她会给他做香蕉三明治。

他的学习成绩领先,但他还是不满意。有些晚上他会请费奥娜辅导爱尔兰语语法,之后费奥娜对诺拉说起,她只要说一遍他就记住了。他过耳不忘,诺拉不得不在他面前说话谨慎。他总是忧心忡忡。如果汽车没能立刻发动起来,他就会考虑他们是不是要买一辆新车。他们去火车站接艾妮,康诺在站台踱来踱去,担心火车不来,或者艾妮误了车。他知道艾妮的课时,她对每个教授的看法,正如他能从费奥娜那里打探到她与保罗·惠特尼去哪约会。很快,他也对吉布尼公司及其工作人员了如指掌,特别是米克·辛诺特,此人曾经在一场橄榄球赛中走到他面前,问他是否是小韦伯斯特,并告诉他他母亲是个了不起的女人。诺拉开玩笑说,康诺比她更对家人感兴趣,他对大伙儿的了解比他们自己还多。

诺拉去圣彼得学院探视,没有对多纳尔说他很有起色,就连口吃也减轻了。他对她说了很多学校的活动,各位老师、神父的事,比他以前说那边的基督教修士和老师多多了。她为他终于在学校适应下来而深感安慰,当发现他对玛格丽特说的比对她说的多,也并不介怀。每当玛格丽特提到一些她所不知的多纳尔的生活细节,她总是点头认可。她不知多纳尔是故意为之,还是玛格丽特周日去探望他时对他生活的方方面面还有他的各种想法都有问及,他只是回答而已。

她知道,多纳尔回家过圣诞节,她将无法处理多纳尔和康诺之间的问题。多纳尔没法阻止康诺要相机,虽然他会拒绝分享自己的知识或以无视康诺的方式来打击弟弟。比起任何人,康诺更希望从多纳尔那里得到赞同,但多纳尔对所有人都一贯漠然,除了对他自己。如果多纳尔不鼓励康诺,康诺会竭尽全力让多纳尔改变主意。一个周六,她和康诺去圣彼得学院探望多纳尔,她心里暗笑。

"多纳尔,我想圣诞节买一台相机。"康诺说。

"哪种相、相机?"

多纳尔坐在前座,回头看弟弟。

"我不知道。"

"我把我的卖给你吧。我正在考、考虑换、换一台。"

"你的有问题吗?"

"没有,它挺、挺好的,"多纳尔说,"但、但我想、想要一台更、更好的。"

她琢磨着是不是应该打断他们,要么告诉多纳尔,康诺是想要一台全新的相机,要么告诉康诺,多纳尔的意思是他对摄影越来越有钻研,需要一台不同的相机,但他手头这台对初学者来说是很好的了。

"多少钱?"康诺问。

"我两、两英、英镑卖、卖给你。"

"你觉得怎么样,妈妈?"康诺问。

"我想他是在说会一英镑十先令卖给你,但如果用了一年出问题,那么钱会退给你。"

"不、不会有问题的。"多纳尔说。

"如果我买了这台相机,你会教我怎么印照片吗?"康诺问。

"我会教你怎么在玛格丽特姑妈家的暗、暗房里洗、洗照、照片。我在那、那里学了很多新东西。"

"你什么时候教我呢?"康诺问。

"等我圣、圣诞节回家。"多纳尔说。

她知道,康诺会一连几天把这番对话在心里翻来覆去地想。

圣诞节来临,费奥娜去都柏林住在拉格兰路艾妮的合租房里。多纳尔每天带康诺去玛格丽特家。这意味着诺拉在家为圣诞节做准备时,大多数时间独自一人,听音乐不用担心妨碍别人。她把《大公三重奏》作为特别的唱片收藏起来,并不每天听。但如果她在工作上被人惹恼,就会想到这音乐,允诺自己一进门就放这张唱片。她会细心品味，而不像对其他唱片一样，把它当作厨房干活时的背景音乐。

她没有告诉任何人，这音乐对她意味着什么，因为这太莫名了。这是她梦想的生活，假如她出生在别处，或许可以拥有这样的生活。每天她都让自己在一定时间内沉浸在幻想中，她从小学习大提琴，像那个年轻女子一样被拍照，热忱、天才，全权掌握自己的世界，她身边的男子依靠她加入更深沉的音色。当她想到在吉布尼公司与数字、单据、发票打交道的早晨，穿过镇子的早晨，每天的回家，不禁尴尬地皱了皱眉。她所期待的东西是多么微薄，那些东西距离录音棚、音乐舞台、为人周知的名字是何等遥远，距离那个年轻女子才华横溢的演奏又是何等遥远。在无聊的自身生活与灿烂的想象生活之间，她一无所得，她想是不是只有自己才是如此。

她们说好到一月上旬才有唱歌课，于是在圣诞节前的日子，诺拉没有更多的事可担忧，因为莫里斯的过世，圣诞节也比以往节庆期间更简单。她与吉姆、玛格丽特的关系温暖而随和。她甚至喜欢尤娜、谢默斯来做客，也期待节礼日[①]在尤娜家见到凯瑟琳、马克一家子。她有了一个想法，莫里斯临终前或许最害怕的是，终有一日他不再被思念，他们没有他照样过得好好的。他成

---

① 节礼日：每年12月26日，也叫圣斯蒂芬日，是爱尔兰人传统上赠送礼品的日子。

了被遗忘的那一个。但她迫使自己去想他希望他们都快乐，都感觉幸福，他们别无其他生活方式。她还考虑要不要在圣诞节晚上的宴席上提到他的名字，但觉得这会令他们伤心，或者让他们为难。

一月底的一个周日晚上，艾妮回大学了，多纳尔也爽快地回了中学，诺拉正在楼上卧室熨烫衣服，这时康诺大声叫她下来看新闻。

"什么新闻？"她问。

"你下来看。"他回应说。

"他们枪击了很多天主教教徒。"她下楼时康诺说道。

"谁？"

"英国人。"

很快费奥娜也来了，他们仨坐在一起看德里的报道。

"希望艾妮没事。"费奥娜说。

"你什么意思？"诺拉问，"她又没打算去德里，还是别的什么事？"

"不是，不过她会因此难过的。"

英国军队对德里和平示威的队伍开枪了，杀死十多个人。电视新闻结束后，他们打开收音机，听到录音里的尖叫声、枪声，然后是对目击者和政客的采访。诺拉看到康诺思考着每个字，费奥娜也认真听着每句话。

次日晨，她去上班时只有一人拦住她，说德里发生的事多么可怕,她觉得这很奇怪。托马斯·吉布尼似乎对迟到者查得更紧。伊丽莎白来时,对此一字不提,只有当伊丽莎白和她母亲一起去喝早咖啡时,诺拉才放松地逛进大办公室,那里有几个人围着一份摊放在桌上的报纸。米克·辛诺特过来时说:"就是这样。不用再犹豫了,我们都应该去边境那头,把那地方夺回来。"

"你看起来很健壮,"一个姑娘说,"他们也会用枪打你的。"

"我们要武装起来,"他说,"不去容易被发现的地方。"

"你连一只卡在篱笆上的死兔子也打不准。"另一个姑娘说。

回家路上,诺拉在斯兰尼街上看到两个认识的女人。她们见她走来,都停下脚步。

"哦,"其中一人说,"一个被枪杀的小伙子的母亲在电台上说,他才十五岁,背后被打了一枪。"

"我们所能做的是为他们祈祷。"另一个女人说。

"这太让人震惊了,"诺拉说,"太让人震惊了。"

"他们还被烧了那么多房子。"一个女人回应说。

"那些士兵心里有魔鬼,"另一人说,"魔鬼。你能从他们身上看出来。"

几天后,举国哀悼,所有的店全关了门。诺拉、费奥娜待在家里和康诺看电视。葬礼的报道进展缓慢。康诺起初和他们坐在一起等着看有没有更多的枪击镜头。棺材、教堂和实况报道他并没有兴趣。最后他溜去了另一间屋子,诺拉和费奥娜安静地看着。

"我们真应该装一部电话,"费奥娜说,"我去后街的电话亭给艾妮打电话,但打到了她楼下人家。"

"有部电话是不错。"诺拉说。

"我说艾妮参加过都柏林的游行。"费奥娜说。

"希望她是和认识的人一起去的。"诺拉说。

"你这话什么意思?"

"我也不知道什么意思。我只感谢上帝让我们住在这儿,距离那边远着哪。"

"我们都是爱尔兰人。"费奥娜说。

"我知道。我为那些可怜人感到难过。"

后来,康诺回来和诺拉、费奥娜一起看,这时电视机上一群人围住了英国驻都柏林大使馆。

"我想他们要烧了大使馆。"费奥娜说。

"那些人在里面吗?"康诺问。

"我相信是有坚兵把守的。"诺拉说。

她话音刚落,就见一人撞破大使馆的门,其他人一拥而入。康诺兴奋了。

"这是刚才发生的吗?"他问。

"我想是的。"费奥娜说。

"会枪杀更多人吗?"

"没人有枪,"费奥娜说,"或者说我觉得他们都没枪。"

电视的实况报道很简略,让人摸不清头脑。有几次镜头摇晃,场面被前景的人手和脑袋遮挡。

"这是在哪里?"康诺问。

"梅瑞恩广场,"诺拉说,"我们曾在蒙特·克莱尔酒店度蜜月,就在那街角。"

"是吗?"费奥娜问。

"那时候大家都去那里。"诺拉说。

"哇,幸亏你现在不在度蜜月。"康诺说。

次日傍晚,吉姆、玛格丽特来访,诺拉看出吉姆因都柏林的游行队伍烧了英国大使馆而心情激动。新闻开始时,他们默默看着被烧焦的建筑物残骸。

"每个心怀不满的人今晚都很开心,"吉姆说,"即使你教他们,他们也不会建造任何东西,但烧起来倒是快得很。"

"这太让人震惊了。"诺拉说。

"他们应该怎么做呢?"费奥娜问,"走到大使馆去感谢他们吗?"

"昨晚都柏林是个非常危险的地方。"玛格丽特说。

"对特殊机关①来说是个很好的夜晚,"吉姆说,"他们可以看清楚很多人。他们会等待时机,不过我猜会有人被捕的。"

"哦,我觉得抗议者把大使馆烧掉是应该的。"费奥娜说。

"我想这是让英国人知道爱尔兰人民感受的一种方式,"诺拉说,"一个孩子才十九岁。"

---

① 特殊机关:指在英国对国家安全负责的部门,以及爱尔兰的联邦警察。

"骇人听闻，可不是吗？"玛格丽特说。

"我想政府会知道该怎么处理的，我们应该让他们来管这事。"吉姆说。

"他们会怎么处理？"费奥娜问。

"我们会用上所有的大使，他们会把消息带去联合国。但火烧英国大使馆对我们没好处，只会让我们像一群狂徒。"

"哦，我觉得抗议者清楚表明了我们的立场。"费奥娜说。

"如果我是被枪杀的男孩的母亲，我会去弄支枪的，"诺拉说，"我会在家里放一支枪。"

当爱尔兰总理杰克·林奇在电视上露面并接受采访时，大家都安静下来。他说已给英国首相爱德华·希斯给打过电话。他说完后，吉姆率先发言。

"他很谨慎，"他说，"我要说他每句话都是考虑再三的，而且得到过很多建议。"

"我说他好好教训过爱德华·希斯了，"玛格丽特说，"那个希斯，一看就是脾气很坏。"

"嗯，希望他不会让我们失望，"诺拉说，"如果英国军队枪杀我儿子，我会想要一个更强硬的人来主持大局。"

"我觉得还会有很多麻烦，"费奥娜说，"林奇恐怕不抵用。"

"噢，请上帝不要让这些麻烦到这边来。"玛格丽特说。

星期五，费奥娜终于和艾妮合租房楼下的那个姑娘通了话，她说艾妮前几天都没回来。费奥娜请她在艾妮门上贴张纸条，让她给尤娜姨妈打电话。她不想让玛格丽特和吉姆着急，没把他们的名字加上去。费奥娜告诉了诺拉，然后去尤娜家告知艾妮可能会打电话来。她在尤娜家中打了几个电话给都柏林艾妮的熟人，没法联系上他们，就留言请他们给尤娜打电话。诺拉一直等着费奥娜带艾妮的消息回来，但她没回来，诺拉就叫上康诺一块去尤娜家。

"我们去那干吗？"

"尤娜请我们去。"

"她为什么请我们去？"他问。

康诺问问题的方式，总是让人很难对他遮掩事情。一到那里，康诺立刻觉察出了事，这不是一次寻常的做客。她能看出他正在转动头脑，考虑各种可能。她不能告诉他，他们正在担心艾妮，她从星期二就没回合租房，那正是火烧大使馆的前一天。诺拉去洗手间时，费奥娜跟过去说她又打了艾妮的号码，那部电话在大厅里，接电话的是另一个合租人，此人去查看后发现纸条还在艾妮门上。她只得去找保罗·惠特尼，问他该怎么办。

"如果大使馆游行那次有人被捕，他会知道的。"费奥娜说。

"艾妮去参加游行了？"

"我不知道。也许她晚上会打电话来的。"

到了十点钟，只有一人打来电话说她没见着艾妮，于是诺拉和康诺从尤娜家回去。后来诺拉听到费奥娜进门，就轻手轻脚地下楼，以防康诺听到。

"保罗说他打算明天无论如何去一趟都柏林,我们可以去艾妮住处找她。"

"你觉得她参加了游行?"

"我知道她参加过几次游行,而这是一次大规模游行,她不会不参加的。"

诺拉不想一整天待在尤娜家等电话。

"我自己开车去。"

"没有这个必要。"

她发现费奥娜差点想说如果她真想去,可以跟他们一块走,但接着决定不邀请她。

"我们两点钟在谢尔伯恩酒店碰头,"诺拉坚定地说,"我会让尤娜去圣彼得学院看多纳尔。我一到都柏林就去艾妮那里。可能什么事都没有。可能她正住在别人家,到时候就回家了。"

"我相信你说的没错。"费奥娜说,"所以我想我们是不是都要去。"

"我可以去买东西。"诺拉说。

"康诺怎么办?"

"我今晚睡个好觉,就能管好他了。"

早晨她在厨房里看到康诺。

"昨晚你和费奥娜在嘀嘀咕咕些什么?"他问。

"哦,她进门时我醒了,然后下去和她喝了杯茶。"

尤娜来时,康诺更怀疑了。诺拉示意尤娜在他面前什么都别说。但无论她们进哪间屋子,他都紧随其后,一会儿假装找东西,一会儿在她们待着的前厅找了把靠窗的椅子坐下来。最后诺拉上楼去了自己卧室,等尤娜上来。

"她的一个朋友打电话来,她人非常好,"她低声说,"她说她们平时周六晚上总在李森街的霍瑞安酒吧或哈提甘酒吧碰面。"

她答应带着康诺去看多纳尔,把多纳尔要的东西带去。

诺拉从卧室出来,就看到康诺在楼梯平台徘徊。她们都没听见他上楼。

"艾妮失踪了?"他问。

"谁说的?"

"可能艾妮也参加了火烧大使馆,"他说,"吉姆伯伯说过特殊机关会抓他们。也许她是要逃跑。"

"别说傻话!"诺拉说。

"那你们嘀嘀咕咕些什么?"

"因为艾妮交了个新的男朋友,我和费奥娜要去伦敦和他见个面,但她不想让你和多纳尔知道,因为她不想你们俩起哄,等她回家就对她刨根究底。她会在合适的时间自己告诉你们的。"

"他叫什么名字?"

"迪克兰。"

康诺似乎考量了一会儿这个名字,然后点头。

"所以你可以去尤娜家,"诺拉说,"然后去看多纳尔。我们会晚些回家。"

她开车去都柏林,心中肯定不管艾妮在哪,她都没有被捕。如果她出了事,诺拉确定他们会得到通知。她只是不想整天等着消息被确认,也不希望费奥娜和保罗来扮演她和莫里斯的角色。艾妮是她的责任。她觉得艾妮跟她自己很像,从小就能照顾自己。

她找到艾妮在拉格兰路的合租房,不知该按哪个门铃,就轮番按了一遍。一个睡眼惺忪的年轻女子穿着睡袍来到门口。

"啊是的,她住四楼,"她说,"你按铃没人应吗?"

"我能不能进去敲门?"

"你是不是那个一直打电话来找她的人?"

她指了指厅里在她公寓门边的付费电话。

"是的,我在找她。"

"噢,昨晚我去看过了,我写的那张纸条还在那里。你可以自己去看,但如果你按她的铃没有回应,那么她就不在。所有的门铃都没问题。"

她到谢尔伯恩酒店时,费奥娜和保罗·惠特尼已经在那里了。

"我给一个近卫军朋友打了电话,"保罗说,"他在机关里待过一段时间,了解情况。他说现在是非常时期。周三梅瑞恩广场有很多官员和临时人员。"

"官员?"诺拉问。

"爱尔兰共和军的官员。"费奥娜说。

"啊天哪,"诺拉说,"我确定艾妮不是爱尔兰共和军的人。"

"眼下新组织很多,很难每个都去查。"保罗说。

"我们现在要去伯爵堡露台,"费奥娜说,"因为艾妮常在那边学习,然后去贝勒菲尔德。"

"如果她今晚还没露面,"保罗说,"贴出寻人启事应该没问题,近卫军会很快找到她的,我说。"

"我们再等等吧。"诺拉说。

他们约好六点钟在谢尔伯恩酒店再碰头。

诺拉穿过格拉夫顿街,去麦克考拉夫·匹格高兹看唱片,然后又开车去拉格兰路的房子。她按了四楼的门铃,没有人应,就坐在车中等到与费奥娜、保罗碰面的时间。

保罗喜欢谢尔伯恩酒店,似乎很乐意在休闲厅里为他们三人点茶和三明治。

"我说,"他说,"最近一周都柏林的人都在跑来跑去,住在各种地方。我说就是这么回事。"

"是的,但很奇怪,"费奥娜说,"她都没回过拉格兰路的房子。"

"我还在读书时,"保罗说,"每年都去看彻尔顿汉姆的赛马。上帝啊,如果那一周有人来找我,他们是找不到的。有一年我们几个手气好,还从那儿去了巴黎。"

"那你的学习怎么办?"诺拉问。

"能在一个月内学完。当然,学法律是可以的。"他回答说,"甚至学医的同学也能在四月份之前什么都不干。"

"我确定艾妮学习非常用功,"诺拉说,"也没去彻尔顿汉姆,更不用说巴黎。"

"其实彻尔顿汉姆赛马是三月份。"保罗说,"所以她不会去那儿的。"

诺拉瞟了眼费奥娜,费奥娜和她一样发现了保罗缺乏幽默感。他伸了伸腰,右胳膊肘支在左膝盖上,诺拉便瞧见了他的袜子。袜子是红色的,羊毛质地,显然经过精心挑选。看着他俩,她想的不仅是她与他还有费奥娜在这家酒吧做什么,还有她在都柏林做什么。她回想着所有将她带来此地的事件,越想越觉得这是一系列的误判,先是因为艾妮在一年前的深夜秀节目露面,然后更要紧的是德里的枪击、葬礼和火烧大使馆,她想,或许还因为家里逗留不去的那种不安,他们早已习惯,但任何危机,哪怕只是从电视看到的,也会把这种不安带到眼前。

她想说她现在要回家了,她确定艾妮会在合适的时间与他们联系。即使她真的失踪了,待在都柏林也于事无补。如果他们还没有艾妮的消息,那么就得做出某些决定,她要自己做决定,或与尤娜商量,但不会让保罗·惠特尼在侧,或别的什么能给特殊机关成员随便打电话的人。她想到这儿,突然觉得要问问费奥娜是否给尤娜打过电话。

"我应该打一个。"费奥娜说。

"我和你一起去。"诺拉说。

她们等接线员接通尤娜。占线了,她们等在桌边,诺拉以为接线员会重拨号码。

"我们今晚要住在都柏林。"费奥娜说。

"住哪儿?"

"哦,保罗有朋友,我们住他们那里。"

"我想我现在就开车回去了。"诺拉说。

"我们不去李森街看看艾妮是不是在酒吧里吗?"

"我们没必要都去。你可给尤娜打电话,让我们知道她是不是在那。"

费奥娜转过身。诺拉差点对费奥娜说,她嫁给了一个教师,教师表达不快的方式她并不陌生。但她只是让接线员再拨号码。当电话接到了一个小隔间里,诺拉让费奥娜与尤娜通话。费奥娜关上玻璃门,她却后悔这么做了。显然有些消息,她觉得费奥娜一听到就会传达给她,但费奥娜让她等在外面,她用指节敲打玻璃时,费奥娜没理她。她差点出去,找到自己的车回家。明天等她做了弥撒,确定康诺一切无碍,就能好好地听音乐。如果有艾妮的消息,他们会去找她。

等到费奥娜走出电话间,诺拉却决定稳住自己,只是站着听她说。她觉得自己过于焦虑了。

"玛利亚·奥弗拉赫迪给尤娜打电话说据她所知,艾妮今天会去奥康奈尔大街参加都柏林住房行动委员会的游行,然后他们会去巴奇勒江滨步道的一家酒吧,晚些时候可能去李森街的酒吧。"

"玛利亚见过她?"

"是的,她说她这周都在上课。"

"所以她没失踪?"诺拉问。

"你要和我们一起去那家巴奇勒江滨步道的酒吧吗?"

"我要回家了。"

"噢,我们得去看看艾妮是不是在那儿。"费奥娜说。

"没必要我们大家都去。"诺拉回应。

费奥娜和诺拉回到休闲厅。

"保罗,"诺拉站在他面前说,"我们都非常感谢你为我们做的事。我现在要回家照顾康诺,所以如果你和费奥娜见到艾妮时,打电话给我妹妹,我就太高兴了。"

他点点头。一瞬间他显得有些怕她。她对费奥娜点点头,走了。

诺拉到尤娜家时,听说费奥娜已打电话来说他们在奥康内尔街桥上找到了艾妮,她正举着一块标语牌,安然无恙。她没回合租房是因为住在朋友家,朋友的父母不在。

"希望是在干好事。"诺拉说。

"她可真够疯的,让我们担心死了。"尤娜说。

康诺笑嘻嘻地来了,说尤娜给他做了炸薯条当茶点。

"迪克兰怎么样?"他问,"我猜他是小个子,他也是社会主义者吗?"

"他人不错。"诺拉说。

"迪克兰是谁?"尤娜问。

"你不记得了,我早上告诉过你。他是艾妮新交的男朋友。"

"啊是的,"尤娜说,"我相信他人不错。"

康诺琢磨着她俩。

"我觉得她根本就没有新男友。"他说。

二月下旬的一天早晨,诺拉上班途中发现菲丽丝的车子停在约翰街上。走近时她看到菲丽丝正坐在驾驶位上看报。她刚想敲车窗,又觉得还是悄悄走过为好。次日早晨,车又在那里,菲丽丝看到她走来,摇下车窗。

"我会在留声机社团把这事告诉你。"她说,"但我现在得守在这儿,以免正在粉刷我家房子的莫西·德兰尼半途扔下我家不管,去粉刷别人家的了。他知道我在这儿,等他尊驾起床,直接跟我走就是。喏,看我这麻烦事!"

星期四傍晚,留声机社团的茶歇间隙,菲丽丝告诉她,第一天莫西没来,她开车转遍镇子都没找着他。去他约翰街的家里找,碰到的是他无礼的妻子。她在郊区兜来兜去,逢人就问有没有见到莫西的货车,那是一辆漆成绿色的破破烂烂的车。她说,最终是在通往保克劳迪的公路附近,在迪肯家的大房子里找到了他。她没打招呼就走进那房子,发现他正爬在梯子上刷墙。

"我摇晃梯子,大吼一声,他吓得魂都丢了。"菲丽丝说,"然后迪肯太太把我们送出门,但隔了不多久我又得告诉莫西,我是在跟他做生意。唯一能让这活干完的法子就是每天早晨坐在他家门口。我不会告诉你他妻子昨天对我说了什么。她说起当地话来真是当行出色。"

菲丽丝说莫西正在粉刷她家的墙纸,用的是一种墙纸能吸收的新型涂料,这时诺拉来了兴趣。上次自家的后厅重贴墙纸时,

十七 | 303

她发誓再也不干了。在费奥娜和艾妮协助下，她用刮刀把旧墙纸撕下来。不管她们怎么使劲，刮刀就是会削进石灰墙面。接着她觉得选错了墙纸，颜色太闹，同一图形中有太多的花。她让自己熟视无睹，但有时候墙纸会吸引她的目光，她只好眼睁睁看着。

菲丽丝信誓旦旦地说，只要莫西到场，他就是个完美主义者。她描述着他如何使用大刷子，像是要把涂料弄得到处都是。菲丽丝说，莫西说涂料得刷得又薄又快，以免渗入墙纸过多，这点很要紧。

诺拉不确定是否想花钱请粉刷工。以及，想到有人在不该来的时候却上门，把房子弄得一团糟，活没干完又扔下很长时间，她可面对不了这些。但她开始研究后厅的墙纸，寻思着自己能够粉刷，考虑假如刷成白色或乳白色会如何。她得出结论，那样的话其他东西都会显得寒酸。油毯已经破旧，壁炉上的瓷砖碎了，窗子上方用薄木板做的窗帘盒看着就不结实。窗帘这些年就没换过，晚上拉窗帘时越来越松垮。

她满心想着怎么打理底楼的房间，想得睡不着觉。她提醒自己，如今她自由了，没有莫里斯会来斟酌开支，对打扰他日常生活的任何事都发牢骚。她自由了。她可以对这房子做出任何决定。想到能随性作为时，几乎有种负罪感。无论她想怎样都行，只要负担得起。如果吉姆和玛格丽特不赞成，或者她的妹妹、女儿指手画脚，她不理他们就是了。

对儿子们得留个心眼。他们怀疑一切，她一提到钱，他们就紧张地观察她。康诺养成了一个习惯，查问价格，评论她买的东西。如果他发现她正在看丹·博尔格商店里的地毯，就会忧心忡忡。最好是在他得知她买下之前，就把新地毯运回家。

她把翻新屋子的一揽子事写了下来。后厅买新的地毯和壁炉，墙壁刷成白色或乳白色。如果她能去菲丽丝家参观莫西·德兰尼工作，弄明白他用的是什么涂料，她就能自己刷墙。然后她要把餐桌从后厅搬到前厅，或许在那间屋里放一块新地毯，甚至粉刷墙壁。康诺可以在那屋里做功课，费奥娜也能用。她会把前厅的三件套沙发挪到后厅，扔掉破旧的、不够舒服的两张壁炉边椅。

她去集市广场的丹·博尔格商店看窗帘布，瞧见产品目录上有一款窗帘能拉过整面墙壁，虽然遮挡窗户只需要一半的布料。她想自家后厅能否装这款。如果墙壁刷白，那么就要选色彩丰富的暖色窗帘。目录上的起居室晚上用的是台灯，而不是挂在天花板的灯。她可以把几乎从未用过的落地灯从前厅拿过去，放到后厅。也许她会去都柏林的阿诺特商店和克莱瑞商店，或去韦克斯福德，买几盏台灯。

她开始在物件后面加上价格。有几天工作的时候，诺拉拿出她的单子看着。粉刷得放到最后，等灰尘清理干净。更换壁炉要最先完成。

她对菲丽丝解释她不想用莫西·德兰尼，菲丽丝说她英明。

"哦，真遗憾我没让他留下来听他的好建议。他一走我就自己动手。这能省下很多麻烦，也是很好的锻炼。"

隔了几天，菲丽丝从莫西·德兰尼那里得到了关于涂料和刷子的指导，过来找她。菲丽丝甚至弄明白了怎么才能刷上新型涂料又不让它滴下来。她在墙上比划了几下。

丹·博尔格注意到诺拉在店里，有一天走过来说他们以前建立信贷联盟时，他与莫里斯很熟。他和吉姆·法瑞尔经常说，要不是莫里斯，信贷联盟还得再有一年才能成立。

"我不是共和党人，你大概知道，"他说，"但我一直说，如果莫里斯·韦伯斯特去竞选众议院，我会选他当第一，这是你能从我这样的死硬家族党人①这里听到的最高赞誉。"

诺拉笑了。

"所以如果我能帮你什么，墙纸、窗帘布还是地毯，"他说，"我一定帮你。"

诺拉明白，只要她对丹·博尔格开口，她买任何东西都会有折扣。她觉得如果能对别人说这一切都买得很便宜，就会有所不同。她拿出购物单。

"我现在就给斯密斯商店打电话，我没这种涂料，但他们有，"丹·博尔格说，"窗帘布、壁炉和地毯，我能给你很好的折扣。只有一个人能把壁炉装好，不让你家看上去像在一个湿哒哒的爱尔兰周日克罗克公园的入口。那人就是莫格·克劳尼。他话不多，但能把活干好。"

她选好窗帘布和地毯后，丹·博尔格派人来测量。她对他说，

---

① 家族党：一九三三年在爱尔兰成立的政党。

她想要窗帘能拉过整面墙壁,他说现在有新的挂帘系统,不需要巨大的窗帘盒了。

"你会装窗帘吗?"她问他。

"我们一般不装窗帘。我们是铺地毯的。"他说,"但我们会把窗帘给你做好。"

她没说话,也没动,仿佛他的话让她焦虑。她几乎能感觉到他在盘算如何才能在不帮她装窗帘的前提下离开她家。她想知道他的名字或别的情况,让他态度不那么坚定。

"我不知道谁会装窗帘。"她最后说。

"哦这个,"他说,"我不会让你困在这一步的。"

"太感谢了,"她说,"你太好了。"

一天上午八点半,莫格·克劳尼带着一个帮手来了。她对康诺说,他要把旧壁炉拿出去,换一个新的。

"你怎么把壁炉拿出去?"康诺问。

"用锤子在金属杆上敲几下,水泥就松动了。"莫格·克劳尼说。

"会不会把墙面也带下来?"康诺问。

"小伙子,你说话活像个把我拦下来检查旧轮胎的老近卫军。"莫格·克劳尼说着,他的帮手哈哈大笑。

她回家时,后厅满是尘灰,老壁炉躺在房间当中的油毯上。康诺一来就跟费奥娜四处查看,好像这两人是为他工作似的。

"新壁炉在哪里?"他问。

"在货车上。"莫格·克劳尼说。

"确定能装上?"他问。

"确定。"他回应说。

康诺环顾房间,似乎在检查每样东西是否都还在原位,或莫格·克劳尼是否搞了破坏。

康诺和费奥娜用完午餐返校后,诺拉觉得自己应该出去。但她不确定是否该待在那里监工。

"如果你给我们一把好的软毛刷和一把好的硬毛刷,"莫格·克劳尼说,"你都不会发觉我们来过这儿。"

涂料送到后,星期六她去韦克斯福德买莫西·德兰尼在菲丽丝家用的那些刷子。她从尤娜家借了一把梯子,妹妹告诉她,她不该自己刷墙。

"几天就能干完。"诺拉说。

"我觉得你有得干了。"尤娜说。

一天费奥娜和康诺返校后,她立刻动手。她站在梯子最上一条横档,把涂料罐放在梯子顶端,手能够到天花板。涂料稀薄,滴到她头发上,她只得找了顶浴帽戴上。她决定三四天内完工,等费奥娜、康诺回家,能看到明显的进度。每刷一下都耗费精力,她得保持平衡,涂料得刷得均匀。天花板是最难的,她想。墙壁就简单多了。

她干出了一种奇特的快乐,每天就盼着次日从吉布尼公司回家再刷一点。到了周末,她的胳膊和胸口痛起来。她觉得没法开车，只好让费奥娜周六去探望多纳尔。到了下午痛得厉害，看来只能去看医生了。疼痛似乎在扩散，越来越严重，她心想自己是不是得了心脏病。

古迪甘医生碰到她胳膊时，她皱紧眉，他用大拇指按了按她锁骨下的柔软部位，她差点叫起来。

"你以前刷过天花板吗？"他问。

"没有。"她说。

"这不是谁都能轻易上手的活，"他说，"你平时基本不用的肌肉用力过度。我给你开个有效的止痛药，能减轻疼痛，然后这些肌肉会回到原来的位置，只要你不再去使劲。"

"我不能再刷墙了吗？"

"你会伤到自己的，"他说，"所以最好让粉刷匠来干。"

傍晚她看了看房间。四分之三的天花板已经刷完，刷得不太好。她让费奥娜给菲丽丝打电话，问她何时有空来。

第二天菲丽丝来了，她审视着后厅。

"嗯，只有一个办法了，"她说，"就是叫莫西·德兰尼来。今天是周日，至少能找到他。如果我是你，我会扮演一个自以为能刷天花板的可怜女人形象。我高高在上颐指气使的时候他最反对，所以低声下气可能对他管用。但当然钱也管用。他每干一份活，都会抛下去干别的，所以你第一天就付他薪水，他就会抛下别人的活来干你的。不过你得给他好脸色。"

傍晚她敲响莫西·德兰尼家门，他妻子开门，问她要干吗。

十七

"我想和德兰尼先生谈谈。"她轻声说。

莫西来了,显然之前在睡觉。诺拉尽量小声说话,免得他妻子听到。她向他说明情况。

"我应该一开始就来找你的。现在情况一团糟。真的没法子了。我可以在你开工前就付钱。"

"只是一间小房间?"他问,"不是一整栋房子?"

她可怜兮兮地点头。

"我明早去做。你有涂料吗?"

"我有的。"

"我八点半去那儿。"

她又点点头。

"你要我老婆送你回家吗?你浑身都在哆嗦。"

"不用,我能回家,"她说,"太谢谢你了。"

十八

古迪甘医生开的药止住了疼痛,或是掩盖了她胸口和胳膊依然存在的病灶。沉重感和肌肉紧绷感还在。第三天早晨,她又觉得自己得了心脏病。但她起床后,尖锐的疼痛就平息下去。

因为睡不着,她动作更小心迟缓了。她不知道是止痛药,还是胳膊和胸口残余的酸痛导致整夜失眠,心念不断,处于半睡半醒的空白状态。

莫西·德兰尼和帮手在一天半内完成了粉刷。活干完后,她说他真是帮了大忙。

"事情是这样的,"他说,"以前给一些人干活,拿很多钱,他们就翘尾巴了。是钱让他们翘尾巴。我不会说出名字,但镇上就是有些傲慢的人物,如果你想认识他们,去为他们干活便是。我就知道这样一个女人。我没把一罐子红色涂料倒她头上,等上天堂就能得到嘉奖了。我差点就倒上去了。听她尖叫可好了。不过我总是愿意帮助有困难的人,你真是个勇敢的女人,以为自己能刷天花板。上帝,我们看到你刷成这样都笑死了。粉刷房间和其他事一样,你得知道怎么做,太太,你得有技术才行。我是说,你要找银行经理,不会去找艾美特·凯尔尼,对吗?你要找主教也不会去找芭比·洛克。"

费奥娜监督着前来铺地毯的人，她和康诺还帮着丹·博尔格店里那人挂窗帘，帮他把家具从后厅挪到前厅。还有几桩事要做，比如给挂在天花板中央的灯泡配个新灯罩，以及给四面白墙挂几幅画，免得光秃秃看着怪难受的。白天，厚重的窗帘把后厅遮得暗沉沉的，下班后她坐在装修一新的房间里，闻着新涂料的气味，昏昏欲睡。她心知不能睡，那会打乱睡眠节奏，但很难做到。整夜她都期盼黎明，但上班才半小时就筋疲力尽。

她在吉布尼公司养成一个习惯，去洗手间，坐在马桶上，把头靠在墙上睡几分钟，然后冷水洗脸，再回到办公桌前。伊丽莎白甩了两个男友，又交了新的，这位新人在诺拉看来坚定又认真，深爱伊丽莎白，于是她们有很多话可聊，这能助她保持清醒。

她发现如果早晨用三勺咖啡粉泡一杯速溶咖啡，尽可能多加糖，那么她会安然度过头一个小时，或许还能坚持更久。只要伊丽莎白离开办公室，她就用伊丽莎白放在桌边的水壶煮水，再泡一大杯咖啡。她几乎喝得要吐，但只要能集中注意力，就不会整个上午都想把头枕到胳膊上沉沉睡去。

七天后她又去找古迪甘医生，他说不能同时服用安眠药和止痛药。他检查了她的脉搏，用听诊器在她胸口听了一通，说她肌肉拉伤严重，也许还要再服用一周的止痛药，如果仍然睡不着，他会让她停下止痛药，给开安眠药。

夜里她万分疲惫，上楼时得确保费奥娜和康诺不在旁边，她楼梯走到一半就直喘气，得扶着栏杆才不摔下去。她衣服不脱就躺在床上，开着灯睡着了，是在锡切斯地下室的那种茫然无觉，但有时还持续不到十分钟，然后彻底醒转，满脑子念想。她关了灯，穿着睡衣躺在床上，想尽各种办法让自己睡着。她数羊，她侧躺着睡然后换到另一侧。她不让任何想法进入头脑。但无济于事。她还得再去找古迪甘医生，坚持要安眠药，或者停服止痛药。

她想，这样醒着躺在黑暗中，她可以是过去的任何人，与她流同样的血、有同样的骨骼、长同样的脸的人。她可以是她从未谋面的奶奶和外婆。她们在她出生前就过世了，现在已经在某处地下化为尘土、骷髅和骨头。她回想对她们的印象，心思在她们几个身上来回转悠，最后落到她母亲身上，母亲的脸浮现在眼前，似乎她近在身边。她可以是躺在这儿的母亲。只是年月的差别。她躺在黑暗中，睁着眼，呼吸，但听不到自己的呼吸声。朦胧间母亲走近了。慢慢地，她看到母亲死后整毕遗容的场景，像是母亲此刻正躺在这张床上，什么也看不见，听不到。无论她如何不愿，最后一次与母亲的身体在一起的场景又冒出来，细节历历在目。

在母亲生前，她没有爱过母亲。她们仨将母亲的遗体交由修女在母亲家二楼卧室整理遗容时，她不知凯瑟琳和尤娜是否在母亲过世时想过这个问题。诺拉坐在厨房，没和她们说话，心知下次见到母亲，那将会是僵硬而正式的死亡姿态。房间会很暗。烛光闪烁，母亲安息了，离开了她们，不再在那里。当晚以及次日大半天，她会安详地躺在那儿。

她突然想到该做什么。她曾在父亲过世时见过一次。她的乔

十八　│　313

希姨妈和母亲的大姐玛丽姨妈,在整理好的遗体旁各拿了张椅子坐在两侧,一言不发,直到殡仪馆的人把棺材送来。有几次这两人喝了茶,但大多数时候不喝,也几乎没有进食。她们有时祈祷,有时只是注视着她们的妹夫,偶尔对进进出出的熟人致意。她们找到一个无人能打扰她们的地方,看着,等着。她们在守灵。

诺拉知道母亲房间里靠门那侧的床边有一张椅子,一张原本摆在楼下的椅子。母亲用来放衣服。母亲以前总是把所有的衣服放在衣橱和抽屉里,后来身体弱了,走动艰难,便越来越少做事。诺拉记得当时一阵突如其来的悲伤,是从未有过的感觉。那一瞬间她明白死亡的意义:母亲的血液、母亲的心脏、母亲的声音都没用了。她再也不能开口说话,再也不会回到这间屋里来。给予她生命的那个人已经不再呼吸,再也不会呼吸了。在某种程度上,这是诺拉始料未及的,她本以为会有时间让她和母亲见面,带着温暖,或某种类似温暖的东西,轻松地聊聊天。但她们没有,再也不会有。

她头也不抬地等着,等到有人说房间准备好了。她走过其他人身边,没有说话。凯瑟琳问了她一个问题,她没听也没回答。不管凯瑟琳想知道什么,她总能有其他方式可以弄明白。诺拉是长女,也要第一个进房间。她走上楼梯,对站在门廊的年轻修女点点头。窗帘已拉上,屋子里有新浆过的亚麻布的气味。她等了一会儿,然后走进房间。先注意到的是母亲的下颌。她们把她的头安置在枕头上时,不知怎么使得下巴看起来更长了,很是突兀。她想是不是应该对修女说,看看有没有办法。但她想算了,现在太迟了,也许没用了。

她在房间那头找到椅子。曾经放在上面的衣服被挪到别处了。她希望自己留在这里不会让妹妹和邻居觉得是出于愧疚或要弥补母亲,为她曾做过的事或未曾做过的事表示悔恨。她并没有感觉愧疚。相反,当她注视母亲的遗容时,对她生出一种亲近感,她一直感觉到这种亲情,但从未表达,从未说出口。

这张脸抹去了痛苦和熟悉的表情,像极了老照片中的母亲,有种清癯、黝黑、腼腆而机敏的美。曾经的模样或是那些痕迹回来了。她年轻的容颜,或一部分容颜,没有消退,母亲会很高兴知道这点的。

她的两个妹妹来看她们死去的母亲。凯瑟琳跪下来躬身祈祷,起身时祝福了自己。诺拉看着她刻意地站在床边,扮演一个怀着悲伤祈祷的女儿。她希望凯瑟琳能下楼去。当她与妹妹的目光相触,她看到一种不能信任的表情,她决定以后无论发生什么,都不要和凯瑟琳单独相处。如果有必要,她整晚都待在这屋子里。她不会离开这张椅子。莫里斯来陪她时,她告诉他自己要在这里过夜。他握了一会她的手,然后说明早他会带孩子来,但现在得回家陪他们。他走时她笑了笑。母亲喜欢莫里斯。诺拉想,这不奇怪,大家都喜欢莫里斯。

接下来几个钟头,邻居们来了。他们一个个跪下来祈祷。有几人凑过去触碰死者握着念珠的手或她的额头。他们朝诺拉点头致意,有几人小声同她说话,说她母亲看起来很安详,她去了一个更好的地方,大家会很想念她。

诺拉单独在屋里时，听到楼下有人说话，估计是在喝茶吃三明治的人。蜡烛已经烧到一半。母亲只是一个死去的老妇人。在她脸上没有诺拉能辨认出来的特征，只有苍白的皱巴巴的皮肤，以及一个仍然怪模怪样的下巴。母亲不睁开眼睛，不说话，就什么都不是，没有生命。

房子终于安静下来。尤娜来了，提出要替她守夜，诺拉拒绝了，她让两个妹妹去睡一会儿。她会确保蜡烛一直燃烧，母亲在世上的最后一夜不会孤独一人。房子里的沉寂偶尔被经过的汽车、夜风吹动卧室窗子的声音打破。

诺拉想是不是因为疲劳或是烛光投在墙上的长影，如果母亲现在动起来，说话了，她一点儿也不奇怪。她俩的谈话会是轻松随意的。

她又开始端详母亲，奇怪的是，她几乎什么都吃不准。母亲脸庞的细节消失了，但还有一种表情，一种其他人的感觉。她看着看着，这种感觉更具体，更清晰了。她能从母亲脸上看到其他人——表亲们的脸，侯顿家的，墨菲家的，帕勒家的，以及卡瓦纳家的，还有凯瑟琳和尤娜的脸，诺拉自己的脸，诺拉孩子们的脸，特别是费奥娜的脸。仿佛母亲在长夜里变成了他们所有人。

自然生命走后，别的东西来了，一种长时间慢慢形成的东西。它逗留在那儿，然后渐渐隐去，被另一种东西所替代。这张脸上呈现出一种比有呼吸和声音的那些日日夜夜中更具力量的表情。

诺拉不能肯定。她想勾勒出记忆中最清晰的母亲——一个穿着灰色柔软羊毛大衣的老妇人，大衣的领子上别着胸针，戴着围巾。一个朝她走来的老妇人。或是照片里的年轻女子。但这些形象都不如那晚床上的那张脸这般真实。她奇怪自己为何会记得这些，然而记忆的强度无法与当时的所见相提并论。

下巴不再是问题，只是细节，而此刻细节已不再重要。重要的事无法说出来也不能轻易看到，如果有人走进这间屋子，他们也许根本看不到。这或许就是她和母亲一直等待的。她想她一直疏离，是否就为了与母亲的遗体相遇，与母亲的遗容相遇，或者让这相遇变得更重要。母亲的脸像一张面具，同时又比以往更独特，而诺拉是唯一能识别这一特征的人。其他人都看不到，他们太忙，太近，太过投入。是她的距离感使之成为可能。是她的距离感使她睡了一会儿后又在自己的房间里惊醒过来，发觉自己做梦了，在母亲床边守夜只是梦境的一部分。她在自己家里，已经到了起床时间，得叫醒其他人，做早饭，上班。

那天她去办公室的柜子里拿文件夹时摔倒了。醒来时，伊丽莎白正在给佩吉·吉布尼打电话，佩吉说韦伯斯特太太如果还能走路就把她送到家里来。诺拉站起来后，伊丽莎白坚持带她走出办公室，穿过一侧的仓库，过街进了吉布尼家。

"你看，我好好的。"诺拉说。

"我母亲是这方面的专家。"伊丽莎白说。

佩吉·吉布尼坐在她常坐的椅子上。伊丽莎白和诺拉来后，她叫人上茶。

"啊，我觉得你脸色很苍白，"她说，"你的医生是谁？"

"古迪甘医生。"

"哦，我们跟他很熟。我现在打电话给他，问他是不是最好来一趟，或者你去他那里，或者你回家，让他去你家。"

她走进大厅，伊丽莎白也跟去了。诺拉害怕一闭眼睛就倒在吉布尼的客厅。她想如果此刻能回家，今天还能睡一觉。但她知道如果这样做，晚上就无法入睡，或者梦境连连。最好是从古迪甘医生那儿得到安眠药，即使他认为服用止痛药时不能再用安眠药。她摸了摸自己胸口、胳膊，还能感觉到肌肉残留的疼痛。病去如抽丝。

"古迪甘医生没接电话。"佩吉·吉布尼回来时说，"他在郡医院工作，所以有可能会在那儿。我不知道接电话的人是谁。我想再给拉德福德医生打电话，他是我们的医生。"

言下之意，古迪甘医生有问题，拉德福德医生更好，这让诺拉清醒过来。

"啊，不，"她说，"哦，我和拉德福德医生有交情，我不要他来。"

佩吉·吉布尼往椅背一靠。公司员工与她的医生有交情这件事，似乎令她不快。

"我看最好是让伊丽莎白开车送你回家，然后我安排古迪甘医生尽快去你家。但是我们得先用茶点。你进来的时候脸色白得跟个鬼似的。伊丽莎白会告诉托马斯你请病假了。我是说，你明天可能会好转的。托马斯一直跟进情况。我想知道玛吉·文兰那个虔诚的孩子怎么还没送茶来。"

茶点送来后,她们默默坐着。诺拉多少意识到,被送到这房子里来而不是直接送回家或去看医生,她还没对此表示足够的感激之情。

"伊丽莎白,现在你能否拨冗送韦伯斯特太太去镇子那头?"佩吉·吉布尼问。

她说"镇子那头"的口气,仿佛是在说距离她这舒适的居所十万八千里的地方。

"我母亲,"她们一上车,伊丽莎白就说,"很了不起,是吧?她能统治整个国家。她是王座背后真正的权势人物。"

诺拉点点头。她累得想不出说什么好。她在考虑安眠药。安眠药放在家里是危险的。她决定如果服药,就把药瓶放在衣橱里,一待睡眠正常就扔掉。

回到家中,她发现已忘了在车上与伊丽莎白·吉布尼还说过什么话。她想一定还聊过,她一定感谢过她送自己回家。也许她在车上睡着了,全程空白,她都不知道她们是开哪条路回来的。

她到后厅坐在躺椅上睡着了,前门的一阵敲门声把她惊醒。她看了看时间,才十一点,不会是康诺和费奥娜。接着她想起来,他们是有钥匙的。她去开门,听到有人叫她名字,认出是古迪甘医生。

"哦,谢天谢地,"他说,"我差点叫消防队了。我从佩吉·吉布尼那得到紧急通知。她打遍整个镇子的电话找我。她打给圣约翰修道院的托马斯修女才找到我。那里有个病得很重的老人。"

她请他进前厅,告诉他自己睡不着。

"我们都会这样,"他说,"年纪大了,睡眠就少了。"

"我一点儿都睡不着。"她说。

"多久了?"

"我告诉过你。从八天前我开始服那些药开始的。"

"我可以开给你安眠药,虽然我不大想这么做。你有没有试过停止喝茶喝咖啡?"

她陡然生出一股怒气。

"我真的无计可施了。"她说。心想古迪甘医生对女病人和男病人是否是区别对待的。

"佩吉·吉布尼让托马斯修女以为你快死了。我现在得去找她,告诉她你好好的。"

"我没法睡觉。"她说。

"我给你开安眠药。一片就能让你昏睡五六小时。不要连续服用太长时间,会有依赖性的,服药期间不要开车。要么只在镇子周围慢慢开,不过别告诉旁人我说过这话。一周左右来我这儿,看看你的情况如何。今晚之前不要服药,尽可能撑到那时不要睡觉。"

"我还要继续服用止痛药吗?"

"一直服用到下周我见你。"

她差点要提醒他,他说过她不能两者同时服用。

"谢谢你过来。"她说。

"托马斯修女说,她们每天三点明供圣体,她每天去修女小教堂为你祈祷。我想她是她们当中最圣洁的。今天佩吉·吉布尼打电话给她,她就出去找我了。"

"佩吉·吉布尼。"诺拉叹了口气。

"我听说她坐在家里等人伺候,"古迪甘医生说,"女人就是轻松。"

"感谢她打电话。"诺拉说。

古迪甘医生给她开了药,走了。

费奥娜和康诺回家时,她没有告诉他们自己提前下班了。她在厨房喝了杯咖啡,有了足够的精力能如常说话。费奥娜要回校时,她给她药方,问能否在路上去凯利药店买药。

"你什么时候拿到这药方的?"费奥娜问她。

"古迪甘医生送到吉布尼公司的。"她说。

"你没事吧?你老是欲言又止的。"

"我没事。就是那些药让我有点晕乎。"

"这又是什么药?"

"是安眠药,"她说,"我睡觉有问题。"

他们走后,她回到躺椅,感到自己心跳加速,呼吸困难。她想听音乐也许能有所缓解。她站起来走到房间那头翻找唱片,但没有一张是她要的,都太有距离感,声音太高,各有各的情绪,当她找到《大公三重奏》,又看了看封套,心想即使这曲子也是如此,至少她可以像演奏者一样,幻想自己年轻又自由。她想,如果她用心去听,跟着每个音符,把自己当作演奏者,那么这音乐

十八 | 321

或许能吸引她，让她保持清醒。

大提琴奏出的和弦使她差点坐了起来。演奏者正朝一段旋律而去，但只是旁敲侧击着，而后抗拒不前。她喜欢大提琴的呜咽声。好几次心神游走，她强自把念头转回来细听每个音符，感受旋律的每个意味。演奏者奏出华丽的调子时，她笑了，接下去是哀愁、彷徨的调子。

舒缓的乐章开始时，她发现自己每分每秒都挣扎着呼吸。她闭上眼开始颤抖。房间里冷多了，她考虑要不要点上壁炉。但还是没动，只是坐着倾听，跟着大提琴深沉的调子。

舒缓乐章进入快速乐章，转得圆融无碍，音乐欢快起来，这时她听到楼上有动静。她悄悄走到房间那头，打开门，没发出声音。她听着。楼上有东西在动，有人在移动家具。她确定楼上没人。她是看着费奥娜和康诺出去的，他们要是回来她不可能一点儿都没听到。

又有声音，这次更响。她考虑是否去隔壁看看奥康纳家有没有人在，汤姆能否和她一起过来看看楼上是什么声音。她确信大门是锁着的。她也检查过后门。安静了一会儿，接着声音又起，更响了，像是家具在地板上拖动。她快步走上楼梯，大声喊道：

"是谁？谁在那儿？"

她卧室的门关着。她不在房间时通常门是开着的。她又听了听。一记声音。突然，她痛苦地皱起眉头，抬手一看，指甲用力地嵌入手掌，掌心流血了。她又听到响动，这更像是人声。她打开卧室门。

"莫里斯!"她大叫一声。

他正坐在窗下的摇椅上,面对着她。

"莫里斯。"她低声说。

他穿的是他们从葛瑞镇的福格商店里买来的那件印有绿色和蓝色斑点的运动衫,灰色休闲裤,灰色衬衫,系着灰色领带。他笑着,她把门从身后关上。他是生病之前的模样。

"莫里斯,你能说话吗?你能说些什么吗?"

他朝她露出他那腼腆的笑容,撇了撇嘴。

"音乐太悲伤了。"他轻声说。

"是的,音乐挺悲的,"她说,"但不是一直这样。"

"托马斯修女。"他说。声音低弱下去了。

"是的,她每天为我们祈祷。她在巴里肯尼加的沙滩上找到我。"

他点点头。

"我感觉到你在那儿,但没多久。那是唯一一次。"

"我知道。"

他的声音比她以往听到的更柔和。

"你的声音,"她微笑着说,"变了。"

他悲伤地看着她,像是在说他没法把话都说出来。

"莫里斯,你能待一会儿吗?"

他摇晃着,身影变得不完整,垂着的面容模糊起来,外套的颜色在她眼中也不那么鲜明了。

"你是……"她开口说,"我是说,是不是有什么……"

他耸耸肩,似笑非笑。

"不是,"他轻声说,"不是。"

"我们都不会有事吧?我不知道我们会不会一切都好。"

他没回答。

"费奥娜会好吗?"

"是的,她会。"

"还有艾妮,她会好吗?"

他点头。

"多纳尔呢?"

"是的,多纳尔。"

"康诺呢?"

他低下头,似乎没听到她说话。

"莫里斯,康诺会好吗?"

他的眼中似乎含着泪水。

"莫里斯,我要你回答。康诺会好吗?"

"别问,"他低声说,声音嘶哑发颤,"别问。"

她朝他靠近,他伸出手,表示她不能再走近。

"你知道……?"她张口说。

"是的,是的。"他说。

"你生病时我才知道……"

"是的,是的。"

"你有没有后悔过……"

"后悔?"他问,提高了声音。

"我们?"

"没有,没有。"

他又笑了,接着脸上的表情变得困惑。

"莫里斯,还有别的吗?"

"另外一个。还有另外一个。"他说。

"你是说吉姆?"

"不是。"

"玛格丽特?"

"不是。"

"是谁?"

"另外一个。"

"没有另外一个了。"

"有的。"

"莫里斯,告诉我名字。没有其他人了。"

他双手遮脸。她盯着他,他痛苦着。然后他看了看她,想笑但又没笑。

"莫里斯,再待一会儿。"

他摇摇头。

"莫里斯,是因为音乐吗?如果我放这个音乐,你还会来吗?"

"不,不是因为音乐。"

"莫里斯,告诉我康诺的事。是不是……?"

"是另一个人。"

"莫里斯,没有其他人了。告诉我名字。"

他又消退了,她听到他一声低低的喘息。

"莫里斯,我来的时候你会在那里吗?"

"没人知道,"他说,"没人。"

接着她听到街上汽车的喇叭声。她正横躺在床上,衣服都穿着。她坐起身,房间空荡荡的。她走到房间那头摸了摸摇椅,椅子轻轻地在老弹簧上来回摇动。她把手放在他坐过的地方,那里没有温度,没有任何人来过的迹象。

她在楼下拿了房子和车子的钥匙。关了门,胳膊挂了件大衣出去了。她发动汽车,心想去哪儿呢,但无所谓。直到她发现自己正从都柏林路转上去保克劳迪的路时,才知道是要去乔希姨妈家。她集中精力盯着路况,强使自己保持清醒。她驶离河边,开上山坡朝乔希家驶去,心想应该怎么说,如何解释来此的原因。左侧有条车道,可以停进一辆小轿车或拖拉机。她在那里停了车,关闭引擎。头往后一靠,闭上眼。她想现在是不是应该开回镇子,但觉得自己没法集中精力开车。她想可以在这待一阵子,希望乔希、约翰,或约翰的妻子不会路过看到她。她可以睡一会儿,然后开去别处。她不知道去哪。

她醒来时,约翰正在敲窗子。她一眼看到他,骇然惊觉,摇下车窗。

"我刚刚还想不到是谁在这呢。"他笑着说道,没关闭拖拉机的引擎。

"我休息会儿。"她说,虽然知道这话对他无用。

"我母亲在花园里。"他说。

"你要去家里吗?"她问。

"是的。"他说。

"那我跟着你。"

她坐到乔希的厨房,约翰煮上水,去找他母亲。诺拉为了让自己彻底清醒,踱来踱去,看房间里的各种颜色,听外面的声音,只觉昏昏沉沉,就想睡觉,往哪里一躺就睡过去。

约翰和乔希走进房间,她看出他们脸上的关切之情。约翰在门口站了一会就走开了。乔希还穿着工作服,这时开始脱园艺手套。

"出了什么事吗?"

"莫里斯回来了。他在楼上房间,我们的卧室。"

"啥?"

"他跟我说话了,乔希,他说了些事。"

水开了,乔希过去关火。

"诺拉,你是怎么啦?"

"我睡不着,然后等我睡着后就……"

"你是在服药吗?"

"是的,我的胳膊和胸口的肌肉拉伤了,在服止痛药。"

"你睡不着多久了?"

"一星期多了。有时候能睡得很沉,但睡不长。"

"你对医生说过这些吗?"

"说过,费奥娜从学校回来路上会给我买安眠药。"

乔希把热水冲进茶壶。

"莫里斯在房间里,他说话了。"诺拉说。

"这个你对别人说过吗?"

"没有,我才出来到这里。我没有其他地方可去。"

"约翰说你在车上睡着了。"

"我不知道我该怎么做,"诺拉说,"他说,莫里斯说,当我问他康诺会不会好时……他让我别问。那是什么意思?"

"你做梦了,诺拉。没人出现过。"

"他在房间里,"诺拉说,"我知道做梦是怎么回事,但他是在房间里。而且他说……"

"他不在房间里。"

"他在的,他在的,他在的,"她开始前后摇晃,哭起来,"我只想和他在一起……"

"你说什么?"

"我只想和他在一起,我说的是这个。"

乔希和约翰带她到楼上卧室,给她一件睡袍。乔希片刻后又拿着一杯水回来。

"好了,这片药会让你睡得死沉,醒过来时会头晕,不过我就在这里,你要叫我,不要起来走路。这是你能买到的最厉害的安眠药,我们得小心点。我要你家的钥匙。"

诺拉递给她。

"好了，我现在去镇上安排些事，约翰会看着你的。"
"那么康诺……"
"别担心康诺和其他人了。你的任务就是睡觉。"

醒来时她感到四肢沉重。她动了动手臂，手臂酸痛，胸口也酸痛。她想了想止痛药在哪儿，觉得是放在床边桌的抽屉里了，但不确定。她伸手找桌子，一无所获。这不是她的房间。很暗，哪里传来隐隐的声响，她不知道是什么声音。然后她想起来乔希、止痛片，感觉到床单、大枕头和柔软的床垫。她想摸摸有没有台灯，伸手到稍远处摸摸有没有床边桌，但似乎没有。

她喊了几声，乔希来了，点亮了窗边的台灯。
"早先我来看过你，"乔希说，"你睡得很沉。"
"今天周几？"
"周五。"
"几点钟？"
"九点。"
"我得走。康诺……明天还有多纳尔。"
"你哪里都不要去。康诺很好。我告诉他，这个周末你住在我们家，我去找了玛格丽特，他今天会去那里弄他的照片。明天尤娜会去见多纳尔，可能费奥娜也会一起去。尤娜和谢默斯也会确保康诺安然无恙，如果你身体好了，康诺也许周日会来这儿。我给托马斯修女打了电话，她会跟吉布尼公司说等你身体好了再去上班。我这有古迪甘医生开的安眠药，还有费奥娜买到的药。是很厉害的止痛药。马都不能吃，但你可能需要。所以一切无忧。你要做的就是睡觉，你只要做这事就好。还有，作为回报，要是我病了，等其他人烦了我，你就要过来照顾我。我们都会有这一天的。"

乔希从门后拿出家居袍。

"你现在得起来。我要让你冲个澡，我会放音乐，这样你不会在浴室睡着，最好让浴室门开着。然后我们吃点好的，你再回床上睡，看看能否自然睡着，如果不行，我就把药给你。"

"别放任何音乐。"诺拉说。

"好吧，但不要在浴室里睡着。"

"不会的。"

诺拉坐在楼下房间，乔希在用番茄酱做意大利面。她开了一瓶红酒。

"这瓶我是在都柏林买的，"她说，"今晚我们喝一两杯。他们说你不能在吃安眠药的时候喝酒，不过我经常发现效果正相反。"

"你不相信我说的莫里斯的事。"诺拉说。

"我不相信。"

"真的是他，确确实实是他。"

"我们都不想去看实实在在的东西，"乔希说，"那是最难的，尽管没人会告诉你这个。我们只看实实在在的东西就好！"

"你什么都不相信……？"

"我久经岁月，诺拉。我就是这么过来的。所有的事我都随它们去。"

"康诺，他说……"

"他什么都没说，诺拉。康诺现在好好的。不过他对麻烦事有千里眼和顺风耳，不要让他多虑。"

诺拉突然觉得被困住了。她想汽车钥匙在哪，家里钥匙在哪，如果能找到，那么乔希一走，她就离开房子，开车回家。

"哦，你一定要吃了止痛药再睡，"乔希说，"可怜的费奥娜非常担心你，她很高兴你来了这儿。那两个姑娘都多亏你。艾妮太爱搞政治了。她遗传了韦伯斯特那一边。我们这边可没这种事。费奥娜让我参观了后厅，很漂亮。对你来说真是一间好屋子。"

"莫里斯问是不是还有其他人，我想不出还有谁。我不知道他是什么意思。但你相信这都是我梦到的？"

"是的。"

"但这很真。我是说，他很真实。"

"他当然真实，但他已经走了。你得让自己明白，他已经走了，不会回来了。"

红酒让她再次昏昏沉沉。躺到床上，她想象不出自己还会恢复正常，不会一直犯困。她服了安眠药和止痛药，然后熄了灯。

当她再次醒来，房间亮堂堂的，她听到收音机声、碗碟的碰击声、乌鸦绕着某棵老树打架的声音。她看了看床边桌，没有钟。她躺回去，叹了口气。

一整天她就在起居室和卧室之间来来回回。乔希进进出出。

天气晴朗，她想在院子里种些东西。下午约翰夫妇来了，但没久留。乔希从她家给她带了干净衣服，以备她要穿，但她一直穿着睡衣和家居袍，光着脚。

天光开始暗淡时，乔希过来坐在她身边。

"我知道这不关我的事，"她说，"但昨天我去给你找衣服时，看到柜子里满满当当都是莫里斯的衣服，我吓了一跳。外套、裤子、西装、领带、衬衫，还有他的鞋子。"

"我不忍心把它们扔出去。我就是做不到。"

"诺拉，他已经过世三年多了。你得快点扔掉。"

"于是一切都结束了，是吗？"

"孩子们知道他的衣服还在那儿？"

"孩子们不会去翻我的衣橱，乔希。"

"你母亲要是听到这话会笑的。"

"我母亲？"

"一个不知感恩的孩子就像毒蛇的牙齿，她以前就这么说。"

"那真是好运气。"诺拉大笑。

诺拉躺在沙发上睡着了。醒来时天已黑。她下楼看到乔希正在摆四人用的餐具。

"是谁要来？"她问。

"我请了凯瑟琳。她应该很快就到。"

"我不想见凯瑟琳。"

"哦，你想不想无关紧要。去整理一下头发，穿件干净衣裳，因为我还邀请了你的朋友菲丽丝。你不能一直睡觉。"

四人吃完主菜,外面又来了一辆车。诺拉走到窗口,看到尤娜。

"是尤娜。她本要和康诺一起来的。"她说。

"她说把康诺留给费奥娜照顾了,所以不用担心。"乔希说。

她又倒了些葡萄酒,尤娜也过来吃饭了。

诺拉坐到扶手椅上,周围热闹的说话声令她宽慰,她打起盹来。醒来时,发现她们正在谈论她。

"她是个魔鬼,"凯瑟琳说,"我就这么说她。"

"是吗?"菲丽丝问。

"然后她遇到了莫里斯。她第一次和他约会,就像换了个人。我是说,她并不是真的变柔顺了,不过是变了。"

"我想她很开心吧。"尤娜说。

"莫里斯是她此生至爱。"凯瑟琳说。

"嗯,千真万确。"乔希插嘴说。

"不过,她还是魔鬼,"尤娜说,"你记得有一回她不跟我母亲说话?我们都住在一幢房子里,她就是不和她说话,也不看她。"

"嗯,我记得很清楚,"乔希说,"我还有你的玛丽姨妈——上帝让她安息——为这事都挠破脑袋。"

"她为什么不和她说话?"菲丽丝问。

"莫里斯有个死于肺结核的弟弟,"凯瑟琳说,"是个可爱的孩子,这事令人伤心,我不知道我们母亲跟谁说了,总之在诺拉刚开始和莫里斯约会时,她对一个人说她担心莫里斯也会得肺结核,

十八 | 333

或是别的什么莫里斯和肺结核之类的话。然后这人告诉了别人,别人又告诉了诺拉。她以为我们母亲在镇上到处说莫里斯和他家庭还有肺结核,她就不和她说话了。"

"什么都不能让诺拉纡尊降贵啊。"凯瑟琳说。

"后来,"尤娜接着说,"奎德神父发现了。他和我们母亲交情很好,因为她在唱诗班里,经常去大教堂唱歌。他问了她此事,她承认了。于是圣诞节前的一天,他找到诺拉,让她不要闹了,诺拉同意在圣诞节祝母亲圣诞快乐,这事就结束了。"

"我们松了口气,"尤娜说,"我想整个镇子,或者是认识我们的人,都松了口气。"

"后来怎样了?"菲丽丝问。

"她等着,"凯瑟琳说,"一直等到我们母亲弯腰从烤箱里拿火鸡,她靠过去说了句圣诞快乐,但看起来就像是对她屁股说圣诞快乐。"

"我记得我差点笑出来了。"尤娜说。

诺拉笑了起来。

"瞧,她醒了。"菲丽丝说。

"我们正在说你呢。"凯瑟琳说。

"我每个字都听到了。"诺拉回应说。

诺拉回去上班后,开始能睡一晚上了。渐渐地疼痛也好了。卧室里的事,她没再告诉别人。她想那就是乔希说的做梦而已。但那似乎比梦境清晰。夜里熄灯后,她宽慰地想到莫里斯不久前还在这屋里,那么真切。她让自己不要对他喃喃细语,但她情不自禁地这么做,觉得这能使她更容易入眠,一整夜安睡。

上班时她盼着回家,独自待在她装修好的房间里。她从图书馆借了书,晚上点了壁炉,开了所有的灯,或者读书,或者发呆。她喜欢费奥娜出去时她独自待着,康诺在前厅做功课,也会进来坐在沙发上看他的照片,或者读多纳尔让他看的杂志和手册。费奥娜常觉得音乐烦人,康诺则不同,他几乎听而不闻。她觉得他把音乐和轻松、舒适或不紧张联系起来,但有时她发现他正在端详她,眼中忧虑不安。她想,他会一直这样,会变成一个事事担心的男人,观察世界就是在寻找出事的迹象。

一天在都柏林,她发现斯蒂芬绿地公园的五月音像店正在促销。一大批德国唱片降到了一英镑一张。她尽己之力买了回来。在国家美术馆和艾妮、费奥娜碰面后,他们从礼品店挑选了可挂在后厅的版画。回到家她就把画送去装裱。她想,送回来后可让人来敲钉子挂上去。

乔希安排了凯瑟琳和尤娜带着箱子来清空她存放莫里斯衣物的衣橱。她等到周末,费奥娜和保罗去了都柏林,艾妮肯定也不回家。她和玛格丽特说好,康诺会去她那用茶点,待得晚些。下午一两点钟,她开车去了韦克斯福德。她已给多纳尔写信说会早到。在距离学校最近的薯条店,她给他买了炸鸡和薯条,还有几瓶他最爱的米兰达柠檬汁。她知道,他更希望她带康诺、费奥娜、艾妮来,这样他们彼此聊天争论时,他就能不说话了。他单独和她在一起，总有一种紧张气氛。他讨厌她对他提出建议。

"你知、知不知道信、信仰的矛、矛盾？"他吃完后问她。

"我不太清楚。"她说。

"摩尔豪斯神、神父给我们布道，说的就是这个。只、只是一小、小群人在做、做特别的宗、宗教研、研究。"

"是什么呢？"她问。

"为了信、信仰，你得信、信仰，"他说，"一旦你有了信仰，就更相、相信了，但不开、开始信、信仰，你是不、不相、相信的。第、第一个信、信仰是个谜。就像一份馈、馈赠。然后其、其他的就顺、顺理成章，或者可、可以顺理成章。"

"但这没法证明，"她说，"你只能感觉到。"

"是的，但、但他说这和证、证明不一样。不、不是二加二，而更像是把光加到水、水里。"

"听起来很艰深。"

"不是，其实很简单。这解释了一切。"

她注意到他最后一句没有结巴。

"你得先有些什、什么，"他继续说，"我想那、那是他说的意思。"

"如果没有呢？"

"那是无神论者的立场。"

她眺望那些屋顶，教堂的尖塔，远处海港平静的光线。她想，多纳尔十六岁了，这些年对他来说，一切都那么不确定，她不说出任何他不需要明白的事，才是最重要的。

她来得早,他说他明白她还有事,对她说他要能有一个钟头的时间就好了,很多人在打橄榄球,踢足球或偷偷摸摸地在操场周围抽烟,他会自个儿待在暗房里,那儿有一种新型的相片纸,不是光滑的,他想试验一下。她不知道他究竟是因为想让她走而赶她走呢,还是想让她更轻松。她坐在车里,从后视镜中望着他自信地走回学校。

她坐在家听维多利亚·德·洛斯·安琪莱斯唱的舒伯特和弗雷,然后听贝多芬的一张小提琴协奏曲,一边等着凯瑟琳和尤娜来。

她希望她们完成任务就离开。希望她们带走莫里斯的衣服,不告诉她将会怎么处理。她们一走,她就有好几小时独处时间,烤着壁炉,听着音乐。她可能会找一本莫里斯的书,放在近旁。她会等康诺进来,而后很快就去睡觉。她会给凯瑟琳和尤娜沏茶,这样她们不会向乔希和她们的丈夫过多抱怨她,但她决定不给她们做吃的。这样她们做完要做的事,就不会久留了。她确定她们此刻正在某处碰头,大聊特聊着她和乔希,说她们周六要来干这种事。

她们来了,她到前门迎接,没有请她们进后厅。

"他的所有东西都在靠窗的衣橱里,"她说,"衣橱里没有其他东西。"

她们看着她,等着她跟她们一道上楼,但她回到后厅,往壁炉里添了木柴、煤砖,把小提琴协奏曲换成更安静的钢琴音乐,调低了音量。她们要做的事很简单,只是把衣橱里所有的东西都放进袋子和箱子,搬下楼,再搬上车。自从他过世不久后她把他余下的衣服都放进衣橱,就再也没打开过。蛀虫大概早已把羊毛制品咬得千疮百孔,但鞋子还是原样,鞋带还是他留下的样子,有几件外套的口袋里或许还有教室的粉笔。她为自己没有管过此事,没有亲手慢慢处理此事而隐约遗憾。此刻她希望她们能尽快办完。她听到她们楼上的脚步声,好像走动太多。

她们在大厅里装满袋子和箱子,回楼上最后一次检查衣橱时,有人来敲门。诺拉万分吃惊地看到劳丽·奥基夫站在门口。劳丽从未来过这房子。一下子诺拉不知该怎么办。劳丽的世界在任何方面都与凯瑟琳、尤娜居住的世界不搭调,她们会以为劳丽疯了。她差点对劳丽说时间很不凑巧,但劳丽满脸焦急和友善,让她没开口。劳丽似乎喘不过气来。她请她到后厅坐,凯瑟琳和尤娜下楼时,她介绍了她俩。她沏茶时心想劳丽和两个妹妹准备待多久。

"我不喜欢当不速之客,"劳丽说,"你呢?"

她看看凯瑟琳、尤娜,然后看着诺拉。

"我希望诺拉能有部电话。"凯瑟琳说。

"嗯,是这样,"劳丽说,"但有些人就是不喜欢电话。"

"还有些人付不起电话费。"诺拉坐下来说。

"她们宁可买唱片。"尤娜说。

"确实。"诺拉说。

"好吧,我有好消息。"沏茶时,劳丽说,"想让你知道。诺拉，我明白今天对你来说很难。所以我考虑了很久，觉得在今天这样的日子，好消息不会有什么害处。"

"你怎么知道今天？"诺拉问。

"我讨厌装神秘，所以我会告诉你的。你姨妈告诉了托马斯修女，她又告诉了我，是她让我来的。"

"她真是爱管闲事啊。"尤娜说。

"这么说也没错，"劳丽说，"不管怎样，是有个人死了，我们不知道是谁，但她在遗嘱里留了一笔钱给韦克斯福德或基尔肯尼或卡洛举办宗教音乐会。不管是谁，她定是有一颗爱心才会有这样的想法，当然还得有钱。于是他们找上弗兰克·雷德蒙，尽管我不跟他说话，可他还是找上我办这场音乐会，因为他忙得没空管这事，我觉得这就是上帝的馈赠。"

她停下来，看了看三个女人，仿佛她们明白似的。诺拉发现她们当中最有宗教信仰的凯瑟琳正注意地看着劳丽。

"二十五周年，"劳丽抑扬顿挫地说，"这是战后修道院重新开放，教堂重新履行职责的二十五周年。纳粹曾从我们手中夺走了它，那里发生过无法形容的事。"

"战争期间劳丽是法国的圣心修女。"诺拉说。

"我们有一位德高望重的院长，"劳丽说，"她来自法国一个非常古老的家族。那是一九四七年，她说我们要举办一场音乐会，感谢上帝结束了战争，庆祝我们的教堂重新开放，我们回到老房子中。当时我们就有出色的合唱团，尽管战争中失去了很多男人，还有女人。她说，她想上演勃拉姆斯的《德意志安魂曲》，既是感恩，也是赎罪。她来弹钢琴，她选了最好的女高音和男中音来领唱，修女和村民来合唱。哦，大家都反对呢，修女也有反对的，但当然我们曾宣誓服从。不过那很难，即使对修女也是。德语对整个欧洲都是一场噩梦。没人想听到这个，更不用说唱了。还有，那不是天主教曲子，却是她抵达彼岸的梦想。男人一个都不来，直到梅尔-玛瑞-特瑞斯找了其中一人，她最熟的那个。他有一把好嗓子，但在战争中失去了两个儿子，其中一个遗体都没找到，他妻子死了，他心里很痛苦。她请他到新开放的教堂和她一起祈祷。她让他祈祷，只做了这事。她让他祈祷。"

劳丽停下来，似乎已经说够了。

"那么他怎么做？"凯瑟琳问。

"他求她用法语给死去的法国人唱一首天主教安魂曲，她拒绝了。我们会唱歌赞颂宽恕一切的上帝，我们会用德语唱，表示我们和上帝一样也能宽恕，她就是这么说的。她每天去那人家，和他一起祈祷。她还带了两个实习修女去。"

"他答应了吗？"凯瑟琳问。

"没有，他不答应，不过其他不少人答应了。她去拜访了所有人。一九四七年十月，我们上演了音乐会。我一直相信那天是和平的开始。当难以宽恕时，我们唱起了德语，我们的歌词升天，他们升天了。他们去了那里。"

一截木柴滑进火里，燃起来时噼啪作响。这会儿没人说话。

"那些年你都在法国吗？"凯瑟琳问。

"现在，为了纪念二十五周年，我要组织一个合唱团，我们在韦克斯福德镇排练《德意志安魂曲》，弗兰克·雷德蒙会组织一个小型乐队或两架钢琴和两个领唱。你姐姐韦伯斯特太太是我的合唱团要的第一个人。"

"诺拉？"凯瑟琳问。

"是的，她是我最好的学生。"

"哦，我要告诉你一件事。"凯瑟琳说，"如果我母亲还活着，她会很惊喜，因为她是个优秀歌手，她知道诺拉也是，但诺拉从来不唱。"

"我们都变了，凯瑟琳。"劳丽说。

凯瑟琳怀疑地看着她。

"好了，我得走了，"劳丽说，"我就是来告诉你这事。"

她走后，凯瑟琳、尤娜和诺拉回到后厅。

"她是说真的？"凯瑟琳问。

"嗯，我听说过她，她是说真的，"尤娜说，"她的名声很好。"

"她是很好的朋友。"诺拉说。

"你真的要去合唱团唱歌？"凯瑟琳问。

"我尽力而为。"诺拉说。

她们把箱子全部搬上车，诺拉站在门厅帮她们扶着门。一切办妥，尤娜再次上楼，下来时拿着一个上锁的小木盒子。

"这是在衣橱的最下面找到的。"她说。她摇了摇但没声响。

诺拉颤了一下。她知道这是什么。

"我没有钥匙了，"她说，"你们能帮我打开它吗？"

"得撬开，但那会弄坏盒子。"凯瑟琳说。

"没关系。"诺拉说。

凯瑟琳试着用厨房里的金属工具来撬,但撬不开。

"我要打开它。"诺拉说。

"噢,我打不开。"

"尤娜,"诺拉说,"你把它拿给隔壁的汤姆·奥康纳。他什么工具都有。"

尤娜走后,凯瑟琳去上厕所。诺拉看出她因处理莫里斯的衣物而难过,她明白妹妹不想和她单独在一块。尤娜回来之前,凯瑟琳都没下楼。

"他发现很难打开,"她说,"只好把木头劈开。"

诺拉把盒子放在旁边的桌上,回到妹妹们都在的厅里。

"现在你一个人没事吧?"凯瑟琳问。

"康诺很快就回来了。"她说。

她们拿了各自的大衣,她等着她们。

"我自己绝对做不了这事。"她说。

"要是我们早知道,早就来做了。"尤娜说。

她站在门口目送她们离开,看着凯瑟琳小心地倒车,莫里斯所有的衣服,每一件购买时他们都对他将来的事毫不知情,不知道每一件都要被带去某地扔掉或送走。她关了大门,再次回到后厅,倒出木盒里的东西。

婚前那些年莫里斯写给她的信都在这里。她把这些信锁在盒子里。她记得他写信给她时语气是多么羞涩。信往往简短,只写了他们可去镇上约会的某地某时。

她不必看。她知道。他经常把自己描述得像另一个人,说他遇到一个人,此人告诉他他是多么喜欢一个姑娘,或者他有个朋友,与女友约会后回家,一路上都想着要尽快再见到她,他多么想和她去巴里肯尼加,在古虚的悬崖上散步,如果天气好,也许和她游个泳。

她跪下来,慢慢地把信塞进壁炉。想到这些信写成之后,发生了多少事,它们属于一段已经结束、一去不返的时光。这是人世常理,是解决问题之道。

康诺回家时,注意到壁炉里木柴、煤渣和煤砖间烧了一半的木盒。他问这是什么。

"只是我清理出来的不要的东西。"她说。

他疑心重重地看着它。

"我要去参加唱诗班了。"她说。

"是大教堂的吗?"

"不是,是另一个唱诗班。在韦克斯福德。"

"我以为那个人不喜欢你。"

"噢,他们改变主意了。"

"你要唱什么?"

"勃拉姆斯的《德意志安魂曲》。"

"是一首歌吗?"

"是一系列歌,但要很多人唱。"

他似乎思考了一下,心中掂量一番,然后点点头。他朝她笑笑，满意了，上楼去他房间。她独自坐在火边，想着放什么音乐，放她特别喜欢的。她希望他会陪她坐一会儿再去睡觉。这会儿，房子安静了，打破沉默的只有康诺在楼上的轻轻的声响，还有壁炉里缓缓燃烧的木柴的噼啪声。

译后记

托宾在回忆录《盛宴上的来宾》(*A Guest at the Feast*)中讲过故乡恩尼斯科西的一个段子：一个乞丐的儿子，和家人吵架后跑到镇上，砸了不少店面的玻璃窗。他只砸门面大的、不友好的店，却放过那些小的、友善的店。托宾说，这个孩子和父母一起沿街行乞时，一定以自己的眼光观察过，哪些店该砸，哪些不该砸。他引用了布赖恩·法伦（Brian Fallon）的话说，在一个小镇上，人们彼此间即使不熟识，也一定认识，无论出生还是死亡，都是人人参与的事件。"这难以描述，但大家心知肚明，也无时不弥漫在这个紧密的小世界中，即使离开镇子，你还是被打上了某种生活的烙印。"

恩尼斯科西就是这样一个小镇，它位于爱尔兰东南，韦克斯福德郡中部。几年前我从都柏林坐火车南下，窗外的景色陌生又熟悉，它们曾多次出现在托宾笔下：笼着薄雾的灰蒙蒙的海，透过云层洒落海面的流光，被海水侵蚀的断崖，海滩上被冲刷的砾石……在《灿烂石楠花》(*The Heather Blazing*)、《黑水灯塔船》、《空荡荡的家》中一再回响。恩尼斯科西与韦克斯福德之间沿着斯兰尼河的铁路则是托宾最爱的风景。

外观上，恩尼斯科西与爱尔兰其他小城没有太大不同。街道干净，屋舍井然，院子里开着当季的花，也有这个国家随处可见的小

译后记　345

书店。它不是旅游城市,少有游人,但居民对外来客并无好奇,当我信步走进镇图书馆,帅气的图书馆员也只是友好地打了个招呼。一些街名十分眼熟,都是在托宾笔下出现过的。《布鲁克林》开头处艾丽丝从窗口眺望的"弗莱瑞街",得名于镇上一座古老的修道院,与那紧密相关的还有恩尼斯科西堡,上世纪五十年代,托宾的父亲迈克尔·托宾将之买下来改成了博物馆。《诺拉·韦伯斯特》中女主角每天下班回家经过的"城堡山路"就在那儿。

博物馆在建时,托宾六七岁,他还记得当地人如何把物件送来馆里收藏,老兵器、钱币、照片、纪念品、油画……那里有专门关于一七九八年和一九一六年起义的展厅。说起小镇这两个举足轻重的年份,就不得不提醋山。那是一个坡度平缓的小山丘,从镇子的任何一处抬头都能望见,爬上去则因为要绕远路而稍稍费力。一七九八年发生抗英起义时,醋山上有过一场恶战。现在爬到山顶,还能看到半截十七世纪留下的风力磨坊,战争中曾用来囚禁起义军。站在那里,整个小镇一览无遗,远近是金色麦田,绿色灌木林,四望都到地平线。夕阳下,一对小姐妹在磨坊旁的草坪上玩耍,母亲带着女儿和狗过来散步,一派宁静祥和。但那次战役镂刻在小镇人的记忆中不可磨灭。托宾在回忆录中说他父亲带他经过图拉镇(就是小说中诺拉的母亲当过女佣的地方),就会指着一家店说,店主的祖辈背叛过义军,你永远都不能踏进那家店。

托宾一定也和那个砸店的孩子一样,曾经把小镇上的一切收进眼底,但赋予这些岁月温柔的色彩。"假如我们变成灵魂,能回去的也是这些地方。"那是灵魂深处的风景和人情。

Colm Tóibín
Nora Webster
Copyright © Colm Toibin 2014
This edition arranged with ROGERS, COLERIDGE & WHITE LTD(RCW)
Through BIG APPLE AGENCY, INC., LABUAN, MALAYSIA.
Simplified Chinese edition copyright © 2023 Archipel Press
All rights reserved.

图字:09-2022-0223号

图书在版编目(CIP)数据

诺拉·韦伯斯特/(爱尔兰)科尔姆·托宾(Colm Toibin)著;柏栎译. —上海:上海译文出版社,2023.10

书名原文:Nora Webster
ISBN 978-7-5327-9327-3

Ⅰ.①诺… Ⅱ.①科… ②柏… Ⅲ.①长篇小说-爱尔兰-现代 Ⅳ.①I562.45

中国国家版本馆 CIP 数据核字(2023)第174500号

诺拉·韦伯斯特
[爱尔兰]科尔姆·托宾 著 柏栎 译
特约策划／彭伦 责任编辑／王嘉琳 封面设计／好谢翔 封面插画／大大黑

上海译文出版社有限公司出版、发行
网址:www.yiwen.com.cn
201101 上海市闵行区号景路159弄B座
上海市崇明县裕安印刷厂印刷

开本889×1194 1/32 印张11 插页2 字数169,000
2023年11月第1版 2023年11月第1次印刷
印数:0,001—5,000册

ISBN 978-7-5327-9327-3／Ⅰ·5817
定价:76.00元

本书中文简体字专有出版权归本社独家所有,非经本社同意不得转载、摘编或复制
如有质量问题,请与承印厂质量科联系. T:021-59404766